Días de perros

AF276177

Novela

Biografía

Gilles Legardinier ha trabajado en el cine como pirotécnico, tanto en Francia como en Estados Unidos, y ha dirigido anuncios y documentales a nivel internacional. Actualmente es responsable de comunicación para el cine en varios estudios, labor que compagina con la escritura. Legardinier empezó su carrera como escritor en el terreno del *thriller* con los libros *L'Exil des Anges* (Prix SNCF du polar 2010) y *Nous étions les hommes*, hasta que en 2011 escribió *Demain j'arrête!*, una comedia que se convertiría en todo un fenómeno en Francia. Desde entonces, es uno de los autores más vendidos en su país. También es autor de *Días de perros* (Editorial Planeta, 2015) y de *Como el perro y el gato* (Editorial Planeta, 2016).

Gilles Legardinier
Días de perros

Traducción de Juan Camargo

 Planeta

La lectura abre horizontes, iguala oportunidades y construye una sociedad mejor.
La propiedad intelectual es clave en la creación de contenidos culturales porque
sostiene el ecosistema de quienes escriben y de nuestras librerías.
Al comprar este libro estarás contribuyendo a mantener dicho ecosistema vivo y
en crecimiento.
En **Grupo Planeta** agradecemos que nos ayudes a apoyar así la autonomía creativa
de autoras y autores para que puedan seguir desempeñando su labor.
Dirígete a CEDRO (Centro Español de Derechos Reprográficos) si necesitas fotocopiar
o escanear algún fragmento de esta obra. Puedes contactar con CEDRO a través de la
web www.conlicencia.com o por teléfono en el 91 702 19 70 / 93 272 04 47

Título original: *Complètement cramé!*

© Éditions Récamier, 2023
© por la traducción, Juan Camargo, 2015
© Editorial Planeta, S. A., 2016
   Avda. Diagonal, 662-664, 08034 Barcelona (España)
   www.planetadelibros.com

Diseño de la cubierta: Booket / Área Editorial Grupo Planeta
Imagen de la cubierta: Shutterstock
Primera edición en Colección Booket: julio de 2016
Primera edición en esta presentación: septiembre de 2024

Depósito legal: B. 13.492-2024
ISBN: 978-84-08-29235-7
Impresión y encuadernación: Liberdúplex, S. L.
Printed in Spain - Impreso en España

1

Era de noche, hacía un poco de frío. En el corazón de Londres, delante del hotel Savoy, bajo el techo acristalado, un hombre de cierta edad vestido de esmoquin iba y venía mientras consultaba frenéticamente su teléfono móvil. El organizador de la velada que tenía lugar en el salón principal salió del vestíbulo y se le acercó, dejando escapar por la puerta giratoria el sonido de los metales de la orquesta, que interpretaba un tema de Cole Porter.

—¿Todavía no hay noticias del señor Blake? —preguntó.

—Estoy haciendo todo lo que puedo para contactar con él, pero no responde al teléfono. Deme un minuto más.

—Qué contrariedad. Espero que no le haya sucedido nada grave...

«¡Más le vale estar muerto! ¡Sería la única excusa aceptable!», pensó el hombre que estaba al teléfono.

En cuanto se marchó el organizador, marcó el número del domicilio de su más antiguo amigo. Al terminar el mensaje grabado del contestador, dijo con voz inexpresiva:

—Andrew, soy Richard. Si estás ahí, coge el teléfono, te lo suplico. Todo el mundo está esperándote. Ya no sé qué más decirles...

De repente, su compañero de batallas atendió la llamada.

—¿Dónde me está esperando todo el mundo?

—Bendito sea Dios, ¡estás ahí! No me digas que te has olvidado de la fiesta del Premio de Excelencia Industrial... Te avisé de que me las arreglaría para que te nominaran.

—Muy amable por tu parte, pero no estoy de humor.

—Andrew, no sólo te han nominado, sino que lo has ganado. Dicho sea por anticipado: te llevas el premio a casa.

—Qué emocionante. Y ¿qué se gana? Teniendo en cuenta la edad de los participantes, seguro que no es algo que se pueda comer con dentadura postiza. ¿Un enema? ¿Una laparoscopia?

—La verdad, no es momento para bromas. Vístete y vente para acá.

—Yo no voy a ninguna parte, Richard. Me acuerdo de que me hablaste de ese premio y también me acuerdo perfectamente de haberte dicho que no me interesaba.

—¿Te das cuenta de la situación en la que me estás poniendo?

—Una situación en la que te has metido tú solo, chiquitín. Yo no te lo pedí en absoluto. Imagínate que te encargo dos toneladas de ostras porque te quiero mucho y que luego te monto un número porque no te las comes...

—Ven aquí inmediatamente; si no, le diré a tu asistenta que practicas vudú y no volverá a poner un pie en tu casa en la vida.

Blake se rio descaradamente de su amigo.

—¡Debes de haberte metido en una buena para recurrir a esa clase de tonterías! Meterle miedo a la pobre Margaret... Hay que ver. Es como si yo te amenazara con denunciar a tu mujer a la Agencia de Protección del Buen Gusto por lo que les hacen en el pelo a ella y a vuestro caniche...

—No metas a Melissa en esto. No te rías, Andrew. Si no vienes, ya sabes de lo que soy capaz.

—¿Como la vez que quisiste denunciarme por el robo del mono de compañía de la señora Robertson? Siguió convencida hasta el día de su muerte de que te lo habías comido. De todas formas, Margaret no te creería. Le diré que te drogas. Si consigues que se vaya, te pago una semana en las Bahamas con tu mujer y esos pelos suyos.

—¡Que pares ya con el peinado de mi mujer! —exclamó enfadado Ward—. ¡Ya basta, Andrew! He tenido que trabajármelo para que obtuvieras este premio, así que hazme el favor de venir a recogerlo, y rápido.

—Me encanta cuando me levantas la voz. Ya, desde muy jóvenes, fue esa parte fogosa tuya la que me atrajo de ti. Te estoy muy agradecido por desvivirte por mí, pero esta vez no cuentes con que has ganado ningún punto. No lo he hecho a traición. Te lo dije desde el principio. Esas fiestas son aburridas y los trofeos que se conceden esas personas pagadas de sí mismas no valen nada. No voy a ir. En cambio, si quieres pasarte a tomar una copa, te invito con mucho gusto, no tengo nada previsto para esta noche.

Ward estalló de rabia:

—Escúchame bien, Blake: si me dejas plantado, es posible que esto afecte a nuestra amistad.

—Después de todo este tiempo, mi querido Richard, si hubiéramos tenido que enfadarnos, habríamos contado con cientos de ocasiones para hacerlo. Con todas las veces que nos hemos pasado el uno con el otro y lo que nos hemos soportado...

En efecto, durante más de cinco décadas, Andrew Blake había hecho perder los nervios a su compañero de batallas, pero esa noche estaba superándose a sí mismo.

—Andrew, por favor...

—En el estado en el que me encuentro, sólo tú puedes devolverme un poco la alegría. No tienes más que explicarles que me he dado un golpe en la cabeza y que ya ni siquiera me acuerdo de mi nombre. Para amenizar la velada, cuéntales que me creo Bob Esponja y que, con un último destello de lucidez, te he suplicado que vayas a recibir el premio por mí. Hasta puedes quedártelo.

El organizador salió de nuevo del hotel para volver a la carga. Antes de que estuviera demasiado cerca, Ward le susurró a su amigo:

—Colega, te prometo que ésta me la pagarás.

—Ya se encarga la vida de vengarte, amigo mío. Un abrazo fuerte para ti también.

Richard Ward colgó y adoptó un gesto afectado para anunciarle:

—Andrew Blake acaba de ser hospitalizado de urgencia.

—¡Dios mío!

—No parece estar en peligro de muerte. Si le sirve de algo, puedo recoger el premio en su nombre. Sé que lamentará profundamente haberle estropeado la velada...

2

Sentado frente a su escritorio, Andrew Blake bajó la pantalla de su ordenador portátil y cerró los ojos. Lentamente, concentrado en su tacto como lo haría un ciego, deslizó las manos bien abiertas a cada lado de la máquina, acariciando la superficie pulida de la madera. Su padre había trabajado en esa mesa antes que él. En aquella época, no había ni informática ni balances mensuales. Eran otros tiempos.

Con los párpados todavía cerrados, Andrew pasó los dedos por el borde redondeado del tablero de roble desgastado, acarició los largueros de los flancos y los tiradores de latón de los cajones. La tibieza de la madera, la frescura del metal. Tantas sensaciones, tantos recuerdos. Sólo llevaba a cabo ese ritual cuando se sentía muy mal, muy harto. Esa noche era el caso. De la pequeña empresa que había heredado, ese elemento del mobiliario era el único vestigio que permanecía intacto. Todo lo demás había cambiado con el paso del tiempo: el emplazamiento, el volumen de negocios, las máquinas, la decoración, las personas, él. La evolución era tal que, a menudo, Andrew ya no reconocía aquello a lo que le había consagrado la mayor parte de su vida.

Sin abrir los ojos todavía, tiró del último cajón de abajo, a la derecha, y aventuró los dedos por el interior. Reconoció a tientas la enorme grapadora que tanto le costaba levantar cuando era niño, tres libretas usadas, un mechero, un pisapapeles de bronce regalado por sus empleados. Tantas reliquias que le permitían, no recordar, sino trasladarse realmente a los tiempos en que la vida era más simple, cuando todo no dependía de él, cuando no era el mayor. Al acariciar esos objetos cotidianos, lograba recrear el mundo que existía antaño a su alrededor, del antiguo timbre del teléfono a los olores a grasa y a chapa caliente que ascendían del taller vecino. Volvía a su memoria la voz de su padre, con su manera de hablar rápida, grave, tan cercana. ¿Qué habría pensado en ese momento de la situación de su hijo? ¿Qué consejo le habría dado? Con los años, Andrew se había convertido a su vez en el señor Blake. Abrió los ojos y volvió a cerrar el cajón.

Desde hacía ya mucho tiempo, era sensible a esas cosas que se hacen por última vez, a menudo sin darse cuenta siquiera. Un acontecimiento en concreto lo había hecho consciente de ello: la última cena con su padre, una simple comida al final de la cual su madre los había apremiado, riéndose, a acabarse sus platos porque no quería perderse su película de la tele. ¿De qué habían hablado? De todo, de nada. Habían charlado con la despreocupación de aquellos que creen que siempre podrán decirse más cosas al día siguiente. Una rotura de aneurisma ocurrido la misma noche había decidido lo contrario. Y aquel momento tan trivial se había vuelto esencial, definitivo. Esa noche había tenido lugar casi cuarenta años antes y, no obstante, cuando volvía a pensar en ella, Andrew seguía notando el mismo dolor en la boca del estómago, la misma sensación de vértigo, como si el suelo se hundiera bajo sus pies. Desde entonces, tenía miedo de que la vida le quitara las cosas que quería. Peor aún, seguía temiendo ver cómo se llevaba a las personas que amaba. Había concebido una filosofía íntima a partir de ello: disfrutar de todo en cada instante, porque, al siguiente, todo puede desmoronarse.

Pero el miedo no evita el peligro, y ese sentimiento no había impedido que la desgracia golpeara de nuevo. Más adelante había vivido muchas otras últimas veces: su mujer, Diane, riéndose en su hombro cuando la estrechaba todavía viva entre sus brazos (era un jueves a mediodía). Su hija, Sarah, al pedirle que le contara una historia antes de dormirse (un martes por la noche). Su último partido de tenis. La última vez que vieron una película los tres juntos. El último análisis de sangre cuyos resultados leyó con desenfado. La lista era interminable y se alargaba cada día. Todas esas cosas, esenciales o anodinas, que pasan antes de que hayamos apreciado realmente su valor, hasta encontrarlas acumuladas en el platillo de la balanza que, de repente, se inclina hacia el lado malo.

Cuando estaba cansado, Andrew experimentaba la odiosa sensación de que dejaba su vida atrás, de que no sobrevivía ya más que para cumplir con unas obligaciones al servicio de un mundo cuyos valores no aprobaba. Sus sueños se removían en su tumba y no iba a tardar en reunirse con ellos.

Estiró la mano hacia el sobre grande que semanas antes había preparado metódicamente y en secreto. Papeles, siempre papeles. No lo abrió. Pensó en sus decisiones y en lo que implicaban. Una a una, volvió a valorarlas sin lamentarse de ninguna. Alguien llamó a su puerta. De forma precipitada, metió el sobre en el primer cajón.

—¡Entre!

Apareció un hombre joven con traje.

—Disculpe, señor Blake. Me gustaría decirle un par de cosas.

—¿Nuestras cuatro horas de reunión no le han bastado, señor Addinson?

—Siento que haya reaccionado tan mal a nuestras propuestas. Debería reflexionar usted.

Si hubiera sido un joven guepardo, Blake le habría saltado encima para destrozarlo, pero era un viejo león. No hizo más que mostrar una breve risa forzada.

—¿Reflexionar? Creo que aún consigo hacerlo bastante bien, y, por cierto, ésa es sin duda la razón por la que sus «propuestas» me ponen los pelos de punta.

—Es por el bien de la empresa...

—¿Está seguro? No me busque, Addinson. Usted y sus compinches ya me han irritado bastante por hoy.

—Pero si hacemos todo lo que podemos, por el interés de todos...

—¿El interés de todos? ¿Para quiénes trabaja, señor Addinson? ¿Qué les han enseñado en esas facultades de las que salen con la impresión de saberlo todo? Les toman el pelo absolutamente a los clientes para quienes trabajamos. Su credo es vender más aunque la gente no lo necesite, producir al menor coste aunque haya que hacerlo a costa de aquellos que hacen funcionar las fábricas antes de explorar otras posibilidades para mejorar..., o empeorar, según se mire.

—Está siendo muy duro.

—Me traen sin cuidado sus opiniones. Cuando usted no era todavía más que un vago proyecto en la cabeza de sus padres, yo ya dirigía esta empresa. Empecé a aprender mi oficio barriendo la fábrica. Conocía a cada empleado, el nombre de su mujer y de sus hijos, a los cuales he visto crecer. ¿Me toma por un viejo estúpido? ¿Este discurso le parece pasadista y paternalista? Me da igual. El jefe soy yo, y usted es mi empleado.

—El mundo está cambiando, señor Blake. Hay que adaptarse.

—Adaptarse a sistemas perversos pensados por gente como usted. Usted y los suyos no trabajan más que para sí mismos. Y permítame decirle que un día serán víctimas de sus propios excesos. Seguramente, Addinson, no sea usted un imbécil, pero no es la inteligencia lo que indica la valía de un hombre, sino la forma en que éste la emplea.

—Sus grandes ideales no salvarán nuestra empresa, señor Blake.

—Sus pequeños ideales la hundirán. Y no se olvide de que es *mi* empresa. Desde hace más de sesenta años, fabricamos cajas metálicas. Nuestros clientes valoran nuestros productos porque son sólidos y funcionales. Puede que tengan menos *glamour* que esas porquerías de plástico verde fosforito que se ponen de moda durante unas semanas pero son útiles. Servimos para algo, señor Addinson.

¡Hay gente que cuenta con nosotros! Ni siquiera sé si comprende usted ese concepto... Así que, a pesar de sus confusas teorías, no disminuiremos el grosor de nuestro metal para aumentar la tasa de reposición. No deslocalizaremos nuestras fábricas para aprovecharnos de mano de obra explotada. ¡Hagamos nuestro trabajo! Lo que me lleva a preguntarle, señor Addinson: ¿cuál es el suyo? ¿Optimizar? ¿Ejecutar? ¿Transversalizar los mercados? ¿Aprovechar las oportunidades? Palabras... Una jerigonza pretenciosa para darse importancia.

—Sin nosotros, usted no vendería...

—¿Usted cree? Pues lo hemos hecho durante medio siglo. Ingenuamente, creo que las cosas útiles se venden sin problema y que son las futilidades que produce nuestra época las que necesitan ser encasquetadas sea como sea. Pero para volver al tema que nos ocupa, no voy a dejar que se afile los colmillos de lobo joven con mi empresa.

—No va a tener otra opción, señor Blake. No estoy solo. Los bancos están de acuerdo conmigo.

—¿Es una amenaza?

—Vengo a usted en son de paz y me insulta.

—Viene usted a desafiarme y yo le respondo. Ahora váyase. Ya le he aguantado bastante por hoy. Aunque, de todas formas, quiero agradecérselo, Addinson: si tenía alguna duda sobre qué hacer, acaba usted de convencerme.

—¿Qué quiere decir?

—Va a comprobar que yo también puedo llevar a cabo innovaciones... Salga.

3

—Heather, ¿todavía está usted aquí?

Absorta en la lectura, la joven no había oído llegar a su jefe. Se sobresaltó al reconocer su voz.

—Buenas tardes, señor. Tengo que terminar el acta de la reunión de esta tarde. Los de marketing me lo han pedido para mañana.

—Olvídese de eso y váyase a casa.

—Pero...

—Heather, usted es mi asistente, no la suya. Si yo digo que puede abordar ese asunto más tarde, nadie tiene nada que objetar.

—Está bien, señor.

La joven no se hizo de rogar y volvió a meter sus notas en la carpeta. De repente, pensó que era sumamente extraño que Andrew Blake se acercara a su mesa. Lo miró con más atención. Esa tarde parecía cansado. Era bastante alto, con el cabello casi completamente blanco, el rostro fino, la mirada franca tras unas gafas redondas. Tenía esa pequeña arruga, esa ligera tensión en la comisura derecha que le otorgaba una expresión de cierta amargura. Heather la veía a menudo desde hacía algún tiempo. Ese día, el señor Blake llevaba su pajarita roja y su chaqueta de terciopelo verde oscuro. A la chica siempre le había hecho mucha gracia su chocante gusto indumentario —o su ausencia de gusto—, pero le tenía aprecio.

Estaba delante de ella sin decir nada con un sobre grande en la mano.

—¿Para enviar por correo?

—No. Pero, ya que está aquí, tengo que hablar con usted.

Blake se frotó un ojo con el puño cerrado. A menudo se restregaba los ojos como un crío con sueño, con la mano cerrada, el codo levantado, apretando los párpados con fuerza. Era un gesto del que Heather se había percatado nada más llegar a la empresa. Le parecía conmovedor. Un anciano con un gesto de niño. Desde entonces, se había dado cuenta de que tenía algunos más, como hacer círculos con los pies debajo de la mesa o jugar a las catapultas con sus bolis en las reuniones en las que se aburría (es decir, en todas). Había aprendido a conocerlo. Sin llegar a ser íntimos, se conocían bien. Se sabía de memoria sus manías, su regla colocada siempre a la derecha del teléfono, su gusto por la precisión, su integridad. No hablaban de su vida privada, pero podía decir si estaba animado o no. Le preguntaba siempre qué tal estaba y escuchaba realmente su respuesta. Él nunca le había ocultado nada. No cerraba la puerta de su despacho más que cuando telefoneaba a su viejo amigo y cómplice, Richard Ward. Entonces, a veces, lo oía reírse. Sólo ocurría en esas ocasiones.

Andrew Blake se acercó.

—Heather, voy a ausentarme durante algún tiempo.

—¿Por un problema de salud? —le preguntó ella preocupándose de inmediato.

—Puede haber otras razones para marcharse, incluso para un viejo.

El hombre se sentó en la silla situada frente a la mesa de su asistente.

—No puedo decirle más por el momento, pero le pido que confíe en mí.

Dejó el sobre delante de ella.

—Heather, trabaja para mí desde hace tres años y la he estado observando. Es usted una joven formal, comprensiva. Confío en usted. He reflexionado mucho antes de tomar una decisión. Este negocio significa mucho para mí.

—¿Por qué me dice eso? Me está dando miedo. ¿Está seguro de que todo va bien?

—Heather, tiene usted la edad de mi hija, y sé lo que esperan de la vida. Se preguntan qué orientación quieren darle. Quieren evolucionar. Y es muy normal, están en edad de elegir. Veo que, a menudo, tiene abierto el periódico por la página de los anuncios por palabras... Yo, por mi parte, me pregunto qué voy a dejar tras de mí. Así que, ahí va: como voy a desaparecer algún tiempo, le he pedido a mi abogado que prepare unos documentos que le conceden a usted plenos poderes.

La chica palideció.

—No, no haga eso —replicó presa del pánico—. Estoy segura de que puede salir de ésta. Usted es el alma de esta empresa, los chicos de los talleres lo adoran. Seguro que los médicos pueden curarlo. No pierda la esperanza...

Heather hablaba deprisa, con la voz y la mirada llenas de emoción. Conmovido, Blake compuso una sonrisa sincera que desconcertó a la joven. Para interrumpirla, puso la mano encima de la de ella.

—Todo va bien, Heather. Ya le he dicho que no estoy enfermo. Los galenos no pueden hacer nada contra lo que tengo. Únicamente padezco una buena sesentena aguda, nada más. Así que cálmese y escúcheme. Las cosas van a pasar de la siguiente manera: voy a airearme por un tiempo para decidir qué debo hacer los días que me quedan por vivir. Y usted, mientras tanto, va a reemplazarme.

—¡Soy absolutamente incapaz!

—Cada vez que ha hecho falta tomar una decisión, me ha dado siempre su opinión, y a menudo hemos estado de acuerdo. No cambie nada. No escuche ningún consejo, no se deje engatusar por los cretinos que tan caros nos cuestan. No contrate a nadie a menos que la fábrica lo reclame. En caso de urgencia, o si necesita un consejo, llame por teléfono a Richard Ward o a Farrell, el del taller.

—¿No vendrá por aquí?

—No antes de que regrese.

—¿Podremos localizarlo por teléfono o, por lo menos, por correo electrónico?

—No lo sé. La llamaré de vez en cuando.

—No es posible, no puede irse usted así. ¡Nos iremos a pique y será culpa mía!

—Dese una oportunidad. Es posible que tenga mucho más éxito que yo. Dígase que no le confiaría mi negocio a alguien en quien no creyera.

Blake señaló el sobre.

—Tómese su tiempo para leerlo todo. Benderford, el abogado, se pasará mañana a lo largo de la mañana para hacerle firmar los documentos. También necesitará encontrar una asistente. Espero que tenga tanta suerte como yo la he tenido con usted. Y, ahora, lárguese, vuelva a casa. Mañana empieza con otro tipo de trabajo.

—¿No estará aquí?

—No, Heather. En cuanto haya firmado esos papeles será usted la directora. Le deseo buena suerte. Estoy seguro de que irá todo bien. Simplemente, sea usted misma.

Se levantó y rodeó el escritorio. Se inclinó y besó con dulzura a la chica en la frente. Era la primera vez que se permitía algo así. Lo hizo con tanta sinceridad como torpeza. Hacía mucho tiempo que no tenía ocasión de besar a nadie, ni siquiera de manera amistosa.

A continuación, ambos se quedaron inmóviles, cada uno sumido en las dudas y los miedos de su respectiva edad.

4

Cada vez que Andrew Blake cruzaba las puertas del Browning, un restaurante de Saint James, sentía la rara satisfacción de encontrarse en un lugar que no había cambiado desde su juventud. Las mismas puertas gruesas con cristales biselados, los pasamanos de cobre brillante, el saludo cortés del maître —Terrence, desde hacía ya ocho años—, todo decorado con terciopelo rojo rubí y revestimientos de madera, clásico, inmutable. Allí era donde, dos veces al mes, comía con Richard Ward. Sin embargo, esa vez Andrew había querido verlo sin esperar los tradicionales quince días.

En la edad en que los hombres multiplicaban los amigos generacionales en clubes más o menos pretenciosos o estrafalarios, Andrew se permitía el lujo de tener aún un auténtico compañero de colegio.

Terrence lo recibió y anunció:

—El señor Ward ya ha llegado. Lo acompaño a su mesa.

Ese hecho era lo bastante raro como para que Andrew Blake se asombrara. Siguió al maître, que se abrió paso entre los clientes sentados ya a la mesa. Andrew avanzaba procurando no rozar nada. Le pareció que los pasillos eran menos anchos que antaño. ¿O acaso era que le costaba más andar por ellos?

El Browning tenía la particularidad de estar dispuesto alrededor de una vasta sala central bordeada de pequeños reservados que permitían comer tranquilamente sin aislarse del ambiente. En uno de ellos lo aguardaba su compañero de batallas.

Los dos hombres se abrazaron.

—¿Y bien? —preguntó Blake—. ¿Qué tal aquella fiesta?

—En el escenario, me dio la impresión de estar haciendo tu elogio fúnebre, y se me hizo raro. Ya podrías haber venido...

—¿Mi elogio fúnebre?... Ni lo sueñes. Si los mejores son los que se van primero, es posible que yo me quede el último de todos...

—Por tu cara, parece que hoy es un gran día —comentó Ward—, pero me alegro de verte.

Se sentaron.

—¿Cómo está Melissa? —preguntó Blake abriendo el menú.

—Está en Nueva York con no sé qué amiga. Registran las galerías con la esperanza de toparse con obras de arte para decorar una casa de campo. Mientras no sea la nuestra... De todas formas, no van a encontrar nada nuevo, excepto zapatos que no se pondrán más de una vez. ¿A qué debo el placer de verte tan pronto? ¿Te ha atrapado la ciencia? ¿Has tenido, por fin, cita con el galeno que te ha anunciado las mismas malas noticias que a todos nosotros? ¡Bienvenido al club, compañero!

Blake no reaccionó. Ward se inclinó hacia él con una sonrisa maliciosa.

—No me digas que has visto a un proctólogo. ¡Sería demasiado bonito! Me he apostado una botella con Sommers a que te pasaría antes de que acabara el año...

Blake alzó de repente los ojos y miró fijamente a su amigo.

—Richard, he tomado una decisión.

Ward se tomó su tiempo para digerir la información.

—¿Has hablado de ello con Sarah?

—Mi hija vive a diez mil kilómetros de aquí, y el único hombre que cuenta ahora para ella es el ingeniero ese de su marido. Como es lógico. Le trae sin cuidado lo que me pasa.

—Sin embargo, cuando la vi el mes pasado, estaba preocupada por ti. Yo sólo soy su padrino, y no deja de ser paradójico que la vea con mayor frecuencia que su propio padre...

Blake apartó la mirada y se concentró en la carta. De manera tácita, Ward aceptó cambiar de tema.

—No te molestes en elegir —comentó—, ya he pedido.

—¿Por qué?

—Porque siempre te pasas tres horas dudando antes de pedir lo mismo que yo. He pensado que podríamos ganar algo de tiempo.

Andrew no pareció muy indignado. Miró de nuevo a su cómplice, aunque con evidente preocupación.

—¿Has conseguido apañártelas para eso que te pedí?

Ward respondió alzando deliberadamente la voz:

—Cambiarte el cuerpo y la cara para tener el aspecto de Marilyn no va a ser fácil. Aun con implantes de mamas, te arriesgas a parecerte a su estatua de cera después del incendio...

Algunos caballeros que se encontraban en la sala volvieron la cabeza hacia su mesa.

—Richard —insistió Blake—, estoy hablando en serio.

—Lo sé. Eso es precisamente lo que me disgusta. Pues claro que lo he conseguido. Pero no estoy convencido de que sea una buena idea. Mantener las distancias con tu trabajo, ¿por qué no?, pero volver a Francia...

—Me apetece. Incluso diría que es lo único que todavía me parece un poco tentador.

—Sea, pero podrías hacerlo de otra manera. Deberías reflexionar.

—Eres la segunda persona desde ayer que me aconseja que reflexione. Vais a acabar haciéndome creer que me estoy volviendo senil.

—Ve a pasar el final del verano con Sarah, tiene una casa muy cómoda. Con una habitación de invitados.

—Yo no soy un invitado.

—Andrew, ¿cómo te lo digo?... Volver a Francia... —Richard titubeó antes de atreverse a hablar—. Perdona que sea tan directo, pero revivir tus recuerdos no resucitará a Diane.

—Soy consciente de ello, créeme. Cada día.

—Entonces ¿por qué?

—Ya no siento que éste sea mi lugar. Incluso me pregunto para qué sigo yendo al trabajo. No hago más que darle vueltas, echar de menos cosas. He llegado a tal punto que todas las noches, al acostarme, me pregunto para qué sigo existiendo.

—Eso de estar hartos nos ocurre a todos. Tarde o temprano todos vivimos esa clase de etapas. Y luego se pasan. Juega al golf. Ven a vernos. Melissa siempre se queja de que no la visitas. Se ha apasionado con la cocina italiana, estaría encantada de tenerte como conejillo de Indias... Distráete y todo irá mejor. No es la primera vez que te deprimes.

—Esta vez es diferente.

—Entonces ¿qué? ¿Todo cuanto se te ha ocurrido para superar esta crisis es esa idea descabellada? Aunque, la verdad sea dicha, no me sorprende viniendo de ti. Recuerdo que, cuando terminamos con nuestros estudios, ya querías abandonarlo todo. ¿Te acuerdas? Te compraste un velero para descubrir que te mareabas y que no se manejaba como un patín de pedales. El *Seamaster*...[1] Ahora que lo pienso, qué nombre tan pretencioso... Debe de estar todavía en el fondo de la bahía de Portsmouth, de la que ni siquiera lograste salir.

Richard se echó a reír al rememorar ese desastre, pero enseguida volvió a tomárselo en serio ante la expresión de Blake.

—¿Qué esperas encontrar allí? —le preguntó—. ¿Sabes? En el sitio donde te he encontrado el puesto no saben nada. He respetado tu secreto. Para ellos no es un juego.

—Me imagino.

—Ay, pobre viejecito, me estás dando lástima. Deberías salir, conocer gente y no tratar de huir. Tienes suerte de gozar de buena salud a una edad en la que muchos multiplican sus ingresos en el

1. En inglés, «el amo del mar». (*N. del t.*)

hospital y llaman a su osteópata (incluso a su cirujano) por el nombre de pila...

—No tienes ni idea de cómo me siento.

—No me vengas con lo de que eres un abuelo. Te recuerdo que no me llevas más que cuatro meses...

—Melissa todavía está a tu lado. Yo estoy solo. Exceptuándote a ti, no tengo a más gente cercana. Sarah se encuentra lejos, tiene su vida. Ya no existo para nadie.

—Para. Te pongas como te pongas, este proyecto tuyo de regresar a Francia me parece penoso. Y no sé cómo me he visto milagrosamente envuelto una vez más en uno de tus planes. ¿Cómo va a acabar en esta ocasión? ¿A quién voy a tener que pedirle disculpas? La primera vez ni siquiera teníamos doce años. Me habías convencido para que me escondiera contigo en el contenedor de la basura para darle un susto a la vieja Morrison.

—¡Anda que no era bruja! Había que reaccionar imperativamente, ¡esa vieja zorrona pinchaba todos los balones que caían en su jardín! Ni siquiera tuvo piedad de aquel nuevecito de cuero que le regalaron a Matt por su cumpleaños. Tenía aterrorizados a todos los chavales del barrio.

—Es verdad que nadie lloró cuando la encontraron desnucada al pie de su escalera.

—Estoy seguro de que fue un complot de los balones. ¡Se vengaron haciendo que se cayera!

—¡Los balones sí que no se rajaron! —exclamó riéndose Ward.

—Ahora podrían confesar, ¡ha prescrito! —agregó Blake—. Pero no consigo acordarme del canguelo que le hicimos pasar...

—¡Como para acordarse, cacho idiota! ¡El camión pasó antes que ella! Estuvimos a punto de acabar triturados en el camión de la basura.

De repente, a Blake le vino la escena a la memoria y se le iluminó el rostro.

—¡Es verdad! ¡Lo había olvidado!

—¡Menos mal que todavía estamos aquí para contarlo!

Ambos se partieron de risa a la vez. Pero Blake volvió a ponerse melancólico enseguida.

—Todo eso pasó —soltó.

—Es nuestra historia, Andrew. Deja de verlo todo como si ya no tuvieras nada que esperar de la vida. En el lugar al que pretendes marcharte, las cosas tampoco son sencillas. La propietaria es viuda y no quiero que la pongas más depre de lo que ya está. Así que, ya que te encabezonas con ese proyecto delirante tuyo, prométeme que te comportarás de manera ejemplar y que les seguirás el juego en serio.

—¿Cómo se te ocurre ponerlo en duda?

—Viniendo de un tipo que intentó disfrazarse de su propia madre para pedirle disculpas al director por el comportamiento de «su hijo», me espero lo peor...

5

El encanto otoñal de la carretera forestal que tomó el taxi no logró que Andrew Blake se olvidara de su cansancio. Había comenzado el día nada más amanecer: levantarse pronto, coger un tren hacia París y luego otro hasta la provincia, con toda esa gente que hablaba tan rápido en una lengua que se suponía que conocía bien. Aunque había llegado temprano, no por ello iba a poder descansar.

—Qué curioso —comentó el taxista—, hace diez años que me muevo por la región y ésta es la primera vez que vengo por aquí. Ni siquiera sabía que esta carretera llevara a alguna parte. Por mucho que estemos a dos pasos de la ciudad, cualquiera diría que nos hemos perdido en el bosque.

Finca de Beauvillier, carretera de Beauvillier. La dirección no dejaba duda acerca de la importancia del lugar. La calzada ascendía por un bonito bosque ondulado con árboles de hojas ya rojizas. En lo alto de una cuesta, los troncos rareaban, dando paso a un muro que el vehículo empezó a bordear. Al cabo de varios kilómetros, entre los árboles de un claro, el cercado se curvó en un amplio entrante, en el centro del cual se recortaba una puerta monumental. Entre dos pilares rematados por leones de piedra estropeados por el paso del tiempo, se alzaba una alta verja adornada con una «B» de hierro forjado. El coche se detuvo.

—Pues por fin hemos llegado.

El taxista le echó una ojeada y le preguntó:

—¿Es una residencia de ancianos?

—Espero que no...

—En cualquier caso, tiene usted suerte, hace bueno. Por aquí, hasta finales de otoño suele hacer un tiempo muy agradable.

Andrew pagó la carrera y bajó del vehículo. El taxista sacó a duras penas su única maleta del maletero, se despidió deseándole una feliz estancia y se marchó. Al ver cómo se alejaba el coche, Andrew se sintió de repente muy solo.

De pie, delante de la verja, inspiró profundamente. Corría un aire suave. Un ligero viento agitaba las hierbas secas que habían invadido el camino hasta la puerta grande, que no debía de abrirse con frecuencia. En uno de los pilares se hallaba grabado el nombre de la propiedad: FINCA DE BEAUVILLIER. A través de la verja, a lo lejos, detrás de los árboles, se adivinaba una mansión de múltiples tejados puntiagudos. A la derecha de la puerta, una entrada más pequeña permitía el paso a los peatones.

La reverberación del sol en el muro de la propiedad resultaba cegadora. Andrew reparó entonces en un interfono. El aparato no tenía pinta de encontrarse en buen estado. Con cuidado, pulsó el botón. Ninguna respuesta. Blake insistió, pero no tuvo éxito. Decidió empujar la verja pequeña, que se abrió con un chirrido.

El lugar era tan apacible que se podría haber pensado que estaba abandonado. Volvió a cerrar cuidadosamente al entrar y echó a andar por el camino de grava. Sus pasos hacían el mismo ruido que en casa de su tío Mark, en Pillsbury. Mientras sus padres pasaban la tarde allí, él caminaba durante horas por el sendero cubierto de grava sólo para oír el particular sonido.

Blake avanzó en línea recta. Hacía mucho tiempo que había olvidado la extraña sensación que procura el descubrimiento de un lugar absolutamente desconocido. De repente se preguntó si unos perros no bajarían corriendo y ladrando para abalanzarse sobre él. Ni siquiera con las gafas veía bien de lejos. Los oiría llegar, pero ¿eso de qué le serviría? De todas formas, no podría echar a correr.

En voz baja, ensayó cómo pronunciar «¡Socorro!» en francés con el menor acento posible.

Su enorme maleta le resultaba pesada, las ruedecitas no valían para nada en ese suelo desigual. A un lado y a otro, el jardín se perdía en el horizonte. Entre los árboles, Andrew entreveía de vez en cuando la silueta del edificio. Al pasar el bosquecillo de castaños que bordeaba el camino de entrada, al fin pudo verlo en su totalidad: una asombrosa mansión con paredes de pedernal y ladrillo rojo. La construcción era sorprendente, irregular, dominada por una torre cuadrada al pie de la cual se encontraba la escalinata de la entrada. A cada lado se extendían dos alas que acumulaban hastiales y balcones estrechos. Cada piso poseía su propia clase de ventanas: altas en la planta baja, más pequeñas en la primera y en la segunda, y lucernarios de todos los tamaños tachonando los tejados. Los aleros voladizos añadían todavía más riqueza al conjunto, que se volvía imposible de resumir en un solo estilo. En esa mansión había influencias de origen normando, neogótico, e incluso procedentes de los cuentos de hadas...

Andrew se dirigió hacia la escalinata con un paso que se esforzaba por mantener regular. Quizá lo estuvieran observando, y era consciente de la importancia de las primeras impresiones. Subió los anchos escalones semicirculares resguardados por una marquesina con forma de abanico cubierta de cristal esmerilado. Antes de anunciarse, se detuvo un momento a arreglarse la ropa.

Tiró de la cadena de la campanilla temiendo no hacerlo con la suficiente fuerza. De ahí que pusiera demasiada energía en ello y sonó con una vehemencia fuera de lugar.

Andrew esperó y, como siempre que esperaba, se hizo demasiadas preguntas. ¿Y si se había equivocado de dirección? ¿Y si esa casa estaba deshabitada? Con la suerte que tenía, seguro que se encontraba a la propietaria muerta y completamente seca, como el ratón con el que se había topado la última vez que había ordenado el garaje.

De repente, a través de las vidrieras que adornaban la puerta principal, distinguió una sombra. Alguien accionó la cerradura y se abrió el batiente. Apareció una mujer de unos cincuenta años, robusta aunque sin resultar por ello poco agraciada, morena, con el cabello recogido en una coleta. Lo miró de hito en hito, sin ambages.

—Buenos días. Usted debe de ser el nuevo mayordomo, ¿verdad?

—Efectivamente. Tengo cita con la señora Beauvillier.

—Entre. Yo soy la cocinera.

—¿Se encuentra bien la señora?

Si la mujer le hubiera respondido que su jefa estaba muerta y seca en el garaje, Andrew habría empezado a creer en las señales.

—La señora lo esperaba a mediodía. Aguarde, voy a avisarla.

Después de la cegadora luz del jardín, Andrew tardó un instante en acostumbrarse a la penumbra de la entrada. La cocinera se alejó taconeando en las baldosas adornadas con motivos florales azules. El lugar estaba amueblado con una combinación heterogénea de piezas sin duda rescatadas. Al cabo de algunos minutos, la mujer regresó rompiendo el silencio con su paso decidido.

—La señora lo recibirá enseguida. Deje su equipaje en el banco. ¿Quiere beber algo?

—Ahora no, gracias.

—¿Ha tenido buen viaje?

Curiosamente, le hacía esas preguntas más bien amables en un tono bastante duro.

—Magnífico, gracias.

La cocinera lo condujo al primer piso por una bonita escalera de roble que ocupaba toda la torre. Prosiguió por un pasillo interrumpido por algunos escalones y llamó a la primera puerta. Cuando una voz le dio permiso para entrar, abrió y se hizo a un lado para dejar pasar al visitante.

Las cortinas estaban corridas. La señora Beauvillier se hallaba sentada detrás de una mesa de trabajo. En la relativa penumbra, no se distinguía más que su silueta. Un fino rayo de luz que penetraba entre las cortinas permitía adivinar, dispuestos alrededor de un vade, carpetas cuidadosamente apiladas, un teléfono, una estatuilla de bronce con forma de bailarina y un portaplumas de porcelana.

La mujer se levantó y le tendió la mano.

—Señor Blake. ¿No es así?

Andrew le estrechó la mano. Temblaba. La dueña de la casa volvió a tomar asiento en su sillón y le hizo una señal para que se sentara en una silla acolchada enfrente de ella. El asiento era tan bajo que Blake, aunque bastante alto, se encontraba por debajo de su interlocutora.

—Su retraso me ha resultado inquietante, pero no teníamos un número de móvil al que llamar.

—Lo lamento, debería habérselo dado. Probablemente confundí la hora de mi trasbordo en París con la de mi llegada aquí...

—No importa. Sus referencias son excelentes y me lo han recomendado encarecidamente. Así pues, le haré un contrato de prueba de cuatro meses. Eso nos sitúa a comienzos del año que viene.

—Gracias, señora.

A pesar de la falta de luz, Blake pudo distinguir en su jefa, gracias a ciertos movimientos suyos, un porte bastante orgulloso, un peinado cuidado, unos gestos precisos. Y, no obstante, había algo de hartazgo en su actitud. Su voz melodiosa y cadenciosa parecía muy joven para su edad (Richard le había dicho que se llevaban sólo unos meses).

—Me han dado a entender que conoce usted Francia —mencionó la mujer.

—He tenido ocasión de pasar con frecuencia algunas temporadas aquí. Mi esposa era francesa. No había vuelto desde su fallecimiento.

—Lo siento mucho —repuso ella. Y enlazó sin transición—:

Odile, a quien acaba de conocer, le explicará la organización de la casa y en qué consistirá su trabajo. No le exijo que lleve uniforme, pero la camisa y la corbata son de rigor. Los lunes serán su día de descanso. Insisto en la importancia de la puntualidad. Verá usted que se trata de una casa tranquila; no tenemos una barbaridad de invitados. Y, ahora, voy a pedirle que me deje: me aguardan otros asuntos. Si tiene alguna pregunta, hágasela a la cocinera.

—Bien, señora.

Andrew se levantó para despedirse. Justo cuando se disponía a salir, la señora Beauvillier se dirigió a él:

—¿Señor Blake?

—¿Sí, señora?

—Hoy lo han recibido en la mansión por la escalinata principal. Será la única vez. Los empleados utilizan la puerta de servicio, situada en la cara oeste, o, más a menudo, la de la cocina, detrás de la casa.

Andrew lo encajó sin rechistar.

—Tomo nota, señora.

—Bienvenido a nuestro hogar.

6

La disposición de la mansión era tan compleja como su arquitectura exterior permitía suponer. Al bajar solo, Andrew estuvo a punto de perderse. Dudó, se dio la vuelta, volvió sobre sus pasos y acabó encontrándose con alivio ante la puerta de lo que parecía el comedor del servicio. Odile estaba de espaldas, atareada llenando un azucarero. Una hermosa luz se filtraba por la ventana y por una puerta de pequeños cristales que daba al exterior. Andrew entró. Al oírlo, la cocinera se volvió con brusquedad.

—Éste es mi feudo —soltó—. No entra nadie sin mi permiso.

Blake se quedó paralizado.

—No tengo nada personal en su contra —prosiguió la mujer—. Simplemente creo que no tenemos ni medios ni necesidad real de sus servicios. Aun así, la jefa no soy yo, excepto en esta habitación.

Andrew retrocedió hasta el umbral. Odile puso la tapa del azucarero y se limpió las manos en el delantal.

—¿Sigue sin tener sed? —preguntó a continuación.

—Me gustaría un vaso de agua fresca, por favor.

La mujer se dirigió al gran frigorífico y sacó de él una jarra. Volvió a la larga mesa que se extendía en el centro de la habitación y la dejó allí, así como un vaso.

Volvió la cabeza hacia Andrew.

—Venga, entre, no lo voy a comer.

—Acaba de decirme...

—Prefiero que las cosas estén claras, nada más.

—Lo están.

Odile cogió una silla y tomó asiento. Andrew recorrió la habitación con la mirada. Una impresionante cocina de gas ocupaba todo el hogar de una antigua chimenea. Las paredes estaban cubiertas de estantes y de utensilios suspendidos sobre encimeras muy modernas y armarios bajos. Todo ello estaba ordenado de manera metódica. No había nada fuera de lugar, ni siquiera los trapos, impecablemente doblados sobre el tirador del horno. De repente, Andrew se percató de un magnífico gato de angora acostado como una esfinge al pie del aparato. El animal de pelaje de color caramelo rayado por matices más oscuros tenía los ojos cerrados y el hocico ligeramente levantado, como si estuviera olisqueando el aire.

—Se llama *Méphisto* —dijo Odile con orgullo.

—Es muy bonito.

—No intente acariciarlo: lo odia. Es un salvaje. Soy la única a la que acepta.

La cocinera le sirvió de beber y añadió:

—¿La señora se lo ha explicado todo?

—Ha dicho que lo haría usted...

—Entonces, vamos allá. Actualmente, trabajamos cuatro personas al servicio de la señora. Yo me encargo de las comidas y ayudo a la señora en todo lo personal. Todas las mañanas viene una chica a limpiar, a hacer la colada y a planchar. Se llama Manon, la conocerá usted mañana. En el exterior tenemos al encargado, que vive en la otra punta de la finca, en el pabellón de caza. No se ocupa de nada de la casa, pero todo lo que se encuentra fuera de ésta es responsabilidad suya. ¿Preguntas?

—¿Qué se espera de mí?

—Según he entendido, va a hacerse cargo de las tareas administrativas de la señora, su correo y todas esas cosas. También servirá cuando tenga invitados. Asimismo, será usted quien le lleve el periódico planchado.

Andrew creyó haber entendido mal.

—¿Quiere decir sin arrugarlo?

—No, quiero decir *planchado*. Mañana le enseñaré. Lo espera a las siete en punto para su desayuno. Yo preparo la bandeja, usted la sube. Luego la ayudo a vestirse. El primer día me quedaré con usted y veremos todo juntos, paso por paso. Seguramente desee ver su cuarto, ¿no es así?

Andrew se dio prisa en terminarse el vaso de agua: Odile había salido ya de la cocina.

7

Cuantos más pisos subía uno, más estrecha y empinada se volvía la escalera. A Andrew le costaba llevar la maleta al paso de Odile, quien le iba explicando detalladamente el lugar.

—En la planta baja, la señora recibe sobre todo en el salón pequeño. El grande se utiliza para las comidas, pero ya no organiza ninguna desde hace mucho tiempo. No le gusta que vayamos a la biblioteca. En la primera, están sus aposentos y otras habitaciones que ya no se usan. De la segunda para arriba no sube nunca. Está el antiguo despacho del señor.

—¿Lo conoció usted?

—No, entré al servicio de la señora hace ocho años, y creo que había muerto por lo menos tres años antes. Y usted, ¿cómo ha acabado trabajando aquí?

Lo directo de la pregunta cogió por sorpresa a Andrew, que todavía no dominaba bien su mentira. Sin aliento, improvisó una respuesta:

—Mi antigua jefa falleció. Necesitaba un trabajo.

—¿No había ahorrado bastante para jubilarse?

—Las pensiones son diferentes en Gran Bretaña...

—Eso he oído decir, sí. Hay muchas cosas que son diferentes, por cierto...

Llegaron a la tercera planta.

—Éste es nuestro reino —anunció Odile señalando un largo pasillo angosto e irregular jalonado de puertas—. Mi cuarto está por ahí. Usted se instalará en el otro extremo. El resto de las habitaciones están llenas de trastos. Nadie pone nunca un pie aquí. Estamos con las antiguallas, querido señor mío.

Odile llevó al recién llegado a su nueva morada.

—Es gracioso —apuntó Andrew—: en Francia, siempre ponen al servicio doméstico arriba, en los pisos más altos. En Inglaterra los ponemos abajo, en el sótano. Me parece paradójico que los sirvientes vivan más arriba que sus señores...

Odile dio media vuelta y miró a Blake con expresión severa.

—No olvide que nosotros hicimos una revolución. En nuestro país, haría mucho que a su reina le faltaría la cabeza... Es por aquí.

La cocinera reanudó su camino. En un tono sosegado, le explicó:

—Su habitación no es grande, pero la vista es bonita. Tiene un pequeño cuarto de baño. Dado el estado de las tuberías, si no quiere acabar dándose una ducha helada, más nos vale ponernos de acuerdo para no ducharnos en el mismo momento. ¿Es usted más de ducharse por la noche o por la mañana?

—Por la mañana.

—Perfecto. Yo soy más de por la noche. Debería funcionar.

Odile abrió una puerta con mucho cuidado de no traspasar el umbral e invitó a Blake a pasar adentro.

—Éste es su territorio. Le enseñaré dónde están guardadas la ropa de cama y las toallas. Se supone que Manon no tiene que hacer la limpieza de su cuarto, pero puede negociarlo directamente con ella.

Con el corazón acelerado después de la escalada, Andrew entró con su maleta. Si había soñado con rejuvenecer, ésa era la ocasión ideal, porque su habitación era un auténtico piso de estudiante. Abuhardillado, se hallaba amueblado con una cama pequeña, dos estanterías, un armario y un escritorio minúsculo con su silla, todo ello sobre un fondo de papel pintado con figuras geométricas descoloridas.

—Lo dejo que se instale. Vuelva a bajar cuando haya acabado. Tenemos otros detalles por concretar.

—Gracias por haberme acompañado.

Odile cerró la puerta sin responder. Blake se quedó de pie, inmóvil, observando su cuarto con circunspección. Se acercó a la ventana. Era bien entrada la tarde y comenzaba a oscurecer. La vista era, en efecto, magnífica, dominaba los jardines. Muchos de los grandes árboles conservaban todavía sus hojas, que los rayos declinantes arrebolaban. La mansión era tan recargada que Andrew se sentía incapaz de situarse con respecto a la entrada. Fue hacia la cama y se apoyó en el colchón para probarla. Se encontraba tan cansado que podría haberse dormido encima de una tabla. Abrió el armario y tocó las baldas del interior. Luego pasó al cuarto de aseo, en donde abrió los grifos, que comenzaron a vibrar de una manera extraña antes de permitir que corriera el agua.

Acabó sentándose en la silla y, por último, resopló. ¿Qué estaba haciendo él allí? Sin duda, Richard estaba en lo cierto cuando encontró su proyecto ridículo. Hacerse pasar por mayordomo... El ambiente de la casa no tenía nada de relajado. Entre la señora, que le prohibía la puerta principal, y la cocinera, que, como un comandante de un navío de guerra, les exigía a sus marineros una petición formal antes de acceder al puente, no iba a divertirse. Además, con un gato que se llamaba *Méphisto*, ese lugar hasta podría convertirse en el infierno...

Andrew resolvió ocuparse de su maleta, que subió encima de la cama. Se habría contentado con colgar sus camisas y encajarla tal cual en el armario, pero, sin duda, ninguna balda era lo bastante sólida como para soportar su peso. Al final, decidió deshacerla más tarde y se apoyó en la pared para contemplar su nuevo reino. La última vez que se había mudado a alguna parte era con Diane, veinte años antes, a su casa de campo de Debney. Por un instante, volvió a sentir el escalofrío singular que lo recorre a uno justo cuando le confiere a un lugar la idea de que es suyo y que puede cambiarlo a su gusto sin avisar ni pedir permiso. Luego, de repente, se acordó de que, en realidad, no estaba en su casa y de que, en esa ocasión, estaba solo. Ese día no le daría ninguna sorpresa a nadie, no se reiría de las elecciones del otro y nadie iría a ayudarlo a transportar una carga demasiado pesada. Andrew decidió salir de su cuarto con la esperanza de dejar atrás el sentimiento que le oprimía la garganta.

Al bajar, por fin pudo tomarle el pulso a la casa a su ritmo. Estaba contento de hacerlo, así pensaba en otra cosa. Solo, podía observar, oler, escuchar. Los parquets que crujían, la marca de antiguos cuadros retirados de las paredes, las alfombras raídas, la calma apagada de una casa cuyo boato se había desvanecido hacía mucho tiempo.

Se demoró en seguir las barandillas, mirar por las ventanas de los rellanos, aguzar el oído en la planta de la señora. Cuando llegó al umbral del comedor del servicio, constató que el gato se hallaba exactamente en la misma postura, los ojos todavía cerrados, pero más cerca de la cocina que hacía un rato, como una estatua a la que hubieran desplazado. La puerta que daba al exterior estaba abierta. Andrew no se atrevió a entrar. Hizo un ruidito para atraer la atención de *Méphisto*, pero éste no se dignó levantar un párpado siquiera. Blake multiplicó los sonidos, cada vez más ridículos, inclinándose hacia el animal, hasta que Odile lo sorprendió al volver del jardín.

—¿Tiene algún problema? —le preguntó alzando una ceja.

—Ninguno —contestó él y se puso derecho con celeridad.

—¿Le gusta su habitación?

—Es perfecta —respondió pensando que, seguramente, no la ocuparía durante mucho tiempo.

Fuera se ponía el sol. Su luz cálida se reflejaba en las cacerolas de cobre alineadas, que lanzaban destellos dorados por toda la habitación. Un soplo de aire penetró hasta el corazón de la cocina. No había nada que la corriente de aire pudiera desordenar a excepción del pelaje angora del gato, que se estremeció.

—Bueno, entonces, no se quede en el umbral, entre.

—Creía que...

—Basta. Ya que vamos a vivir bajo el mismo techo, más vale dispensarle una buena acogida.

Odile había vuelto con unas lechugas que lavó bajo el grifo del fregadero para quitarles la tierra.

—¿Tiene un huerto? —preguntó Blake.

—No es tan grande como me gustaría, pero para nosotros nos basta. Mañana se lo enseño si le apetece.

—Entonces ¿usted prepara la comida de todos? ¿Incluso para el hombre que vive en el pabellón de caza?

—¡Me había olvidado de ése! Será mejor que baje a verlo antes de que se haga de noche. Es un poco especial.

—¿Un poco especial?

Odile no añadió nada más y le señaló la puerta del jardín.

—Baje por el camino que tiene ante usted. Si continúa siempre hacia abajo, sin desviarse en dirección a los cerros y el bosque, no puede perderse. No está lejos, pero desde aquí no podemos ver el pabellón de caza. Es imposible equivocarse: una casita pequeña de ladrillo cubierta de rosales trepadores. No tarde. Aproveche para decirle que venga a buscar su comida. Por supuesto, tenemos un interfono, pero ya no funciona...

La cocinera hizo ademán de volverse hacia el fregadero, pero pareció cambiar de opinión.

—Si quiere, lo espero para cenar. Todavía me acuerdo de mi primera noche aquí. El servicio anterior me dejó cenar completamente sola en esta misma mesa. Tengo un recuerdo horrible de esa cena. Así que no sé qué vamos a contarnos, pero si se lo puedo ahorrar...

—Muchas gracias.

Odile asintió con la cabeza. Fue una auténtica sorpresa para Blake. Así que el comandante tenía corazón...

Andrew salió y echó a andar por el camino. Al poco tiempo ya no oyó el ruido del agua en el fregadero. La luz disminuía, los árboles ya no eran más que grandes moles oscuras. Nunca le había gustado estar fuera a esa hora («entre dos luces», como decía Diane en francés). Desde siempre, si no estaba en su casa, cerca de los suyos, justo cuando se ponía el sol, se sentía melancólico y sumamente solo. Para animarse, inspiró profundamente y apretó el paso.

8

Si bien la parte de la finca situada frente a la mansión estaba dispuesta de manera bastante clásica —céspedes, caminos y setos simétricos que, por otra parte, habrían necesitado una buena poda—, la trasera parecía un jardín exuberante, lleno de macizos de flores, de bosquecillos, con un parterre de césped central como nexo. La vasta extensión de múltiples recodos serpenteaba entre dos colinas arboladas. A Andrew le costaba distinguir el suelo a la luz menguante, y tropezó varias veces con piedras al salirse del camino de tierra batida. Al adentrarse hacia lo más profundo de la propiedad, pasó cerca de un cenador, descubrió una pajarera abandonada y acabó por ver la casita, cuyas ventanas se hallaban iluminadas. La vivienda no era muy grande, cuadrada y escondida al pie de unos grandes fresnos al final del parterre de césped.

Abandonó el camino para atajar por éste. Se acercaba a la puerta cuando, de repente, oyó gritos y ruido de lucha. Dos hombres se peleaban con un estrépito de muebles maltratados. Andrew se amilanó y renunció a llamar a la puerta. Avanzó de puntillas hasta la ventana para echar un vistazo de manera prudente. No vio a nadie, aunque las voces parecían más irritadas. Posiblemente, el altercado tenía lugar en la habitación contigua. Para saberlo a ciencia cierta, bordeó la fachada hasta la otra ventana. Abriéndose paso por el arriate, pegó la mano al cristal y entornó los ojos para ver mejor. De pronto, una mano le agarró el brazo de manera brutal y se lo retorció contra la espalda en una llave. Andrew gimió de dolor. Sintió un objeto frío colocado sin miramientos bajo la mandíbula, y una voz le silbó muy cerca de la oreja:

—Te lo advierto, caraculo: si haces el más mínimo gesto, te reviento la cabeza y te corto en daditos para echárselos de papeo a mi perro...

Si bien no lo había comprendido todo, Andrew captó perfectamente el fondo del mensaje.

—Venía a decirle buenos días —dijo con voz temblorosa, ahogada por la presión contra su cuello.

—Venga, colega. Eso está muy visto. Yo también vengo en son de paz, ¡llévame con vuestro jefe! Así que, buenos días; por cierto, a esta hora se dice *buenas tardes*. Gusano, ¡has venido otra vez a birlarme las herramientas! No te ha bastado con las de la semana pasada... Escúchame bien: voy a darte la vuelta con mucha calma para verte la jeta de ladrón que tienes a la luz y, si no me la juegas, tendrás una oportunidad de ver cómo amanece mañana.

El hombre apretó más la llave del brazo y obligó a Blake a volverse sobre sí mismo para verle la cara.

—Joder, ¡no tienen vergüenza! —siguió diciendo el tipo al ver el rostro de su prisionero—. ¡Mandan a currar a la tercera edad! Qué chungo. Dime, me imagino que no estás tú solo. No serás tú, con esos brazos de recolectora de té, quien me ha levantado doscientos kilos de material, ¿verdad? ¿Dónde están tus amigos?

—No tengo amigos. Me está haciendo daño. Soy el nuevo mayordomo, el señor Blake.

El hombre parpadeó muy rápido. Había reconocido el acento inglés, por lo demás muy diferente del acento de los gitanos que le complicaban un poco la vida. Despegó el cañón de su fusil de la garganta de Blake y aflojó su presa.

—El mayordomo —repitió el hombre trastornado—. Lo había tomado por...

—Los dados de carne de su perro, ya lo sé.

Blake apartó el cañón y se frotó el brazo con una mueca de dolor.

—Tiene usted una forma muy extraña de recibir a la gente —refunfuñó.

—Me ha aplastado la cebollana —dijo el hombre señalando las plantas pisoteadas.

—La señora Odile le comunica que puede ir a buscar su cena.

El hombre ayudó a Andrew a recomponer su ropa.

—Lo siento mucho, señor Steak.

—Blake, me llamo Blake. Ahora, lo mejor es que regrese.

—¡No puede irse así! Es una pena. Entre, lo invito a un cacharro.

—¿A un cacharro? Pero ¿no le he dicho que no quiero sus herramientas?

—Que no, que es una manera de decir que lo invito a tomarse una copa conmigo para celebrar su llegada.

Después de haber mostrado una cara de salvaje sanguinario, el hombre lucía ahora la sonrisa más afable del mundo. Andrew lo miró desconcertado y un poco asustado. Empezaba a comprender lo que Odile insinuaba al decir que era *un poco especial*.

El hombre le tendió una mano campechana.

—Philippe Magnier. Soy el encargado de la finca.

Andrew titubeó y acabó por estrechársela.

—Andrew Blake. Siento lo de su cebolleta.

—*Cebollana*. Una hierba aromática de la familia de las liliáceas. Y, además, es verdad que aquí a estas horas se dice *buenas tardes*. *Buenos días* es hasta las cuatro..., bueno, depende de la gente.

—Y, después de las seis y media, siempre se saludan con escopetas, ¿verdad?

—No se enfade. Ya le he dicho que lo sentía. Además, no se nos ocurre mirar dentro de casa de la gente de esa forma.

—Justo cuando iba a llamar a la puerta, he oído una pelea.

—Ah, ¿era eso? ¡Es la tele! Dan no quiere ir a devolverle el dinero a la policía, aunque eso podría hacer que soltasen a James; entonces Todd se ha abalanzado sobre él.

—Voy a dejarlo, estoy seguro de que Bill no tardará en plantarse allí para arrestarlos a todos.

—¿Ha visto ya este episodio?

Blake dejó escapar un gran suspiro y volvió la cabeza. Magnier lo retuvo.

—No, bromas aparte, quédese, por favor. Además, estoy bastante contento de que aterrice un hombre en esta casa, porque, ¿sabe?, las tres nenas son un caso de cuidado.

—¿Las tres nenas?

—La señora Beauvillier, la Odile y la Manoncita. No están en sus cabales, como aquel que dice...

Andrew se dejó arrastrar hasta la entrada.

—Venga, haga un esfuerzo —insistió Magnier—. Y bienvenido.

—Si he comprendido bien sus costumbres, ésta es la única vez que voy a pasar por esta puerta. La próxima, ¿tendré que utilizar el conducto de la basura o la ventana?

Magnier lo miró un poco sorprendido.

—¿Por qué dice eso?

Andrew se encogió de hombros y cruzó el umbral. Se llevó la sorpresa de darse de narices con un joven golden retriever que se le echó encima ladrando. El perro era joven, loco de atar, con un pelaje de color avellana.

—¡Échate, *Youpla*! —le ordenó Magnier como si fuera a levantarle la mano—. No tenga miedo, no es mal perro.

En efecto, el animal le dedicó una alegre bienvenida al recién llegado. Le lamió las manos a Andrew, incluso hasta entre los dedos.

—Si se supone que es éste el que me va a comer, incluso en dados pequeños, le va a llevar un buen rato...

Magnier sacó dos vasos y una botella de un armario empotrado mientras le explicaba:

—Me hace compañía. Él ha sido el que me ha avisado de su llegada. Se le da bien vigilar.

Blake acarició la cabeza del perro y le murmuró:

—La próxima vez, dile también que no soy un ladrón. Me parece que eres el más normal de la banda...

—Vamos, ¡brindemos por esta forma de conocernos tan divertida!

Magnier levantó su vaso. Blake se unió al brindis frotándose la barbilla, todavía dolorida por el cañón. Se bebió el contenido del vaso y estuvo a punto de ahogarse.

—Rasca, ¿verdad? —Magnier se rio.

—Tengo que volver. Me está esperando Odile.

—Pues que espere, así aprenderá, que hace mucho tiempo que se cree la señora. Voy con usted.

9

Tras una cena rápida, Andrew ayudó a Odile a recoger la mesa. No habían hablado más que de cosas anodinas espaciadas entre largos silencios. Blake había aprovechado para espiar a *Méphisto* con la esperanza de ver cómo abría, por fin, los ojos o, mejor aún, de sorprenderlo en algún movimiento. Sin embargo, el gato dominaba a la perfección su papel de esfinge disecada. El animal había vuelto a alejarse de los hornos, sin que Andrew pudiera decir en qué momento. Era toda una obra de arte.

Cuando llegó el momento de subir a su habitación, Blake no se acordaba ni de lo que había comido ni de lo que Odile le había dicho; un efecto secundario, sin duda, de la copa infame del encargado.

—Buenas noches, señora Odile, le agradezco que me haya aceptado en su mesa.

—Ningún problema. Que pase buena noche, señor Andrew. No olvide que, mañana por la mañana, debe reunirse aquí conmigo a las seis e iremos al meollo de la cuestión.

Andrew asintió y se dirigió hacia la puerta del comedor del servicio. Antes de llegar al umbral, se volvió.

—*Señora Odile, señor Andrew...* ¿No le parece a usted que queda un poco anticuado? Quizá podríamos llamarnos por nuestros nombres sin más...

—Prefiero con creces lo anticuado a un exceso de familiaridad, señor Andrew.

—Como quiera, aunque me resulta sorprendente que prefiera

el estilo Jane Austen cuando le estaba proponiendo algo más cercano a Victor Hugo...

La cocinera no mostró reacción alguna y Blake se marchó de la habitación.

De la única bombilla de bajo consumo que había en su habitación emanaba una fría luz que haría pasar la casa de Barbie por una cámara frigorífica de pescadería industrial. Ya no le quedaba otra: si quería acostarse, Andrew tenía que deshacer primero su maleta. La abrió y sacó metódicamente su ropa, que distribuyó en el armario. Luego consiguió subir la maleta vacía encima del mueble. Era tan ancha que la columna resultante parecía un champiñón. En el minúsculo cuarto de baño, dispuso sus escasos productos de aseo y colocó dos cepillos en el vaso dejado en la balda bajo el espejo.

Sobre la cama no quedaba más que una bolsa pequeña. De ella sacó un marco de foto cuidadosamente envuelto en un pijama burdeos para protegerlo. Una imagen de ellos tres de vacaciones bajo el sol de la Francia meridional. Diane estaba resplandeciente, Sarah se reía; ambas tenían la cabeza apoyada en los hombros de Andrew. Probablemente, uno de sus mejores recuerdos. Aquel día, el viento había arrancado todas las sombrillas tanto de las playas como de las terrazas de los bares, dando lugar a un ambiente surrealista de pánico que les había hecho reír con ganas. Se podía ver la felicidad en sus rostros. Ignoraban que vivían sus últimas vacaciones juntos. Otra última vez.

Andrew desplegó el pie del marco y lo colocó sobre la mesilla de noche. Metió de nuevo la mano en la bolsa y sacó un canguro pequeño de peluche que dejó con cuidado al lado de la foto, con la cabeza vuelta hacia él.

—Buenas noches, *Jerry* —le dijo.

El animal tenía las orejas y el hocico muy desgastados. Sus ojos pequeños y redondos estaban rayados y ya no brillaban tanto como en el pasado. Andrew lo observó con ternura. Titubeó, pero acabó cogiéndolo y estrechándolo con fuerza contra sí. Volvió a ponerlo allí después de haber hundido la nariz en su cuerpo para respirar su olor. Le venían a la mente muchas imágenes. Ciertos objetos tienen el poder de anular el tiempo, pero nunca la tristeza. El consuelo que procuran se paga. La felicidad que parecen reavivar se aleja más de uno en cuanto se sueltan, como la resaca de una ola.

En el petate de Andrew no quedaba más que su teléfono móvil. Se situó debajo de la luz para encenderlo. Nada de cobertura. Como un buscador de oro que se pasea con su detector, recorrió lentamente los pocos pasos que lo separaban de la ventana para tratar de captarla. Nada, ni sombra de red. De todas formas, ¿quién iba a haberlo llamado?

Se cepilló los dientes y luego se observó en ese espejo nuevo para él. Otra decoración y otra luz lo obligaban a mirarse de manera diferente. Si no hubiera tenido esa imagen de sí mismo que se movía allí delante, si no hubiera confiado más que en lo que sentía en lo más profundo de su ser, se habría creído muerto.

Andrew se acostó doblando hacia bajo con cuidado las sábanas frescas en torno a él. Casi por enésima vez, se quitó las gafas, las dobló y las colocó encima de la mesilla de noche. La última cosa que vio antes de apagar fue a *Jerry*. Hundió la cabeza en la almohada. ¿Desde hacía cuánto tiempo no dormía en una cama individual? Si bien un día creyó haberlo hecho por última vez, se había equivocado. Como todos los días, Andrew le deseó buenas noches a Diane, quien dormía desde hacía ya mucho tiempo. Siete años, cuatro meses y nueve días, exactamente.

10

Primero, un trueno lejano surgido de un mal sueño. Luego, el machaqueo de un bombardeo en una guerra total. Por último, un golpe sordo y una voz aterradora:

—Señor Blake, son las seis y cuarto. Ha olvidado despertarse.

Golpearon de nuevo la puerta. Andrew se volvió trabajosamente mientras trataba de volver en sí. De repente, la puerta se abrió y apareció Odile.

—¡Dese prisa! Llegamos tarde. ¡A la señora no le va a hacer ninguna gracia!

Blake cogió sus gafas y se incorporó.

—¿Y si hubiera dormido completamente desnudo? —espetó indignado.

—Entonces, habría pasado frío —replicó la cocinera sin inmutarse—. Dúchese rápido, lo espero abajo dentro de cinco minutos.

Andrew se levantó tan rápido que se mareó. Ni siquiera tuvo tiempo de regular bien el agua para que saliera templada. Se enjabonó helándose hasta los huesos, luego se aclaró gritando por lo caliente que estaba. Nada más despertarse y ya estaba de malhumor, pero llegó al comedor del servicio a tiempo.

—Como es su primer día, he ido a buscar el periódico por usted —le advirtió Odile—. Venga al cuarto de la colada, le enseñaré cómo plancharlo.

Andrew descubrió más pasillos hasta el cuarto donde estaban la lavadora y la secadora. La cocinera le señaló la tabla de planchar, sobre la que había dejado un ejemplar de *Le Figaro*.

—Antes de nada —comenzó Odile—, debe cubrir la tabla con la funda «especial para periódicos», porque, de lo contrario, habrá tinta en la de Manon y restos en la ropa que planche ella.

A continuación, le puso una plancha pequeña entre las manos.

—Termostato al tres. Más caliente no, porque, si no, puede prenderle fuego. Y créame que lo sé: a mí ya me ha pasado...

—De acuerdo, termostato al tres.

—Y utilice sólo la plancha con el asa verde, porque la otra es la de Manon.

—Comprendido: la tinta, todo eso, la ropa limpia que se mancha...

—Y, ahora, es su turno.

—¿Plancho el periódico?

—Exactamente. Así se eliminan los dobleces y fija la tinta. De esta forma, la señora no se pondrá los dedos negros. ¿No lo hacen en las grandes casas inglesas?

—No sabemos leer siquiera —refunfuñó Andrew—. Puede que, cuando hayamos hecho la revolución, les pidamos prestado a Carlomagno para inventar el colegio.

Se esforzó en hacerlo lo mejor posible. El olor a tinta calentada le provocaba náuseas. Se entretuvo en un gran titular: «La cotización del acero aumenta más del 20 por ciento: amenaza para la industria».

Odile lo interrumpió:

—La señora odia que lean su periódico antes que ella.

—¿Cree que la mirada de los ingleses desgasta las páginas que leen? Y, para empezar, ¿cómo iba a enterarse? ¿Tiene un detector de mentiras en su cestillo de punto?

—La señora no hace punto, y no debería burlarse de ella. Le sorprendería saber de lo que es capaz...

—Con que pudiera leer su periódico sin que le diera miedo ennegrecerse los dedos ya me sentiría impresionado. Esta clase de manía es ridícula.

—No es usted el más indicado para hablar de manías ridículas.

—¿Qué está insinuando?

Andrew suspendió el planchado y se encaró con Odile, que le respondió:

—La señora, al menos, no duerme con un bicho de peluche como un bebé...

Blake echó los brazos al cielo.

—No sólo se atreve a entrar de improviso en la habitación de un hombre al que no conoce más que del día anterior...

—Llegaba tarde, ¡la señora seguramente lo habría despedido!

—¡... sino que además invade su intimidad!

—En absoluto.

—Entonces, ya que es usted tan indiscreta, déjeme contarle la historia de *Jerry.*

—No me interesa. Ni siquiera sé quién es ese *Jerry* del que me habla.

—Es el canguro de peluche del que se ha burlado usted. Nunca viajo sin él. Era el peluche preferido de mi hija. Así lo bautizó cuando su padrino, que volvía de Australia, se lo regaló al cumplir cinco años. Lo llevaba a todas partes. Perder a *Jerry* era el peor drama del mundo. Durante años, estuvo durmiendo abrazada a él. Además, no podía conciliar el sueño si no lo tenía consigo. Y luego, un buen día, *Jerry* se quedó sentado en la esquina de la cama. Ya no lo estrechaba entre sus brazos. Poco tiempo después, lo arrinconó en un estante. Y, más tarde, cuando se marchó de nuestra casa para ir a estudiar a la universidad, se fue sin él. Seguramente sea natural, pero me impresionó. Me acostumbré a ir cada mañana a la habitación en donde mi hija ya no dormía para decirle buenos días a ese compañero abandonado. Desde entonces, va conmigo a todos lados. Puede reírse si quiere...

—Lo siento... mucho. No quería...

El humo denso que subió de repente del periódico los interrumpió.

—¡Maldita sea! —exclamó Odile retirando la plancha—. ¡Las cotizaciones bursátiles están en llamas!

—A eso se le llama calentar los mercados.

—Eso, ríase. Nos va a echar a los dos.

—No hay ningún problema: mire, las ofertas de empleo están intactas...

Sentado a solas frente a la mesa del comedor del servicio, Andrew se sirvió una taza de té. Después del brusco comienzo de ese día, paladeó un trago de Earl Grey dulce e intenso. Su mirada se detuvo en el gato, que, por lo visto, no se había movido desde la víspera.

—Entonces, *Méphisto*, ¿cuál es tu secreto? Dame ese gusto, abre los ojos, que tenga, al menos, una pequeña prueba de que no eres la momia de un gato.

Durante un instante, sopesó lanzarse hacia el animal para obligarlo a reaccionar, pero Odile volvió antes de que pudiera pasar a la acción.

—¡Esto sí que no me lo creo! —decía echando pestes mientras se dejaba caer sobre una silla—. Si hubiera sido yo quien hubiera quemado un centímetro cuadrado de su periódico, no me atrevo a imaginar el rapapolvo que me habría llevado. Y va y ni una palabra. Peor aún: no dice nada, aunque ni siquiera se haya afeitado, y, además, le parece divertido que lleve una pajarita verde con una camisa azul... Qué asco.

Andrew sonrió.

—Tiene razón —señaló—, ni siquiera ha hecho comentario alguno cuando le he dejado la bandeja. Sus tostadas olían bien, pero el aroma de mi periódico a la plancha lo impregnaba todo...

Odile consultó la hora en su reloj.

—¿Ha visto a Manon?

—Todavía no. Puede que no haya llegado.

—Sí, he visto su bicicleta por la ventana. Los jueves suele llegar tarde.

Luego Odile se dirigió a su gato:

—Deséame suerte, *Méphisto*, tengo que volver a subir para ayudar a la señora a arreglarse —y se levantó.

Con una vocecilla nasal, Andrew susurró:

—Suerte, miauuu...

Odile dio media vuelta y se quedó mirando al animal, como siempre impasible, con un destello de esperanza.

—¿Qué dices, *Méphisto*?

—No se haga ilusiones, ni siquiera consigue abrir los ojos...

Si hubiera tenido una sartén a mano, lo habría dejado inconsciente.

11

Blake acababa de apilar la vajilla cuando oyó un pitido estridente que procedía de la escalera principal. Sólo había oído otro con esa potencia, y anunciaba un penalti en la Copa de Europa. Estuvo a punto de soltar los platos y corrió a ver de qué se trataba. El gato, en cambio, ni se había inmutado.

Cuando llegó al pasillo, estuvo a punto de chocar de frente con una joven que llegaba corriendo del cuarto de la colada con unos auriculares en las orejas.

—¿Qué pasa? —preguntó Blake preocupado.

La desconocida se quitó los cascos y señaló el rellano de la primera planta, en donde Odile estaba dándole vueltas al silbato que había en el extremo de un cordón. A contraluz de la ventana, muy tiesa, dominando la entrada desde la altura, se parecía un tanto a un conde transilvano al darles la bienvenida a sus víctimas.

—¿Por qué ha tocado el silbato? —le preguntó Andrew.

—Para presentarle a Manon. Nunca se sabe dónde está. Y, de todas formas, con su música, no me oye cuando la llamo. Así que silbo.

La chica le sonrió a Blake, ya que dudaba si tenderle la mano o hacerle una reverencia como si fuera la reina de Inglaterra.

—Buenos días... —acabó diciendo sin más.

A Andrew le pareció simpática inmediatamente. Tenía unos grandes ojos adornados con unas cejas muy negras y un largo cabello castaño recogido con un pasador. Su vivacidad y su encanto la hacían parecer una bailarina. Transmitía energía incluso sin moverse.

—Buenos días —le respondió él—. Lamento que nos hayamos conocido de una manera tan brusca. Podría haber esperado a que pasara por el comedor.

—No hay ningún problema —dijo Manon sonriente—. Me vuelvo al cuarto de la colada, estoy tendiendo las sábanas.

Una campanilla empezó a repicar entonces violentamente. Blake primero se imaginó que era la puerta de la entrada, pero Odile exclamó subiendo a toda velocidad la escalera:

—¡Me llama la señora!

«Así que Drácula tiene un amo», pensó Blake. Lo que, sin embargo, no era tranquilizador. Se volvió hacia Manon y le preguntó:

—Si lo he entendido bien, Odile la llama a usted a silbatazos, y la señora llama a Odile a campanadas, ¿no es así?

—Ésa es la idea.

—Y a mí, ¿cómo van a llamarme? ¿Con un revólver de fogueo o con una carraca?

—El revólver de fogueo está cogido ya. Se usa con el encargado desde que se estropeó el interfono.

—Estupendo. E imagino que se supone que hay que mantenerse zen en este ambiente de portaaviones en alerta.

—Si quiere, tengo otro MP3 en mi casa... Puedo prestárselo. Si se pone alto, ya no se los oye.

—Es muy amable. A mi edad, sólo tengo que esperar un poco para no oír ya absolutamente nada.

Un gran estrépito resonó entonces en el pasillo del primer piso, o, más exactamente, una carrera. Odile bajó corriendo la escalera y proclamó, presa del pánico:

—No hay agua en el cuarto de baño de la señora, pero la oigo correr...

—¿Encima de qué habitación se encuentra su cuarto de baño? —preguntó Blake.

La cocinera frunció el ceño mientras reflexionaba con todas sus fuerzas. Manon exclamó:

—¡La biblioteca, justo detrás!

—La señora no quiere que entremos allí —protestó Odile.

—No nos queda elección —replicó Blake—. Manon, muéstreme el camino.

Andrew entró en la habitación. El agua chorreaba del techo. Odile lo observaba sin traspasar el umbral.

—Quizá la señora ya no tenga en el cuarto de baño —soltó Blake—, pero tengo el placer de anunciarle que, desde ahora, posee agua corriente en su biblioteca.

—¿Qué hacemos? —preguntó Odile descompuesta.

—Cortemos el agua, y rápido, si no podrá prepararle el baño sobre las enciclopedias. ¿Dónde se encuentra la llave de paso general?

—En el sótano.

—¿Podría ir a cerrarla?

—No.

—¿Perdón?

—Que no voy a ir.

—¿Debo entender que forma parte de mis atribuciones?

Odile parecía petrificada. Blake insistió:

—¿Quiere, al menos, mostrarme dónde se encuentra esa llave?

—Desde luego que no. Antes prefiero dimitir. Abajo hay enormes arañas peludas y esos horribles ratones...

—Tiene miedo de las arañas y de los ratones —suspiró Manon.

—Y usted, señorita, ¿sabría llevarme? Démonos prisa, el agua está cayendo sobre los libros.

—El sótano está por aquí. Pero no sé dónde está la llave...

Al bajar por la escalera polvorienta y mal iluminada, Andrew se acordó de que el día anterior le había parecido un lugar extraordinariamente tranquilo.

12

Aprovechando que el sol estaba en su cénit, Blake, Odile y Manon colocaban los libros mojados a lo largo de la cerca del huerto para que se secaran. Al ver el muestrario, Magnier, que iba a buscar su comida, dijo:

—Por lo menos se ha decidido a llevar toda esa papelería al mercadillo.

Blake se puso derecho a duras penas y, sin dejar de escurrir un volumen encuadernado de *La gitanilla* de Miguel de Cervantes, lo saludó respondiéndole:

—Antes de que cometa ese error, debería leerse éste al menos, es una historia de gitanos que podría serle útil.

Magnier le echó una ojeada.

—Sus libros están empapados...

—Un problema de fontanería.

—Mientras no sea fuera, no es asunto mío.

Odile apareció en el umbral de la cocina y señaló una especie de caseta pequeña colgada de la pared que contenía una tartera.

—Su comida está en su sitio. Y no se olvide de traerme los otros recipientes.

Y, sin decir ni una palabra más, volvió a sus quehaceres. Magnier recogió su ración diaria y, dándose la vuelta, se dispuso a regresar a su casa. Al pasar cerca de Blake, le propuso:

—Oiga, ¿le apetecería venir a beberse un pelotazo a casa una de estas noches?

—¿Por qué no? Dentro de unos días...

—Cuando usted vea, señor Brake.

Manon llegó del interior con un nuevo cargamento de libros.

—Éstos son los últimos, después, estamos apañados —anunció—. Menos mal que ha reaccionado rápido, si no, se habrían echado a perder los muebles y el parquet. Lo hemos conseguido.

Blake la descargó de una parte de las obras.

—Gracias, Manon.

Colocaron los libros juntos para que les dieran de lleno los rayos del sol. Odile estaba atareada cocinando. Blake aprovechó para preguntar discretamente:

—Oiga, Manon, ¿Magnier y Odile están siempre así?

—¿Qué quiere decir?

—¿Como el perro y el gato?

—Nunca los he visto de otra forma. Él no pone un pie en la mansión a menos que la señora lo reclame, y ella evita ir al jardín, a excepción del huerto.

—¿No han comido todos juntos en ninguna ocasión?

—Con mis horarios, no me da tiempo. Tengo que estar a las dos y media en el colegio del centro.

—¿A qué se dedica usted allí, si no es indiscreción?

—Ayudo a los profesores titulares a la espera de que salgan mis oposiciones para profe.

—¡Es una idea estupenda!

—El año pasado cateé y, como vivo con mi madre, me vi obligada a coger este trabajo. Pero está muy bien...

—Y ya que estamos con preguntas, Manon, supongo que tiene usted un móvil, ¿verdad?

—Claro, pero, la verdad, no es que sea el último modelo...

—¿Tiene algo de cobertura aquí?

—Ni la más mínima. Una vez le oí decir al señor Magnier que el único lugar de la finca en donde había era en lo alto de la colina, en el bosque.

—¿La colina, en el bosque?

—Eso es, en alguna parte de por allí.

La chica señaló vagamente un relieve boscoso aún más alejado que la casa del encargado.

A continuación, miró su reloj.

—Tengo que irme pitando. Aunque sea cuesta abajo en bici, tengo un buen rato hasta la ciudad.

—Váyase, Manon. Hasta mañana. Y no llegue tarde, que, si no, Odile le volverá a sacar tarjeta roja.

—¡Pero si siempre llego a la hora!

—Excepto los jueves por la mañana, por lo que tengo entendido.

—Por culpa de Justin. El miércoles por la tarde, no hay cole, así que quedamos y pasamos la noche juntos, ¿entiende?...

La chica bajó la mirada con una sonrisa tímida que conmovió a Blake.

—Propio de la edad. Largo.

Manon se alejó saludándolo con la mano. Blake dejó el libro que le quedaba en las manos contra la cerca. Apenas estaba húmedo. *El último día de un condenado a muerte*, de Victor Hugo. Seguramente, Diane le habría dicho que se trataba de una señal.

Al entrar en la cocina, Andrew comprendió enseguida que Odile no estaba de buen humor. Sus gestos parecían más secos de lo habitual, y ni siquiera se volvió para hablar con él.

—Esta mañana me ha quitado el apetito —dijo—. Encontrará qué comer en la nevera, en la balda del centro. El microondas está ahí. La señora quiere verlo a las tres en punto en su despacho.

—De acuerdo.

—Si hubiera algo urgente, estoy arriba, en mi habitación.

—¿No se encuentra bien?

—Sí, al contrario. Por primera vez desde hace siglos, voy a poder descansar por fin entre dos comidas. Ya que a la señora le ha parecido oportuno contratarlo a usted, será mejor que sirva para algo. Lo dejo al mando por esta tarde.

A Blake se le hizo extraño encontrarse solo en el feudo de la cocinera. El gato, en su tónica, estaba ligeramente más cerca de la cocina que por la mañana. Andrew abrió el frigorífico y descubrió unos recipientes de cristal apilados que contenían alimentos, en su mayor parte imposibles de identificar. Localizó el único plato. Retiró el film que lo cubría, luego abrió todos los cajones hasta encontrar un tenedor y se sentó a la mesa. Desde el primer bocado, se quedó impresionado. El plato era una selecta combinación de salmón braseado y verduras. Se acabó su plato con ganas y lo lavó en el fregadero diciéndose que tal vez Odile empleaba en su cocina la delicadeza que no aplicaba en su vida. Volvió a vigilar el secado de los libros y aprovechó para sentarse un rato al sol. Estaba muy contento de su reunión con la señora Beauvillier. Tenía algunas cosas que decirle.

13

—Dígame, señor Blake, ¿qué le ha parecido su primera mañana con nosotros?

—Movida...

Como el sol no daba todavía directamente sobre las ventanas, las cortinas estaban descorridas, y Andrew pudo descubrir, por fin, a la señora Beauvillier. Un rostro que indicaba carácter. Unas manos finas, aunque estropeadas. No llevaba ninguna joya excepto una alianza de oro muy sencilla que le bailaba un poco en el anular.

—Esa fuga es un auténtico problema —dijo irritada—. Temo por los libros. Les tengo mucho cariño, ¿sabe? Eran la pasión de François, mi difunto marido.

—Estese tranquila. Manon lo ha limpiado todo, y los libros no han quedado dañados. Volverán a sus estantes mañana mismo.

—Me alegra oírlo. Aun así, eso no resuelve el problema de las tuberías. En esta casa, todo se está viniendo abajo... Pídale a Odile el número del señor Pisoni, que es quien se ocupa de todas las obras de la casa. Hágalo venir cuanto antes.

—Pisoni; tomo nota, señora.

Andrew se la imaginó más joven y rubia, con el cabello largo. Le sentaría bien. Ese día llevaba el peinado propio de las mujeres de su edad, con las canas cuidadosamente ordenadas mediante una permanente. Sus ojos eran de un azul que debía de haber causado estragos.

—Mañana por la mañana —añadió—, cuando haya pasado el cartero, irá a buscar mi correspondencia al buzón de la puerta grande. La abriremos juntos y le diré qué cartas habrá que preparar como respuesta.

Blake no la escuchaba más que a medias porque estaba demasiado ocupado en observarla. Sus labios eran finos, rectos, lo que de primeras podría haberla hecho parecer estricta si no hubiera estado allí su voz melodiosa para contrarrestarlo. Le habló de otra cosa, pero no la oyó, antes de concluir:

—Eso es todo, hemos terminado por hoy.

Blake asintió con la cabeza, se levantó y se dirigió hacia la puerta. La mujer volvió a llamarlo:

—Ah, sí, se me olvidaba. Mañana recibo a una muy buena amiga, la señora Berliner. La espero a la hora del café. Le agradecería que lo dispusiera todo en el salón pequeño para las tres. Seguramente volveré a recibirla en días sucesivos. Lo avisaré cuando se hayan concertado las citas.

Andrew salió. No le había dicho nada de lo que había previsto. Había estado demasiado ocupado mirándola.

Cuando Odile bajó de su habitación, Blake estaba contemplando el paisaje apoyado contra el marco de la puerta de la cocina, abierta al jardín.

—¿Ha ido todo bien? —le preguntó.

—Ningún problema. Ya he metido los últimos libros. Acabarán de secarse esta noche en el cuarto de la colada.

—Perfecto.

—Oiga, creía que su jefa no recibía a mucha gente...

—Está contentísima de poder enseñar su juguete nuevo.

—¿Qué juguete nuevo?

—Usted.

Blake no dijo nada. Odile, con una fina sonrisa en los labios, se puso en el vano a su lado.

—¿Qué le parece mi huerto?

—Muy bien.

—¿Tenía uno en su antiguo lugar de trabajo?

—¿Sabe? Mi fuerte era más bien la chapa. Si me cruzaba con las verduras, era para meterlas en latas de conserva...

Blake se dio cuenta enseguida de que su broma podía comprometer la versión oficial de su trayectoria, pero Odile no reparó en el comentario y continuó:

—Yo prefiero meterlas en el congelador. Me parece que guardan mejor los sabores. En las latas de conserva, sabe todo igual.

La gente no oye más que lo que quiere. Blake cambió de tema:

—¿La señora Beauvillier no sale nunca de su habitación?

—Baja cuando hay invitados, como mucho.

—Me parece una pena tener una casa tan grande con un jardín así y quedarse enclaustrado.

—Cada uno es libre de hacer lo que quiera.

Odile volvió adentro y se dirigió a *Méphisto*:

—Debes de tener hambre, pequeño.

El gato no chistó. Estaba casi pegado a la cocina. Al abrir el frigorífico, la cocinera soltó:

—Empieza a hacer fresco, señor Blake. Procure no dejar la puerta abierta demasiado tiempo.

Andrew le echó una última mirada al cielo y luego a la colina del bosque.

—Bueno, entro con usted.

Odile estaba atareada en el frigorífico. Blake cerró al entrar y le preguntó:

—¿Puedo preguntarle por una cuestión práctica?

—Lo escucho.

—Si necesitara llamar por teléfono...

—Hay un fijo en el despacho de la señora. Permite que lo utilicemos para urgencias. Vaya, ¿dónde lo habré metido?...

—Por cierto, gracias por lo de este mediodía. Su terrina estaba riquísima.

Odile se volvió:

—¿Mi terrina?

—La que me había preparado en el plato.

Ella se puso completamente roja.

—¿Se ha comido el plato de *Méphisto*?

El animal abrió los ojos de repente. Eso casi sorprendió más a Blake que el comentario de la cocinera. ¿Cómo lo había comprendido el gato? Su mirada era de un color anaranjado casi sobrenatural.

—Lo siento —se disculpó sin convicción—. Pero estaba verdaderamente deliciosa, casi mejor...

Se calló.

—Acabe su frase —se enfadó Odile—. ¿Era mejor que lo que le preparo?

—No he querido decir eso. Era sencillamente excepcional.

—¿Va a afirmar como Magnier que es mejor ser mi gato que mi compañero de trabajo?

—No he dicho nada semejante.

Méphisto prestaba atención al diálogo moviendo la cabeza hacia uno u otro según quién hablaba. Blake estaba fascinado.

—¡Mi pobre bebé! —se lamentó Odile lanzándose hacia el gato para hacerle carantoñas—. Mamá te preparará enseguida otra comida.

Luego, cambiando radicalmente de tono, se dirigió a Blake:

—Esta mañana me toma el pelo y esta tarde se zampa la comida de mi pequeño. ¡Ya basta! ¡Salga pitando de mi cocina!

14

A pesar de la penumbra y de sus problemas de vista, Blake estaba del todo decidido a llegar hasta el final. Tenía que conseguir telefonear fuera como fuese, incluso si para ello había que trepar a los árboles para obtener cobertura. Aunque para él fuera una urgencia, resultaba imposible llamar desde la mansión, donde alguien podría haber sorprendido lo que decía. Bajó por el camino principal y, al dejar atrás la pajarera abandonada, atajó hacia el bosque en dirección a la colina. Se adentró entre los árboles, subiendo hacia la cresta. A veces las ramas bajas lo pillaban por sorpresa y le golpeaban el rostro, pero eso no lo detenía. Continuaba sin aflojar el paso, dando traspiés, apoyándose en los troncos para franquear las hileras de matorrales y de zarzas que lo separaban de la cima.

Cuando llegó por fin al punto más alto, se halló justo en medio de una pequeña jungla de vegetación que estorbaba cada uno de sus pasos. Desde allí, envuelto en un viento glacial, veía los techos de la mansión y una buena parte del valle, al fondo del cual se extendía la ciudad vecina.

Sacó con precaución su teléfono del bolsillo. Sabía que, si lo dejaba caer en esa maraña de ramitas y de plantas secas, privado de la luz del día, le costaría mucho encontrarlo. La mera idea le provocaba sudores fríos. Sin ese móvil, estaba perdido. Se colocó las gafas y entornó los ojos para comprobar si tenía suficiente cobertura. Manon estaba en lo cierto. Buena chica. Su agenda sólo contaba con cinco nombres. Pulsó el de Richard Ward, quien descolgó al cuarto tono.

—Buenas noches, Richard, soy Andrew.

—¿Qué tal?

—No muy bien. Te necesito.

—¿Te has quedado atrapado en el camión de la basura? ¿Se está hundiendo tu barco?

—Si me vieras... Estoy en medio del bosque, en el país de los locos.

—Buena definición de Francia...

—Richard, quiero dejarlo. Quiero volver.

—Pero si llegaste ayer mismo, y habíamos sido muy claros.

—No te imaginas lo que me han hecho soportar en tan poco tiempo...

—¿Te han hecho comer ancas de rana? ¿Queso podrido?

—Casi: la comida del gato. Y lo que es peor: me ha gustado.

—¿Te gusta la comida para gatos? No te olvides de comentárselo al psicólogo antes de contárselo al galeno que te cure la oclusión intestinal.

—Richard, tenías razón, venir aquí ha sido una estupidez por mi parte.

—Chico, haberlo pensado antes. Prometiste aguantar por lo menos hasta el final del período de prueba. Has dado tu palabra.

—Anoche, el encargado estuvo a punto de romperme el brazo y me puso una escopeta en la garganta porque le había aplastado la *ceborreta*.

—Pero, bueno, ¡si llevas una vida trepidante! Voy a acabar poniéndome celoso. Y pensar que Melissa y yo estuvimos viendo una película en la tele por hacer algo...

—Te lo suplico. Tengo sesenta y seis años, se me ha pasado la edad de hacer burradas.

—¡Enhorabuena, compañero, has durado dos veces más que Cristo! ¡Sigue así! Aunque si los ves acercarse con una cruz grande y unos clavos, corre tan rápido como puedas y llámame, te enviaré refuerzos.

—Yo, al borde de un ataque de nervios, y tú, burlándote de mí.

—Tú ya estabas al borde de un ataque de nervios antes de irte, hermano, y te recuerdo que fuiste tú quien quiso irse allí. Me lo pediste con insistencia incluso. Pero llegamos a un acuerdo: tú pasas el período de prueba comportándote correctamente, sin hacerme pasar vergüenza, sin dar problemas y, después, eres libre.

—¿Y si éstos fueran mis últimos meses de vida?

—No intentes ablandarme. De todas formas, si todavía estuvieras en Londres, también los desperdiciarías.

—Podría ir a ver a Sarah...

—Andrew, ¡qué vergüenza! Te estás comportando como un crío de diez años dispuesto a decir cualquier cosa para librarse de algo que lo fastidia.

—¿No vas a ayudarme?

—Ya lo hice cuando cedí una vez más a uno de tus caprichos. Te encontré ese puesto. Así que asúmelo. Un abrazo, Andrew. No dudes nunca en llamarme si es algo serio. Hasta entonces, deja de pisarle la *ceporreta* a la gente.

Ward colgó. Andrew se quedó solo, en medio de la noche, entre las zarzas. Titubeó. Se le quedó el talón enganchado y cayó hacia atrás cuan largo era encima de un montón de enredaderas cubiertas de espinas. No quería soltar el teléfono por nada del mundo.

—*Bloody hell!* —exclamó.

Se le saltaron las lágrimas de rabia y de desesperación, pero un arranque de dignidad le impidió desmoronarse. Se vio muriendo allí, tendido en ese bosque en el que lo descubriría *Youpla* a medio despedazar por los lobos y las ardillas. Meterían su cuerpo esparcido en las tarteras de Odile para su devolución a Gran Bretaña. Le llevó unos minutos aplacar esos pensamientos delirantes. Con dificultad, se incorporó, primero apoyándose en los codos, luego se esforzó en salir a duras penas de su trampa vegetal. Se liberó zarza a zarza. Cuando por fin se levantó, estaba agotado.

Al bajar de vuelta, Andrew se dio cuenta de que se le había destrozado la ropa. Tenía el jersey y el pantalón llenos de sietes. Estaban completamente hechos polvo. Le escocían las manos, los brazos y la cara, donde se había cortado varias veces. Por suerte, el camino principal no quedaba ya muy lejos. Alcanzó el lindero del bosque aliviado. Sin resuello, dudó si ir a pedir ayuda a casa de Magnier, pero el riesgo de verse de nuevo maltratado y apuntado por un arma lo disuadió de hacerlo.

Se disponía a subir de vuelta hacia la mansión cuando, de repente, le pareció ver una sombra que merodeaba cerca de la casita del encargado. Se ocultó detrás de un árbol. A la luz de una de las ventanas, descubrió, efectivamente, una silueta furtiva. El ladrón estaba de vuelta. Blake se acercó cautelosamente a un macizo de hortensias para ver mejor. ¿Qué debía hacer? ¿Gritar para alertar a Magnier? ¿Encargarse del caco él mismo? A su edad, plantarle cara a un hombre más joven podía resultar peligroso...

Entre las hojas, vio cómo la sombra se deslizaba por la fachada. De repente, se abrió la puerta de la casa y *Youpla* salió corriendo. Sin embargo, en lugar de saltarle al desconocido a la garganta, ¡el perro le dio la bienvenida entre brincos! A continuación, Magnier apareció en el umbral. La silueta se acercó a él, grácil y de baja estatura. Blake estaba demasiado lejos para estar seguro, pero probablemente se trataba de una chica. Suspiró. El encargado y su visitante entraron juntos en la casa, cuya puerta se cerró.

Andrew regresó a la mansión arrastrando la pierna. En su cuarto, en las paredes, como los prisioneros que no quieren perder la noción del tiempo durante su estancia en la cárcel, marcaría con una muesca cada día que pasara. La liberación no iba a suceder de un día para otro, le quedaban todavía cuatro meses.

15

—¿Todo en orden en nuestra casa esta mañana? —preguntó la señora Beauvillier.

—Odile está preparando los pasteles para esta tarde. Manon ha terminado de encerar la escalera y se está ocupando de la ropa. Sólo llega tarde el señor Pisoni.

—Nada fuera de lo habitual en él. Que venga tan pronto me parece incluso un milagro. No sé lo que le ha dicho...

—Digamos que le he descrito la situación de la manera más crítica posible.

—¿Tiene el correo?

—Vengo de recogerlo y, por cierto, tengo una sugerencia: ¿no cree que deberían arreglar el timbre de la verja?

—Si no cuesta muy caro, ¿por qué no? Véalo con Philippe y lo estudiaremos.

La señora Beauvillier miraba fijamente el correo con la impaciencia de un niño. Blake depositó el pequeño mazo de sobres de diferentes formatos encima de su escritorio. Ella abrió entonces los sobres ceremoniosamente, uno tras otro, sirviéndose de un abrecartas con forma de espada. Había recibido, sobre todo, publicidad y catálogos: «¡Pida su premio!», «Gane este lingote con sólo un paso», «Su número ha resultado elegido», «Ha ganado un magnífico equipo multimedia»...

A Andrew le sorprendía ver cómo la señora abordaba esos engañabobos con la mayor seriedad. En cuanto al equipo multimedia, seguro que se trataba de una percha vieja: si se golpea la cabeza con ella, verá las estrellas; si se la clava con fuerza en la oreja, oirá cómo le crujen los huesecillos. Multimedia, pues. La señora Beauvillier lo leía todo, examinaba los matasellos oficiales falsos y los certificados atrayentes como si se tratara de auténticos correos de notarios. En cuanto terminaba con uno, le tendía la carta de participación a su mayordomo.

—Conteste enseguida que no deseamos pedir nada por el momento, pero que confirmamos nuestra participación en el concurso.

Blake creyó por un instante que la señora le estaba jugando una mala pasada, pero evidentemente no era el caso. En medio de esa avalancha de correo publicitario, se encontraba un sobre verde en el que habían escrito la dirección de la mansión a mano. Para su sorpresa, la señora Beauvillier ni siquiera se tomó la molestia de abrirlo, y lo echó directamente a la trituradora instalada al pie del escritorio. Con un ruido de sierra circular, el correo volvió a salir en tiras finas, que cayeron a la papelera. Con una sonrisa resplandeciente en los labios, la mujer prosiguió con el sobre siguiente, que prometía un cheque...

Blake asistió a la sorprendente maniobra sin rechistar. Tenía la impresión de haber vuelto a la época en que sus primos y él jugaban a los espías aparentando que todos los «documentos secretos» que se pasaban por ventanillas hechas con cartones viejos eran de una extrema importancia, aunque no se tratara más que de recortes de periódico. Al final de la reunión, la señora Beauvillier parecía satisfecha, como si acabara de realizar una tarea urgente y muy útil.

Cuando abandonó la primera planta, Andrew no sabía qué pensar realmente de su jefa. Se cruzó con Manon, quien estaba limpiando una escultura que representaba un oso estilizado, colocado encima de un aparador. Blake tenía la sensación de que no limpiaba el polvo más que para mantener la compostura mientras lo esperaba.

—Señor Blake —lo llamó la chica en voz baja.

—¿Sí, Manon?

—Querría pedirle algo...

—¿De qué se trata?

—Prefiero hablarlo con usted antes que con Odile porque ella está enfadada todo el tiempo. Ahí voy: el martes que viene es el cumpleaños de Justin y le estoy preparando una sorpresa...

—¿Quiere su paga antes de fin de mes?

—No, con eso no hay problema, me las apaño, pero me gustaría no venir ese día para organizarlo todo mejor.

—¿Qué tiene que hacer los martes?

—La planta de ustedes y los dos salones.

—Deberíamos ser capaces de sobrevivir. Déjeme que lo hable con la señora.

La chica dio un saltito de alegría.

—¡Gracias, qué majo es usted!

Andrew no conocía la expresión. Al ver las dudas en su cara, ella precisó:

—Quiero decir que es usted un amor, ¡un cielo de... inglés!

El diálogo quedó interrumpido por unos golpes en la puerta principal. Blake bajó, pero Odile había abierto ya y recibía al visitante.

—Buenos días, señor Pisoni.

—¡Buenas! Hacía una barbaridad de tiempo.

—Todo funcionaba bien —le explicó la cocinera—. No había motivo para hacerlo venir.

—Creía que se habían enfadado y que habían llamado al otro manitas de Plassart. Todo lo que es fácil en la zona le cae a él, pero cuando algo no tiene arreglo, cuando hace falta un experto, no hay remedio, ¡le toca a Pisoni! Sueño con el día en que los clientes me llamen para decirme que tienen un problema sencillo, pero ese día no está cerca.

Era un hombre bajo, más bien rechoncho y, evidentemente,

bastante impulsivo. No había llegado solo. Detrás de él entró un tipo alto, todo músculo, que llevaba una caja de herramientas.

Odile hizo las presentaciones.

—De ahora en adelante, el señor Blake, nuestro nuevo mayordomo, será quien supervise su trabajo.

Los dos hombres se estrecharon la mano.

—Blake, eso me suena a inglés —dijo Pisoni.

—Seguramente porque lo soy.

—Tratemos de entendernos mejor que nuestros ancestros: soy corso.

—Si las cañerías no están en condiciones mañana, los enviaré a la isla de Elba.

—No me gusta mucho que se hagan bromas acerca de nuestro emperador, era un gran hombre.

—No de tamaño, según tengo entendido... Pero basta de bromas; aunque los franceses tengan reputación de ser poco amigos de la ducha, vayamos a arreglar ese cuarto de baño.

Odile y los tres hombres subieron a las habitaciones de la dueña. Ésta no se encontraba en su despacho. Odile llamó a la puerta contigua, la de su cuarto.

—Señora, han llegado los fontaneros.

La señora Beauvillier tardó un rato considerablemente largo antes de responder. Cuando por fin abrió, parecía trastornada. Las cortinas de la habitación estaban corridas. Blake entró allí por primera vez. Le pareció pequeña, más de lo que el pasillo permitía adivinar. Odile hizo que todo el mundo espabilara para pasar al cuarto de baño sin entretenerse. No había ningún producto, ninguna toalla; evidentemente, se había vaciado todo en previsión de la visita de los hombres. Sin embargo, flotaba todavía un aroma, tal vez a jazmín, con un toque de algo que recordaba a un medicamento. Blake percibió otro olor que no identificó de inmediato.

—Oleg, dame el alicate de punta.

El tipo alto abrió la caja y sacó de ella la herramienta que su jefe le pedía. Con aires de cirujano, Pisoni se metió debajo del lavabo antes de examinar la tapa de inspección de la bañera. Se incorporó y se puso a gimotear:

—¡Ay, ay, ay! Pero ¿qué instalación es ésta? ¡Esto lo hicieron los egipcios por lo menos! ¡Pero si es de la época de Tutankamón! Como dejen las cosas como están, ya se lo digo, habrá más fugas, más daños, y un día la casa estará tan podrida de humedad que se les caerá encima sepultándolos del primero al último. La catástrofe no queda lejos.

Odile estaba aterrorizada.

—Qué bonito —intervino Blake—, parece una cita de la Biblia. Será la octava plaga de Egipto, la menos conocida, de la que nunca se habla: la maldición de la junta del lavabo.

Pisoni lo ignoró y se dirigió a la cocinera:

—Hagan lo que quieran, pero mi recomendación es irrefutable: hay que rehacerlo todo.

Oleg miraba a su jefe de manera extraña. Pisoni sacó una libreta y añadió:

—Voy a hacerle un presupuesto rápidamente porque es una urgencia. Lo tendrá dentro de tres semanas. La señora Beauvillier y yo nos conocemos desde hace mucho tiempo. Me fío de ella. Si quiere, empiezo con las obras antes incluso del presupuesto.

Odile estaba a punto a ceder. Le lanzó una mirada interrogante a Blake, quien tomó las riendas.

—Si le parece, señor Pisoni, haremos las cosas por orden. Primero nos dice qué obra tiene previsto hacer y cuánto va a costar y luego le decimos si la hacemos o no.

Pisoni hacía cualquier cosa para evitar dirigirse a Andrew.

—Señora Odile, aquí todo está podrido. Cuanto antes nos pongamos a ello, mejor. Es una cuestión de seguridad nacional.

Y, para que la demostración resultara más lucida, se volvió hacia su empleado:

—Oleg, un martillo.

El tipo alto y fuerte le tendió un mazo, pero Blake se interpuso.

—No empezaremos a romper de cualquier manera. Primero hace usted un presupuesto y luego lo estudiamos.

—Pero ¿qué es esta trafalgarada?

—Pregúntele al emperador.

16

—Que llegue ya mi día libre —masculló Blake.

—Entretanto, llévese esto —replicó Odile poniéndole una bandeja de pasteles en las manos—. Y no tire nada.

Andrew salió del comedor del servicio, cruzó el vestíbulo y abrió de un caderazo la puerta del salón pequeño. La señora Beauvillier se había sentado en un sofá deslucido enfrente de la señora Berliner, que brillaba en todo su esplendor en el sillón. Para visitar a su amiga, aquella esposa de asegurador se había puesto toda su chatarrería. Como una niña pequeña deslumbrada y un poco envidiosa, la señora Beauvillier la observaba pavonearse. Resultaba evidente que a la mujer le gustaba escucharse a sí misma.

—Pobre, no sé cómo se las arregla para salir adelante sola, con la época tan dura que estamos viviendo.

Blake le presentó la bandeja con la esperanza de hacerla callar un rato. Al coger uno de los pastelitos confeccionado con mimo por Odile, destrozó aquellos que estaban situados a un lado y a otro. No se dio cuenta y se tragó su dulce sin dejar de perorar.

—En casa, por ejemplo, decidimos iniciar unas obras. Bueno, pues hemos tenido muchas dificultades para encontrar obreros que quisieran trabajar. Sin embargo, no nos quedaba otra elección, las habitaciones de invitados estaban absolutamente pasadas de moda. Nos hemos visto obligados a contratar a un decorador. ¡Qué de preocupaciones! Pero hemos visto su proyecto y nuestro esfuerzo se ha visto recompensado. ¡Va a ser sublime!

Nada más entrar, a Andrew le había parecido antipática. Había algo que se percibía de inmediato en su actitud, en su trato a los demás. Blake le ofreció la bandeja a su jefa, que se sintió obligada a coger uno de los maltratados pastelillos. Era la primera vez que Blake se acercaba tanto a ella, sin el escritorio entre ambos. Su mirada revelaba algo turbador, una mezcla de tristeza y tensión. Propuso un poco más de café al tiempo que la otra insistía:

—Voy a cambiar también todas las cortinas. Estoy harta. ¡La vida es demasiado corta como para vivir entre cosas que no son bonitas!

«La vida es demasiado corta como para pasarse ni un solo minuto soportando a esta clase de personas», pensó Blake. Había conocido a muchas de su clase, de las que acuden a escucharlo a uno pero no hablan más que de sí mismas, de las que se exhiben ante los que tienen menos suerte que ellas para sentirse aún más poderosas. Andrew nunca las había aguantado. La expresión en el rostro de la señora Beauvillier lo desquiciaba. Se estaba esforzando por interesarse en las palabras de su invitada mientras echaba ojeadas alarmadas a su propio salón, que, de repente, le daba vergüenza. De tanto frecuentar a gente de esa calaña, no era sorprendente que luego se encerrara en su habitación todo el santo día.

—Gracias, señor Blake, puede retirarse.

La vergüenza se lleva mal con los testigos.

Por la noche, en la cocina, cuando se sentó enfrente de Odile, a Andrew no se le había pasado el enfado. La cocinera lo observaba divertida con una sonrisa en los labios.

—¿Qué es lo que la alegra tanto? —le preguntó.

—Usted. Normalmente, la más enfadada de esta casa soy yo. Sienta bien ver que otro toma el relevo.

—Pero, bueno, ¿no se da cuenta? Entre el estafador del contratista ese y esa malvada, se obtiene la receta ideal para echar a perder la vida de uno.

—Estoy completamente de acuerdo con usted. Y espere a ver a los demás conocidos de la señora...

—¿Son todos del mismo estilo?

—Algunos son incluso peores.

—Sin embargo, no parece de las que les gusten las malas compañías.

—Desde luego que no, pero, cuando se tiene miedo de todo, hasta de la propia sombra, a veces nos equivocamos... Disculpe —rectificó Odile—, no debería hablar de la señora de esa manera.

Méphisto observaba de hito en hito a Blake con su mirada sobrenatural. Estaba a menos de un metro de la cocina. Andrew lo señaló con un golpe de mentón.

—Parece que me ha perdonado que me comiera su escudilla.

—Tiene buen corazón...

—Sin ánimo de hurgar en la herida, estaba delicioso.

—¿No le gusta lo que le preparo? Aquí, de todas formas, entre la señora, que no quiere nada que se salga de lo habitual, y Philippe, que se come cualquier cosa, no veo para qué me voy a deslomar.

—No digo que lo que nos cocina sea malo, sólo que hace falta auténtico talento para preparar una terrina como aquélla.

Odile se apresuró a levantarse para no mostrar que la había emocionado. Agarró un trapo, luego abrió el horno, que se hallaba vacío, antes de irse al fregadero a lavarse las manos, aunque estaban limpias.

Blake le guiñó un ojo al gato.

—Entonces ¿qué?, ¿no te gustan las caricias?

El animal apartó la mirada.

—Pues peor para ti —continuó Andrew—. Eres tú quien se lo pierde.

—Le gustan mucho los mimos —intervino Odile—, pero sólo si soy yo quien se los hace, y no es su hora, porque en general...

Sin darle tiempo a acabar la frase, *Méphisto* se levantó y fue a

ronronear a las piernas de Blake. El animal se enroscó, literalmente, en sus pantorrillas. La cocinera estaba tan estupefacta como celosa. Andrew acarició al animal, que lo dejó hacer.

—Se nota que es su gato, Odile: un verdadero encanto tras ese
aspecto distante.

Ella se quedó boquiabierta.

—¿Sabe por qué se cambia de sitio en la cocina? —preguntó
Blake.

—Es un gato, no tiene que haber un motivo racional...

—No estoy tan seguro. ¿Me permite intentar un experimento
en los próximos días?

—¿Qué va a hacer?

—Confíe en mí.

—¿Me promete que no le hará daño a *Méphisto* y que no va a
enfadarme?

—*Méphisto* no corre peligro, usted en cambio...

La cocinera hizo ademán de tirarle el trapo al mayordomo. Por
unos segundos, compartieron un momento distendido.

—Señora Odile, estoy muy a gusto, pero debo dejarla. Bajo a
casa del señor Magnier: tengo que hablarle de unas obras que hay
que hacer... entre otras cosas.

17

Apenas se entreabrió la puerta cuando *Youpla* se precipitó a las piernas de Andrew para recibirlo alegremente. Gimoteaba dando brincos de júbilo con la cola a modo de helicóptero. Un auténtico perro guardián.

—¡Señor Cake! Qué amable de su parte pasarse por aquí. Si lo hubiera sabido, habría preparado algo.

—Siento llegar de improviso, pero tenía que hablar con usted. Espero no interrumpirlo. ¿No espera a nadie?

Magnier negó con la cabeza sonriendo ligeramente, pero era evidente que no se sentía cómodo.

—¿Puedo ofrecerle algo de beber?

—No, gracias, acabo de terminar de comer.

—¿Un digestivo?

—No, de verdad.

—Entonces ¿juega al ajedrez?

Andrew no estaba seguro de comprender el sentido de la pregunta.

—¿Qué quiere decir? ¿Es otra de sus expresiones?

—No, simplemente le pregunto si juega al ajedrez. Con escaques negros y blancos, el rey, la reina, las torres y los caballos...

—¿Por qué quiere saberlo?

—Porque, como no tiene pinta de ser la clase de hombre que se pase horas bebiendo, me pregunto cómo podemos pasar el rato juntos.

Philippe era de una sinceridad desarmante.

—Jugaba cuando era más joven, pero de eso hace mucho tiempo.

—Perfecto. Lo retomaremos juntos. Pero me imagino que esta noche no. Bueno, ¿de qué quería hablarme?

—Creo que deberíamos arreglar el telefonillo de la verja y el que conecta su casa con la mansión.

Magnier se frotó la barbilla con una mueca.

—En cuanto al de la verja, no me opongo. Pero el mío, si es para que lo use usted, estoy de acuerdo, pero si es para Odile...

Andrew aprovechó la ocasión para preguntar abiertamente:

—¿Qué sucede entre Odile y usted?

—Yo más bien diría qué es lo que no sucede. ¡Ni siquiera tengo derecho a entrar en su cocina! ¡Cuando curramos para la misma jefa!

—¿Tuvieron algún problema?

—Siempre ha tenido miedo de perder su curro. Así que aleja a todo aquel que se atreve a invadir su territorio. Yo trabajaba en la finca antes que ella, pero ya vivía aquí fuera. Mantenerme a distancia no le resultó complicado. Con usted, existe la posibilidad de que le cueste más...

—¿No se ha tranquilizado con los años?

—La verdad es que no.

—Parece que sigue muy disgustada con usted.

—Y hay una cosa más. A usted puedo confesárselo. Vivo solo, vive sola, así que intenté cambiar la situación de ambos mediante una sencilla operación...

—Entiendo.

—Reaccionó muy mal y, desde entonces, no se fía de mí y me echa un rapapolvo tras otro. Es verdad que no estuve muy fino, pero ¡vaya!

—Perdone que le haga estas preguntas, pero estoy aterrizando y trato de entender por qué va todo tan mal en la mansión, en las tuberías y en la cabeza de la gente.

—¡Pero si el mundo es así, señor Clack! Es la triste condición humana. Nadie se libra del desorden que afecta a nuestro imperfecto universo.

—Entonces ¿es verdad lo que se dice...?

—¿Sobre qué?

—Que los franceses se ponen a filosofar por cualquier nadería. Vamos, Magnier, invíteme a un vasito de su vermicida y me largo.

Philippe se apresuró a sacar los vasos y su botella sin etiqueta.

—¿Sabe, señor Flakes? Jugar al ajedrez fuera es todavía más agradable. Podemos instalarnos en el cenador. Aprovecharemos los últimos días que va a hacer bueno.

—Me cae usted bien, señor Magnier. Sinceramente, me cae bien. Pero si vuelve a cambiarme una sola vez el apellido, le voy a hacer tragarse la cebolleta que pisoteé.

18

Por cuarto día consecutivo, Blake colocó delicadamente su misterioso aparato cerca del gato, que se dejó acariciar al pasar.

—Terminaré descubriendo tu secreto —le susurró.

La luz de la mañana inundaba la cocina de pura claridad. Odile estaba en la primera planta ayudando a la señora a vestirse. A las nueve en punto, Andrew oyó cómo alguien giraba una llave en la cerradura de la puerta. Se dirigió al vestíbulo, pero el ruido no procedía de la entrada. Volvió sobre sus pasos y, al final del pasillo oeste, vio una forma que se deslizaba de manera furtiva. Si era Manon, ¿por qué había pasado por la puerta de servicio que nadie utilizaba nunca? Pero ¿y si no era Manon? Blake tenía que ir a ver. Con paso decidido, acometió la búsqueda de la sombra. No había nadie en la despensa, ni en el cuarto de la colada. Abrió la primera puerta con precaución.

—Manon, ¿está usted ahí?

Descubrió a la joven en el cuartucho de los productos de mantenimiento. Estaba atareada con el batiburrillo de una repisa situada en lo alto.

—Buenos días, señor Blake. ¿Cómo está usted?

No se había vuelto para hablarle. Había algo que no iba bien. Andrew dudó si dejarla tranquila, pero lo cierto era que entrever un problema sin tratar de comprender de qué se trataba no formaba parte de su naturaleza.

—Estoy bien, gracias. ¿Y usted?

—Guay, de coña.

Incluso la voz de la chica sonaba rara.

—¿Cómo fue el cumpleaños de Justin? —le preguntó Andrew—. ¿Tuvo tiempo para prepararlo todo como quería?

Manon dejó de hurgar entre los frascos suspirando. Se relajó ligeramente y dejó caer la frente contra la repisa. Poco a poco, se puso a sollozar.

—Manon, ¿qué le sucede?

Andrew le puso una mano en el hombro. Ella no fue capaz de responder al momento. Siguió sollozando un rato antes de susurrar:

—Ha sido la peor noche de mi vida.

—No siempre conseguimos hacerlo tan bien como nos gustaría. Pero seguro que no merece la pena que se ponga así.

Manon se volvió. Tenía el rostro descompuesto por la pena, los ojos hinchados y enrojecidos de llorar.

—No es eso —dijo sorbiéndose los mocos—. Me ha dejado.

—¿La ha dejado el día de su cumpleaños? Pero ¿por qué?

—Porque es un auténtico cabrón.

—¿Le ha dicho algo por lo menos?

—Justin no quiere tener un bebé conmigo.

—Tal vez sea todavía un poco pronto para plantearse una cosa así...

—La verdad es que no. Estoy embarazada de dos meses y medio.

Blake dio un paso atrás.

—Quería darle una sorpresa —añadió ella—. Estaba tan feliz de contárselo a él el primero, el día en que cumplía veintiséis años. Al principio pensaba que le estaba tomando el pelo, que era para ponerlo a prueba. Cuando se convenció de que era verdad, se puso furioso. Me acusó de haberlo hecho aposta, pero ¡no es cierto! Dijo que quería atraparlo y que no iba a dejarse. Discutimos y se fue jurando que no volveríamos a vernos nunca más.

En la minúscula habitación, entre los estantes llenos de paquetes, botellas y frascos, bajo la bombilla desnuda que colgaba del techo, Andrew le dio la vuelta a un cubo y le hizo un gesto a Manon para que se sentara. Él se sentó enfrente, en una caja de botellas retornables. Cogió un rollo de papel higiénico y se lo tendió a la chica.

—Para su nariz.

—Gracias.

—¿Ha hablado de ello con su madre?

—Ella odia a Justin, ya me había prohibido verlo. Así que, si se entera de que estoy embarazada de él, me echará de casa. Además, quiero tener este bebé. ¡Lo criaré yo sola! Quiero verlo crecer. Es mi pequeño, me siento preparada. Con la suerte que tengo, será el vivo retrato de su padre y lo veré todos los días. A él, al menos, podré abrazarlo...

Manon volvió a deshacerse en lágrimas. Andrew le tocó la muñeca.

—¿Puedo darle mi opinión?

—Como quiera, señor Blake, pero no cambiará nada. Justin se ha ido, espero un bebé para mayo, suspenderé otra vez las oposiciones y mi madre me pondrá de patitas en la calle.

—Lo está viendo todo negro. Tiene que relajarse un poco y reflexionar.

—¡Menudo consejo! No está usted en mi lugar. No necesito a nadie que me hable como un libro. Es usted muy amable, pero no puede comprender cómo me siento...

—Sin duda le resultará difícil de creer, Manon, pero he tenido su edad. Además, soy padre de una chica que es apenas mayor que usted. Puedo decirle también que, aunque no he estado nunca embarazado, me acuerdo muy bien de lo que pensé cuando mi mujer me dijo que iba a ser papá. Por aquella época, queríamos de verdad tener un bebé, lo esperábamos sinceramente. A pesar de todo, la noche que me anunció que estaba en camino, me dio un ataque de pánico. Hice todo lo posible para que no se diera cuenta, pero, dentro de mí, durante una fracción de segundo, tuve ganas de huir. Mi mujer no lo supo nunca. Usted es la primera persona con quien hablo de ello. No he dejado de preguntarme por qué reaccioné de aquella manera tan paradójica. En cuarenta años, no he logrado más que hallar una parte de la respuesta. Creo que tuve miedo de la responsabilidad que aquello representaba. Tuve miedo de no tener ya derecho a ser el hombre joven y despreocupado que era. Para ser completamente honesto, creo también que temí que mi mujer quisiera a otro todavía más que a mí. No es una excusa, pero puede que sí una explicación.

Manon se quedó mirando a Blake.

—No conozco a Justin —añadió él—, pero voy a contarle un secreto: todos los hombres funcionan más o menos de manera idéntica. Por más que parezcamos muy diferentes y tengamos vidas que no se asemejen en nada, nos mueven los mismos motivos. Nos pasamos la vida administrando nuestras apetencias, en el mejor de los casos nuestros deberes, en función de nuestros medios. Para ustedes, las mujeres, es diferente. Al contrario que nosotros, nunca actúan para sí mismas. Su vida no está dominada por lo que quieren o lo que pueden, sino en función de aquellos que las quieren. Nosotros siempre hacemos las cosas con un fin, ustedes las llevan siempre a cabo para alguien.

—¿Eso quiere decir que Justin va a volver conmigo?

—Ya apareció la práctica inteligencia femenina en comparación con las grandes teorías abstractas de los hombres. Pero tiene razón: la vida es concreta. Querría poder tranquilizarla, pero ignoro si Justin va a volver con usted. Sin embargo, entiendo tanto sus ganas de anunciarle ese feliz acontecimiento de la manera que lo hizo como su reacción.

—¿Le dio miedo?

—Probablemente. Podría haber dicho cualquier tontería.

—¿Está celoso del bebé?

—Creer que los hombres piensan tan a largo plazo, tan deprisa, es tenerlos en demasiada estima. Él se esperaba que celebrara su vida, que es joven y libre...

—... y superguapo...

—Y usted le anunció que están atados y son responsables de un pequeño ser para el resto de sus días.

Manon se sorbió los mocos con fuerza.

—Menuda idiota he sido...

—Ése es un juicio femenino bien rápido en comparación con las indecisiones de los hombres. Hizo lo que le pareció mejor. Tenía razón. Pero eso no produce siempre el efecto esperado. ¿Cómo se imaginaba su reacción?

—Hace semanas que soñaba con ello. De tanto hacerlo, había llegado a imaginarme una escena ideal: salta de alegría, me coge entre sus brazos y me abraza (pero no demasiado fuerte, porque tiene miedo de aplastar al bebé), y luego sale corriendo para ir a la floristería. Allí compra todas las rosas rojas que encuentra y vuelve para regalármelas, con una rodilla en el suelo, mientras me pide que nos casemos.

—En un punto, por lo menos, ha acertado: salió corriendo.

—No sea malo, no se burle.

—Manon, simplemente trato de mostrarle que, incluso en los peores momentos, nada es tan negro como uno se figura. Tiene usted buena salud, el bebé también. Justin todavía está vivo. Todo es posible.

La chica se sonó de nuevo.

—¿Qué debo hacer?

Un silbido estridente retumbó en ese momento por toda la mansión.

—Final del partido —señaló Andrew—. Voy a reflexionar.

—Odile debe de estar buscándome desde hace un rato, seguramente esté de los nervios. Prométame que no le dirá nada.

—Prometido. Sin embargo, no me atrevo ni a imaginar lo que pensará cuando nos vea salir a ambos de este cuchitril.

19

Blake y Magnier estaban tumbados codo con codo en el suelo del cuarto de baño, retorciendo las abrazaderas de la entrada de agua bajo la bañera.

—Sujételo bien, señor Blake, porque, de lo contrario, nos lo llevaremos todo.

—Venga, apriete.

Al verlos así, el primer impulso de Odile fue dar un paso atrás. Ambos se apartaron una vez la junta volvió a su lugar. La cocinera comentó con una ceja levantada:

—Esta mañana ha estado usted con la criada en un escobero y ahora se revuelca con el encargado en el cuarto de baño de la señora...

—Y aún no ha acabado el día —replicó Andrew irónico—. Tenga cuidado...

Magnier se rio con malicia. Era evidente que Odile no estaba muy contenta de verlo dentro de la casa. Blake se levantó, no sin dificultad, y dijo:

—Bajaré al sótano y volveré a abrir el agua. Señor Magnier, compruebe si gotea..., y no olvide el lavabo. Odile, si hay algún problema, dé dos pitidos cortos con el silbato. No se den mucha prisa, necesitaré un rato para bajar esta maldita escalera. Aquí los dejo a ambos.

—Intentaremos llevarnos bien... —se burló Philippe.

La cocinera lo fulminó con una mirada siniestra.

Cuando Blake subió por fin, el agua corría sin indicio alguno de fuga.

—Esto debería permitirnos esperar al presupuesto de Pisoni de forma más serena —comentó Odile aliviada.

Cuando salieron del cuarto de la señora Beauvillier, se confirmó la impresión que Blake había tenido durante su primera visita: la habitación, en realidad, no era grande. Una vez en el pasillo, intentó calcular la longitud de la estancia sumada a la del cuarto de baño. Incluso dejando un margen, la pared del pasillo era mucho más larga que las dos habitaciones medidas una a continuación de la otra.

Por su parte, Magnier miraba todo lo que había a su alrededor, como un niño a quien, por una vez, le dan el derecho a entrar en una zona prohibida. Odile cerraba la marcha metiéndoles prisa.

—Entonces, decidido —le dijo Magnier a Andrew—; ¿baja después de comer y le enseño la finca?

—Con mucho gusto. Aprovecharemos para comprobar esa historia del interfono. Odile, ¿no quiere unirse a nosotros?

Sorprendida, la cocinera se cerró como una ostra debajo de un chorro de limón.

—Gracias, no tengo tiempo. Necesito preparar la lista de la compra para la semana que viene.

Luego, en un tono más cortante, añadió dirigiéndose a Magnier:

—Encontrará la lista junto a su cena de esta noche. Esta vez no se olvide de nada: la señora recibe a más personas en esta ocasión.

Magnier tomó el camino de regreso. Odile se quedó con Blake y *Méphisto* en el comedor del servicio.

—He comprendido la estrategia de su gato —afirmó el mayordomo.

—Si hace la más mínima insinuación dudosa acerca de *Méphisto*, me niego a alimentarlo durante una semana.

—Veintidós grados.

—¿Qué quiere decir? ¿Tiene fiebre?

Luego, comprendiendo las implicaciones de esa posibilidad, Odile se enfureció de inmediato:

—Pedazo de pervertido, ¿le ha tomado la temperatura?

—Cálmese. Sólo he medido el calor del sitio en el que se ubica. *Méphisto* se mantiene a veintidós grados exactos. Si están funcionando sus hornos, se aleja porque el ambiente se vuelve demasiado caluroso y, si la puerta del jardín está abierta demasiado tiempo, se acerca para compensar.

Odile estaba estupefacta. Observó a su gato con mayor admiración aún.

—*Méphisto*, ¡eres un genio!

—Sobre todo, es una bola peluda que tiene en mucha estima su propio bienestar...

20

Una vez pasado el seto, Magnier abrió la cerca de madera e invitó a Blake a entrar. Andrew se quedó sobrecogido ante el encanto de esa parte recoleta del jardín.

—Es precioso —susurró.

—Ochocientos rosales, veintidós variedades, los he plantado todos yo mismo y yo mismo los cuido. En esta estación, no quedan más que las últimas flores, pero debería ver qué espectáculo en verano. Avance por sus calles y respire. El aroma es más potente cuando da el sol, pero incluso un día como hoy resulta toda una experiencia.

Blake se aventuró entre los macizos llenos de flores. Del blanco al rojo más intenso, pasando por todos los matices, las rosas se mezclaban en un torbellino de colores: crema, naranja, bermellón, carmín... Andrew caminaba respirando a pleno pulmón, captando las fragancias a merced de las corrientes de aire, orientándose en los efluvios como si descubriera un mundo. En pocos metros, se trasladó más allá de la realidad del lugar. Los aromas eran como hadas maliciosas que revolotearan a su alrededor, cosquilleando en su nariz, ofreciéndole otras sensaciones. Andrew cerró los ojos y pensó que debía volver allí sin falta con Diane...

—Al fondo, me he instalado un banco —explicó Magnier.

La voz del encargado devolvió a Blake a la realidad.

—Es una maravilla —comentó pensativo.

—Me alegra de verdad que alguien se dé cuenta, porque yo, con la costumbre, ya no me percato.

—¿La señora no viene nunca?

—No desde la muerte del señor François. Fue él quien me pidió crear esta rosaleda para ella.

—¿Conoció usted al señor Beauvillier?

—¡Me contrató él mismo! Toda una historia. Un lunes, hace ahora más de quince años, me despidieron de la fábrica en la que trabajaba como tornero fresador. Me echaron de un día para otro de mala manera, junto con todo el taller de metalurgia, con el pretexto de que ya no éramos rentables. Habían decidido deslocalizar la fábrica a Polonia. Me vi sin nada. Ya no tenía con qué pagarme el alquiler. Ni un céntimo ahorrado. Ni curro en la región. Una auténtica catástrofe. Me quedé tan conmocionado que decidí no decirle nada a mi madre, quien, por entonces, todavía vivía. Descanse en paz. Al día siguiente, como todos los martes, iba montado en mi bici para hacerle una visita cuando me fijé en un buga enorme que venía en sentido contrario circulando de una manera extraña. Al principio, zigzags, luego, de repente, ¡un bandazo que lo precipitó contra un castaño! El choque fue terrible. Hizo un ruido de mil demonios. Me imaginé que el menda habría muerto en el acto. Dejé la bici en el suelo y corrí para ir a ver. El motor empezaba a arder. A través del parabrisas hecho trizas, vi cómo el tío movía un brazo. No sé por qué, fui allí sin dudar. Saqué al pobre tipo como pude, lo arrastré más lejos y lo apoyé contra un árbol. En ese momento, el coche explotó. Era el señor Beauvillier, que había sufrido un desmayo. Después de dos meses de hospital, me buscó, me encontró y, cuando le conté lo que me pasaba, me propuso trabajar para él. Puedo afirmar que los años siguientes fueron los más bonitos de mi vida. Me daba la impresión de que tenía una segunda familia. Hugo, su hijo, acababa de terminar sus estudios y pensaba marcharse a Sudáfrica. No lo traté mucho tiempo, pero era un chico simpático. Nos reíamos mucho. La señora y el señor se llevaban muy bien. Yo me ocupaba de todo. Fue en esa época cuando rediseñamos los jardines. El señor me permitió apañar la casita en la que vivo desde entonces. Pagó todos los materiales. Era un buen tío el señor François. Por desgracia, la enfermedad no hace distingos entre los buenos y los canallas, y murió antes de tiempo. Cuando pienso que la misma mañana de su última hospitalización volvimos a charlar de la escalinata de la mansión... Me hablaba de hacer obras, y luego, esa misma noche, se fue para no volver nunca a su casa. Era la última vez que hablábamos de aquella manera sin saberlo.

Cuando llegó al final de la calle de rosales, Magnier señaló el banco. Estaba situado en un montículo de tierra con césped para ofrecer una vista de conjunto del mar de rosas.

—¿Nos sentamos un poco?

Andrew tomó asiento.

—¿La señora Beauvillier sabe que sigue cuidando de la rosaleda?

—Nunca habla de ello, pero no cabe duda de que se lo imagina. Mira con lupa las facturas lo suficiente como para ver en ellas que compro sacos y sacos de abono especial para rosales. ¡Cuando pienso en lo quisquillosa que es con esas cosas y que luego les confía su dinero a unos sinvergüenzas!

—¿Qué quiere decir?

Magnier miró hacia arriba. Como un crío al que hubieran pillado hablando demasiado, buscó una salida.

—No debería haber dicho eso. Después de todo, no es asunto mío.

Andrew no insistió. Miró de nuevo las rosas.

—Al final, es usted el único que disfruta del jardín.

—Efectivamente, con *Youpla*, ¡y ahora usted!

—¿Odile no se pasea nunca por aquí?

—Apuesto a que le gustaría, pero tendría la impresión de estar un poco en mi territorio y no quiere darme ese gusto... Otro día, si quiere, lo llevaré al final de la finca. Hay unos sitios excelentes llenos de setas. Está un poco lejos, pero ya verá, merece la pena, es muy bonito. Tenemos una vista excepcional del valle, se ve hasta la ciudad.

—¿Como desde lo alto de la colina?

—Exacto... Pero ¿cómo sabe usted que se ve la ciudad desde ahí arriba?

—Me lo imagino... La finca es realmente grande.

—Era todavía más grande cuando el señor François se encontraba entre nosotros. La señora vendió tierras para salir a flote, un cuarto por lo menos, a unos promotores. Todavía les falta el terreno con el derecho de paso para hacer la carretera que conduciría a la urbanización que quieren construir, así que acosan a la señora para que les venda más tierras. De momento, no cede.

—¿Ha estado siempre así la señora Beauvillier?

—¿Así cómo?

—Siempre recluida, reservada, y al mismo tiempo...

Andrew hizo un ademán impreciso, dándole a Magnier la oportunidad de responder.

—En tiempos del señor François, era alegre, risueña. Él la llamaba constantemente porque no podía pasar sin ella. «¡Nalie! ¡Nalie!», se oía por toda la mansión. Era su diminutivo para Nathalie. Parecieron unos recién casados durante cuarenta años. En Pascua y Año Nuevo me invitaban a su mesa. El último año invitaron incluso a mi madre. Yo le compré un vestido expresamente para la ocasión. Estuvo bien. Tras la muerte del señor, ya nada fue igual. La señora se encerró cada vez más. Ya nunca he vuelto a oír que nadie la llame por su nombre de pila.

Magnier miró al cielo y añadió:

—¿No cree que deberíamos ir a la verja a ver esa historia del telefonillo antes de que nos caiga un chaparrón?

—Tiene toda la razón. Pero me duelen las piernas. Ya no tengo costumbre de andar tanto.

—¿No había muchas tierras donde trabajaba antes?

—No, muy pocas. Era pequeño. Todo era pequeño, por otra parte.

Los dos hombres abandonaron la rosaleda.

—¿Sabe, señor Blake? Estoy muy contento de que lo hayan contratado.

—Sólo estoy en período de prueba.

—La señora sería muy tonta si no se quedara con usted.

—Muy amable.

—Si me lo permite, querría hacerle una observación sobre Inglaterra...

—Salvo que se trate de que les devolvamos la Torre de Londres, no faltaba más...

—En la lengua francesa tenemos una cosa que ustedes no tienen: el tuteo. Es muy práctico. A la gente que no te cae demasiado bien, le hablas de usted y sigue resultando educado. En cambio, a los que te caen bien, a la familia, a los amigos, puedes hablarles de tú. Es como un pequeño detalle, un signo distintivo que muestra su cercanía.

—Y, a partir de las seis, pueden decir *buenas tardes*... Si me lo permite, yo también tengo una observación que hacerle sobre su país.

—Lo escucho.

—Siempre me ha parecido sorprendente que en su democracia, cuyo lema le da tanta importancia a la igualdad, exista esa distinción, esa selección, mientras que en nuestra monarquía, que pretende estar jerarquizada con tanta minuciosidad, no se haga ninguna diferencia en ello, ya se dirija uno al rey o a un niño pequeño.

Magnier torció el gesto.

—Eso no quita que, si fueran tan listos, su lema no estaría en francés.

Andrew rompió a reír.

—¡Un punto para usted, ciudadano Magnier!

—De hecho, lo que quería decir, es que quizá podríamos tutearnos...

—*Why not*, mi querido Philippe...

21

Andrew volvió del salón pequeño con la última bandeja cargada de tazas y de platos de postre sucios. Mientras Odile preparaba su cena, lo dejó todo cerca del fregadero.

—Si quiere —dijo resoplando—, lo colocaré en el lavavajillas más tarde. Estoy agotado.

Dudó un momento y añadió:

—Cuénteme, ¿conocía usted a la pareja a la que ha recibido la señora esta tarde? No me parecen gente honesta en absoluto. Esa manera de bajar la voz al acercarme es sospechosa. Y esas risas tan falsas. Tengo la impresión de que no han hecho más que hablar de dinero.

Odile siguió callada. Blake agregó:

—La señora cada vez recibe a más personas. Desde hace un tiempo, tenemos gente casi todos los días.

—Y su celo no va a incitarla a calmarse. La idea de encender la chimenea fue excelente. Gracias a la nueva distribución de la mesita de café y los sillones que ha hecho usted, uno pensaría que se encuentra en una tienda de decoración...

—Con toda la madera que corta Philippe, sería una pena no encender una lumbre de vez en cuando, sobre todo en esta época del año.

—*Philippe...* —recalcó la cocinera—. Magnier y usted no han tardado en estar a partir un piñón.

—Fue a usted, señora Odile, a quien le propuse primero llamarnos por nuestros nombres de pila. Si hubiera aceptado, nosotros también habríamos partido piñones juntos.

La cocinera recogió el plato que *Méphisto* había lamido meticulosamente. Blake se dejó caer en una silla suspirando.

—Ya no siento las piernas...

Odile seguía atareada. Abrió un armario alto y se puso de puntillas para coger una cazuela.

—¿Puedo darle un consejo? —se aventuró a decir Andrew.

—Diga.

—¿Por qué coloca los utensilios que usa con mayor frecuencia en los armarios más inaccesibles? Debería cambiarlos por las enormes cacerolas que están abajo. Así se evitaría...

Odile dejó la cazuela con un golpazo y se plantó delante de Blake, apoyada en la mesa como si fuera a echar un pulso. Se acercó tanto que Andrew podría haberla visto claramente sin sus gafas.

—Escúcheme con mucha atención, señor Muevo-los-muebles-y-enciendo-unos-bonitos-fuegos: ¿está aquí desde hace dos semanas y tiene el descaro de explicarme cómo ordenar *mis* cacerolas en *mi* cocina? ¿Quién se ha creído que es?

—No se enfade, era sólo un comentario para que se cuidara la espalda...

—Bueno, pues no se preocupe de mi espalda, ¡que más sabe el loco en su casa que el cuerdo en la ajena!

Blake no insistió. Odile le sirvió su cena, un guiso con pisto recalentado. Cuando se dio la vuelta, Andrew se dirigió a *Méphisto*:

—Tú eres más mimoso, ¿a que sí? ¿Quieres que te haga caricias?

El gato volvió la cabeza hacia él.

—Vamos, ven, pequeño, te daré incluso un poco de carne...

Méphisto se levantó, se estiró lánguidamente y se acercó con sus altivos andares felinos. Andrew lo cogió y se lo puso en el regazo. Odile se estaba encendiendo.

—¿No has cogido un poquito de peso? —murmuró Blake—.

Deberías hacer ejercicio. Es verdad que lo que comes está tan increíblemente bueno...

Odile estalló. El gato se dio a la fuga sin ninguna dignidad.

—*Primeramente*, ¡no se soba a los animales cuando se come! —profirió—. *Segundamente*, no ha engordado, es el pelo, que da esa impresión...

—Que sí, se lo juro, que lo he notado...

Odile se puso a chillar:

—Y *tresceramente*, si mi comida no le gusta, ¡no tiene más que irse a comer a otro lado!

Le retiró el plato a Blake y tiró a la basura lo que contenía.

—¿Por qué hace eso? —dijo él defendiéndose—. Nunca he dicho que no estuviera bueno, ni siquiera lo había probado. Sólo digo que debería dejarse llevar, cocinar como lo siente, como lo hace para *Méphisto*. Y además, yo creía que se decía *terceramente*...

—¡Váyase a tomar viento!

Si Andrew hubiera tenido sesenta años menos, se habría ido a su cuarto sin comer. Pero, dada su edad, decidió ir a mendigar un trozo de pan a casa del encargado.

22

De tanto caminar, una vez superados los dolores de los primeros días, Blake tenía que admitir que se sentía más rápido. Incluso comenzaba a conocer las trampas del camino que llevaba al final del jardín. Al pensar en la agarrada con Odile, sonrió un poco. Era extraño, no llegaba a sentir rencor.

Cuando llamó a la puerta de Magnier, *Youpla* se puso a ladrar de inmediato, pero su amo no fue a abrir. Blake miró en los alrededores. Como acababa de hacerse de noche, no distinguía gran cosa.

—¡¿Philippe?! —gritó a los cuatro vientos.

Ninguna respuesta por la parte del jardín. De repente, la puerta se abrió y *Youpla* se lanzó a sus piernas. Blake le frotó la cabeza mientras el perro le olisqueaba el pantalón, sin duda intrigado por el olor de *Méphisto*.

—Buenas noches, Andrew, no esperaba...

—Odile me ha echado porque he osado hacerle un comentario, así que he venido a pedirte asilo.

—Nunca le cierro la puerta a un refugiado político. Entra.

A pesar de la broma, Philippe no estaba entusiasmado. Andrew lo notó.

—¿No te interrumpo?

—Iba a poner la mesa. Compartiremos la tartera que me ha preparado Odile.

—Una especie de pisto con carne, pero no he logrado identificarlo.

Andrew arrastró una silla y se sentó. *Youpla* no paraba de ir y venir a la habitación, cuya puerta se hallaba cerrada.

—Tienes razón —observó Magnier—. Arreglaremos el interfono entre el comedor y esto. Será lo más sencillo.

Philippe colocó los cubiertos mientras el microondas recalentaba el plato de Odile. De pronto, dijo:

—Perdóname un momento, me parece que he olvidado cerrar la ventana del cuarto de baño. No me apetece que entre ningún bicho.

Y desapareció en su habitación. El perro intentó seguirlo, pero Magnier lo apartó. Tuvo cuidado de cerrar la puerta al entrar, y el animal se quedó mirando la manija mientras movía la cola.

—¿A ti también te parece esto extraño? —le susurró Blake—. Aunque seguro que sabes cosas que yo ignoro.

Magnier se apresuró a volver, apenas más relajado.

—Algunas veces, se me va la pinza —soltó a modo de excusa.

Repartió su ración entre su plato y el de Andrew.

—Entonces ¿qué?, ¿Odile ha vuelto a cabrearse?

—Se enciende rápido. Aunque es verdad que me gusta chincharla.

Magnier se sentó y probó el plato.

—Que aproveche —dijo Andrew—, y gracias por acogerme.

Al dar el primer bocado, ambos se miraron.

—Me recuerda al comedor de la fábrica —afirmó Magnier.

—A mí me recuerda a un pequeño restaurante que cerró la policía porque daban carne de rata.

—Imposible, Andrew: Odile no haría eso, le dan demasiado miedo.

—A falta de pan, buenas son tortas... En francés decís ñam, ñam, ¿verdad?

—Exacto. ¿Y en inglés?

—*Yum, yum.*

—¡Qué ridiculez! No tiene nada que ver con el ruido.

—¿Con el ruido de qué? ¿De verdad crees que un gallo hace kikirikí?

—¿En Inglaterra qué hacen?, ¿cua cua?

—Cock-a-doodle-do.

—¡Pobre animal! ¿Qué les dais de comer?

Un gran estrépito procedente de la habitación hizo que Magnier se sobresaltara. Corrió adentro cerrando la puerta al pasar. A Andrew le pareció oírlo susurrar, y que luego le respondía una voz aguda. Una voz de muchacho.

—¡No ha sido culpa mía! —se defendía el chico.

Cuando la puerta volvió a abrirse, el encargado estaba lívido. *Youpla* se metió precipitadamente en el cuarto. En el umbral apareció un chico de pelo moreno y piel mate, de unos catorce años. Philippe le suplicó a Andrew con la mirada.

—No te vayas a imaginar nada. Voy a explicártelo.

—¿Qué quieres que me imagine? Llego a tu casa de improviso. Si tienes un hijo escondido, no es asunto mío...

—¡No es mi padre! —exclamó el crío sin asomo de timidez.

—Buenas noches, joven —le respondió Blake—. Me llamo Andrew, ¿y usted?

—Yanis. Vivo en las afueras, en Tourterelles, en el edificio 2. Si viene por la Coca...

Philippe le hizo una seña al chico para que se callara.

—Yanis me echa una mano con las compras —explicó—. Eso es todo.

Blake observó al muchacho. Delgado, no muy alto: sin duda era él a quien había visto desde la colina la otra noche. Philippe añadió un tercer plato.

—Yanis, ve a buscar el taburete a la habitación y ven a comer con nosotros.

El encargado compartió su comida una vez más y se dejó caer en la silla suspirando.

—Me vendría bien que no se lo contara a nadie de la mansión...

—En caso de mucho estrés, ¿vuelve uno a hablarse de usted?

—Es una historia complicada.

—No tienes obligación de contármela. No pasa nada.

El chico regresó con su asiento y una pelota para el perro, que saltaba ya para cogerla.

—Conocí a Yanis hará más de un año —empezó a decir Philippe—. Estaba haciendo la compra en el supermercado de su barrio. Voy a ése porque es el que está más cerca de aquí, dado que voy en bici con mi carro. Atajando por los bosques de la finca, se topa uno con la ciudad, casi al pie de los edificios. Pero eso no viene al caso. Era un jueves, estaba haciendo la compra y habían pillado al chaval robando un paquete de galletas que se había escondido debajo de la camiseta.

—Iba a pagarlo —se justificó el chico—, ¡juro que iba a pagarlo!

—No jures tanto, Yanis —lo regañó Magnier—. No tenías dinero y, cuando te cogieron los guardias de seguridad, estabas a punto de salir de la tienda.

—No es verdad...

Philippe negó con la cabeza y prosiguió:

—Al verlo entre los vigilantes, me dio pena. Entonces, pagué el paquete para que lo dejaran largarse. Y luego, para que tuviera algo que hacer, le propuse que me ayudara.

—Había dicho una vez —se encolerizó el crío—. Tenía que ayudarlo a hacer la compra una vez y luego me amenazó con decírselo todo a mi madre si no seguía haciéndolo.

Magnier se irguió incómodo.

—No es tan sencillo.

—Y, desde entonces —resumió Blake—, el chaval te hace la compra.

—¡Con entrega incluida! —precisó el muchacho.

Philippe puso cara de empezar a enfadarse.

—Oye, ¡que tampoco es que te esté maltratando! Te doy de comer y te pago un poco de dinero.

—¿Y el colegio? —preguntó Blake.

Yanis bajó los ojos.

—No voy mucho.

—No hay muchos que vayan —intervino Magnier—. Yanis y los de su barrio a menudo están abandonados a su suerte...

—Debes de tener mucha hambre —le dijo Blake al muchacho—. Come.

El chico agarró su tenedor y devoró su parte. Ambos miraron cómo comía a toda velocidad. Yanis apenas había terminado cuando consultó la hora en su reloj.

—Debo irme. Mi madre volverá pronto.

—No te entretengas —le aconsejó Philippe—. ¿Tienes la lista para pasado mañana?

—*No problemo* —respondió el chaval.

Se arrodilló para decirle adiós al perro, se echó a reír cuando el animal le hundió el hocico en el cuello y luego se marchó de la casa.

Magnier no se atrevía a mirar a Andrew a la cara.

—Ya sé lo que piensas —dijo el encargado—. Te parezco despreciable porque abuso de la situación y porque ese pequeño debería estar haciendo otra cosa y no mis tareas domésticas.

—Esas palabras te las dice tu conciencia, Philippe, no yo. No obstante, creo que deberíamos poder hacer algo realmente útil por ese muchacho.

23

La señora Beauvillier pasó revista al correo del día: envíos publicitarios —esa mañana con baratijas, muestras y demás regalos de pacotilla—, más catálogos... y dos cartas del banco. Las abrió rápidamente, sin perder el tiempo siquiera en utilizar su abrecartas. Con las prisas, parecía haberse olvidado de la presencia de Andrew. Hojeó los pocos folios que contenían y se detuvo en el último. Su rostro mostró una expresión indefinible. Andrew fue incapaz de descifrarla con precisión, pero no dejaba lugar a dudas: había inquietud en ella. La señora estudió la segunda misiva, que no constaba más que de una sola página. Después de echarle un vistazo, lo metió todo en su cajón y se obligó a sonreír al repasar los folletos.

En poco tiempo, Blake había aprendido a disfrutar de ese extraño ceremonial. Todavía estaba escandalizado por los argumentos capciosos de las cartas y desconcertado por la reacción de la señora, que se tomaba todo aquello en serio, pero esa sesión casi diaria le permitía el placer de observar a la mujer, quien lo intrigaba cada vez más. Con una alegría sincera, desembalaba los regalos sin valor o los chismes presentados bajo un prisma lisonjero y los alineaba delante de ella como otros tantos trofeos. Navidad y sus sobres sorpresa todos los días.

Como todas las mañanas, Andrew se marcharía con su pequeño legajo de respuestas que preparar. Como todas las mañanas, estaría a punto de salir y, como cada vez, la señora Beauvillier lo llamaría para informarlo de un «punto esencial» que se habría olvidado de confiarle cuando todavía estaba sentado. Esa vez, sin embargo, Blake decidió adelantarse.

—En cuanto a los interfonos, le adelanto que Philippe y yo podremos repararlos sin gasto alguno. Hemos encontrado con qué arreglarlos. En cambio, cuando lo juzgue posible, sería partidario de instalar un videoportero con control de apertura en la verja peatonal. No debería costar muy caro.

—La verdad, no es momento de hacer gastos. Menos mal que pudo salvar las tuberías de mi cuarto de baño, porque no sé cómo lo habríamos hecho.

—Sin ánimo de ser indiscreto, ¿tan escasa está de dinero?

—Es usted indiscreto, señor Blake, pero como, de todas formas, se va a enterar antes o después, más vale que sea sincera. Mi economía se encuentra en una situación crítica. Es una finca grande, la casa exige un mantenimiento y un mínimo de personal para funcionar. De ahí su presencia aquí, a pesar de los costes. Había hecho algunas inversiones que no sólo no han producido los intereses esperados, sino que, además, han visto cómo su capital inicial desaparecía en un abrir y cerrar de ojos.

—Si me lo permite...

—No, no se lo permito. Entre estas paredes, es usted el mayordomo. Y debo confesarle que, en ese aspecto, estoy completamente satisfecha. Sus iniciativas, la influencia que percibo ya en Odile, en la chica e incluso en el señor Magnier son muy positivas. En cambio, en lo referente al manejo de mis negocios, le pido que aplique mis directrices sin pretender aconsejarme. He creído entender que se permite consejos cuando menos críticos respecto a personas en las que confío plenamente. Que le quede claro, señor Blake: no está usted cualificado para juzgar cómo se gobierna una casa. Llevar una finca como la mía viene a ser como dirigir una empresa. Mi marido, que administraba una fábrica y algunas sociedades, me enseñó algunos rudimentos. Usted no sabe nada de todo esto, así que, por favor, le agradezco que se mantenga dentro de los límites de sus competencias. ¿Entendido?

Blake se contuvo a pesar de las ganas que tenía de responder.

—Perfectamente, señora.

Esa mañana, la señora Beauvillier no añadió nada más cuando Andrew se marchó de la habitación.

Después de una humillación semejante, Blake no se sentía con fuerzas para bajar a enfrentarse a Odile. Subió a la tercera planta a descansar un poco en su cuarto. El ruido del aspirador le indicó que Manon se encontraba ya en ese piso. Al seguir el cable que corría por el suelo, vio que estaba incluso limpiando su habitación. Sorprendió a la chica aspirando debajo de su armario. Con el rabillo del ojo, vio su silueta.

—Me ha asustado —dijo sobresaltada. Apagó el aparato y añadió—: He hecho el cuarto de baño, las toallas están limpias. Mañana, si quiere, le cambiaré las sábanas y limpiaré los cristales. Hoy no me va a dar tiempo...

—Muchas gracias, Manon. Me fastidia mucho que no quiera que le pague este trabajo adicional.

—Lo hago con gusto.

—No se canse demasiado, sobre todo en su estado... ¿Hay noticias de Justin?

—Nada. Me despierto por las noches preguntándome lo que estará haciendo, lo que estará pensando. Tengo miedo de que otra chica le eche el guante. Cada vez que me voy de aquí, en cuanto tengo cobertura en el teléfono, se me acelera el corazón. Espero, pero nada. Usted, que es un hombre, ¿tiene alguna idea de lo que puede estar pasándole por la cabeza?

—Con lograr comprender lo que pasa por la mía...

—No se da cuenta del infierno que estoy viviendo, de mi angustia.

—Con demasiada frecuencia, uno no se percata de esas cosas, es cierto. Sé que es injusto para usted, que es un esfuerzo añadido, pero creo que es necesario que le dé un poco más de tiempo.

—¿Hasta cuándo?

—Unos días, por lo menos.

Manon suspiró.

—Me voy —dijo—. De todas formas, había terminado. Le cambiaré la ropa de cama mañana.

Se agachó para coger su aspirador y vio frente a sí la foto colocada encima de la mesilla de noche.

—¿Son su mujer y su hija?

—Sí.

—Son guapas.

La chica cogió el marco y la observó.

—¿Nunca ha pensado en rehacer su vida?

—Diane sigue siendo mi mujer. Puede parecerle una idiotez, pero todavía vivo con ella.

—¿Por eso los dos cepillos de dientes?

—Se ha fijado...

—El primer día me dije que debían de ser cosas de ingleses, en plan un cepillo para los dientes de arriba y otro para los de abajo...

—Tienen unas ideas realmente extrañas acerca de nosotros. ¿Cómo cayó en la cuenta?

—El rojo estaba siempre seco, y el verde está más gastado...

—¿No se le ocurrió que los ingleses tal vez no tuvieran dientes de abajo?

La chica se rio por lo bajo y volvió a colocar la foto en su sitio.

—Y su hija, ¿a qué se dedica?

—Sarah estudiaba física aplicada cuando conoció a un joven ingeniero muy brillante con quien se fue vivir a Los Ángeles. Son especialistas en predicción sísmica.

—Se parece a usted. ¿La ve mucho?

—Es probable que no lo suficiente, y el tiempo pasa.

Entonces fue Andrew quien cogió el marco.

—Cuando era más pequeña, me sentía muy cercano a ella. Pero trabajaba mucho. Volvía tarde. A veces estaba ausente fines de semana enteros. En realidad, no la he visto hacerse una mujer. Diane la ayudaba a estructurarse, la acompañaba. Se querían mucho. Cuando falleció mi mujer, me sentí perdido. Me encontré con una señorita a la que, a fin de cuentas, no conocía muy bien y con quien fui incapaz de establecer un auténtico vínculo.

—Es una pena...

—Una tragedia más. Me gustaría tanto...

Blake se interrumpió por miedo a la emoción que sentía aumentar en él. Por pudor, Manon se alejó hacia la puerta. Se volvió.

—Hay algo en usted que me impresiona, señor Blake.

—Pero si no debería impresionarle nada.

—Tiene un don para analizar los problemas, para exponer las situaciones con una claridad y una sabiduría tranquilizadoras.

—Muy amable, Manon. Preferiría tener una capacidad de análisis un poco menor y un poco más de valor para actuar...

La chica salió de la habitación. Blake le dio alcance en el pasillo.

—¡Manon!

—¿Sí, señor?

—Quizá tenga una idea en relación con Justin...

24

Al entrar en el comedor del servicio, Andrew notó el aroma en primer lugar. Odile estaba atareada cocinando, y *Méphisto* había retrocedido hasta el pie del fregadero, por lo mucho que calentaban los fogones. Blake se había pasado todo el día evitando a su colega para no arriesgarse a un nuevo enfrentamiento. Esa noche había decidido hacer lo posible para apaciguar su relación con ella.

—Lo dejo poner la mesa —dijo la cocinera.

La frase era demasiado corta y, por añadidura, con interferencias por la crepitación de las cocciones y el zumbido de la campana extractora, como para que Andrew pudiera deducir su humor.

Al pasar cerca del gato, se abstuvo de acariciarlo, temiendo que percibiera eso como una provocación. Abrió el armario de la vajilla. No había platos. Al principio, creyó haberse equivocado, pero tampoco encontró los vasos. Aprovechó que Odile no levantaba la vista de las cacerolas para echar una ojeada en los otros armarios. Lo había cambiado todo de lugar. A cada categoría de utensilio le había asignado un sitio nuevo en las alacenas. Los más habituales eran ahora los más cercanos y los más fáciles de coger. Andrew contuvo la sonrisa. Intentó aparentar naturalidad, como si no se hubiera dado cuenta de nada.

—Páseme los platos —soltó Odile mientras seguía vigilando sus ollas.

Levantó una tapa para añadir unas especias. Por la habitación se extendió otro aroma. Andrew se dijo que, si era bueno, tal vez tendría suerte y le prepararía la misma receta que al gato...

—Siéntese —le ordenó ella.

Ninguno de los dos se atrevía a mirar al otro abiertamente. Odile puso delante de él un plato lleno y anunció:

—*Filet mignon* caramelizado a la pimienta rosa con *écrasée* de patatas de la casa.

Méphisto se relamió de gusto. A Blake se le hizo la boca agua, pero esperó a que Odile se sentara y hubiera comenzado antes de atacar su plato. Sus papilas reaccionaron de inmediato.

—Exquisito. ¿Cómo consigue lograr un acabado esponjoso por dentro y a la vez deliciosamente crujiente por fuera?

—Me he soltado.

—No seré yo quien se queje. ¿Dónde aprendió a cocinar así?

—Tuve bastantes trabajos antes de aterrizar aquí. Durante un tiempo, trabajé en el Relais de Dormeuil, un restaurante bastante conocido de la región. Me gustaba mucho. Durante cinco años, formé parte de la brigada.

—¿La brigada?

—En cocina, es como se llama a los equipos.

Andrew se recreó. Tenía la impresión de que no haber sentido hasta ese punto el sabor de los alimentos desde hacía siglos. Comparada con ese plato, incluso la cocina del Browning le parecía insulsa.

—¿Conoce muchas recetas de este tipo?

—Unas pocas.

Volvió a coger un bocado y lo saboreó.

—Odile, esto no es una comida, ¡es una obra de arte!

—Con tal de evitar que le robe la comida a mi gato...

—¿Le ha servido alguna vez este plato a la señora?

—No lo querría. Con ella, nada debe cambiar. Repito una y otra vez lo que ya conoce. Su cadera (setenta gramos a los que da siempre nueve bocados) una vez a la semana, su maldito brócoli, sus ensaladas de arroz y de maíz... Al principio intenté prepararle otras cosas, pero ni siquiera las tocaba.

—¿Puedo hacer una observación?

—Si es acerca del orden de mis cacerolas, preferiría que hiciera como si no hubiera visto nada...

—Pero si yo no he visto nada.

—Si es acerca del peso de *Méphisto*, lo mismo.

—Su gato es un atleta.

—No se pase. ¿Es acerca de la receta?

—En absoluto. Simplemente me preguntaba por qué nunca los veo juntos a la señora, a usted, a Philippe y a Manon.

—A la señora no le gusta mezclarse; en cuanto a Philippe...

—Seguramente no es una persona tan refinada como usted, pero creo que es un «buen tipo», como se dice por aquí.

—Tengo mis dudas. Al principio, intentó ligar conmigo de una manera vergonzosa...

—Los comienzos a veces son torpes.

—Cuando era más joven, tenía una amiga que decía: «Da igual la manera en que se encienda el fuego. Lo importante es la longitud de la llama...». Elegante, ¿no? Bueno, total, que va por su tercer divorcio. A mí, por mi parte, me gusta que se guarden las formas. La única vez en que he creído en todo eso, él supo tratarme y fue maravilloso.

Intrigado, Andrew observaba a Odile mientras ella comía. De repente, la mirada de la cocinera se encontró con la suya.

—¿Se pregunta por qué estoy aquí, soltera a mis años, aunque me hayan correspondido?

—No se me ocurre...

—Me hace bien hablar de ello. Nunca se lo he contado a nadie desde que estoy aquí. La historia es simple, señor Blake: se fue. Era adjunto del chef en el Relais de Dormeuil. Fue por él por lo que aprendí a cocinar. Creo que nos queríamos. Yo era realmente feliz con él. Después de unos años, le propusieron ser chef en el país de usted. Me pidió que me fuera con él y me negué.

Odile ya no comía, miraba su plato fijamente y alisaba su puré con el tenedor. Alzó la mirada.

—Trató de convencerme, pero no cedí. Tenía miedo. Se me hace muy raro decirlo, he tardado tanto tiempo en admitirlo... Tenía miedo al cambio, miedo a abandonarlo todo. Qué idiota... También me asustaba que, al convertirse en chef, yo ya no le pareciera lo bastante buena para él. Rompimos. Seis meses más tarde, dejé mi empleo del Relais e hice lo que estuvo en mi mano para trabajar cocinando al tiempo que evitaba todo lo que podía recordarme a un gran restaurante. Probé con los comedores de los colegios, a servir platos industriales para niños que no querían más que patatas fritas y hamburguesas. Lo intenté también en dos residencias de ancianos y luego respondí a un anuncio, para acabar recluida aquí. Debo de parecerle patética...

—¿Porque tiene un pasado y se arrepiente de algo? Desde luego que no.

—¿Usted también se arrepiente de alguna cosa?

—De muchas. Pero, a mi edad, a uno lo que más lo corroe no son los errores, sino las ausencias. Echo tanto de menos a algunas personas...

—Usted también ha amado a alguien. Eso se nota. Su forma de ser, su manera de ver la vida, algo que transmite... A pesar de sus defectos, la señora pertenece también a esa categoría.

—¿La categoría de los que han conocido el amor antes de perderlo?

—Se podría resumir así.

—Pero, al contrario que nosotros, usted no es viuda, Odile. ¿Nunca ha intentado tener noticias de su chef?

—Debió de rehacer su vida, triunfar..., olvidarme.

—¿No volvió a ponerse en contacto después?

—Nunca. Me daba demasiada vergüenza.

—Y ya no cocina más que para su gato...

—Él no me juzga.

—Si le digo lo que pienso, ¿seguirá preparándome esos platos deliciosos a pesar de todo?

Odile sonrió, pero no le prometió nada.

25

¿Por qué las horas de la noche son tan largas? ¿Por qué son tan oscuras? Tumbado en su cama, Blake pensaba en Odile, Manon, Philippe, e incluso en Yanis. Todos tenían vidas extrañas, con trayectorias a menudo caóticas que los habían reunido allí. Más allá de su actitud, del personaje que se habían construido, cada uno de ellos, fuera cual fuese su edad, escondía sus heridas... Andrew suspiró. Sólo hacía unas semanas que estaba en Francia y ya filosofaba él también sobre cualquier cosa.

Por su ventana, cuya cortina no echaba nunca, la luna iluminaba ligeramente su cuarto. La casa estaba en silencio. Cada uno dormía en su habitación. Andrew se imaginó a Philippe en su casita, a Manon en su soledad, a Odile en el otro extremo del pasillo y a la señora en su cuarto, tan oscuro de día como de noche.

La calma del presente le despejaba el camino hacia el pasado. ¿Cómo controlar los recuerdos que se agolpaban y los sentimientos que crecían en él? ¿Nuestras vidas biológicas se han vuelto tan largas que, pasado un límite, el corazón, al no tener más espacio para el futuro, ya no existe más que para lo que ha sentido? Siempre elegir, siempre seleccionar para no conservar más que lo esencial. ¿Había algún día ideal que Andrew hubiera querido volver a vivir? ¿Cuáles podía aceptar olvidar? Si se le apareciera un hada buena para ofrecerle retroceder en el tiempo, ¿en qué momento se detendría? Para responder a esa pregunta, había que enfrentarse con lo que más echaba de menos. La respuesta verdadera se ocultaba al pie del monumento más alto de los que les había erigido a cada una de sus penas. Al final, estaba más que contento de que ninguna hada se lo propusiera. A falta de olvido, podía eludir el recuerdo. Atenerse al presente, a la mansión, tal vez fuera la mejor solución.

A menudo, cuando no sabía qué pensar acerca de una situación o de una persona, Andrew se preguntaba lo que habría dicho Diane. Solía hablar con frecuencia, de todo, mucho, pero, cuando se trataba de algo esencial, tenía el don de no decir más que lo estrictamente necesario. Unas palabras sobre una elección vital, un comentario sobre el comportamiento de un conocido. Nunca de manera agresiva, raras veces complaciente, siempre justa. Sorprendentemente, Andrew no lograba imaginarse qué habría pensado Diane de los habitantes de la mansión. En cambio, la vocecilla interior que residía todo el tiempo en él lo hizo percatarse de que todos se mostraban, a fin de cuentas, menos quejumbrosos que él. Ellos también estaban solos y a veces tenían más razones que él para estar deprimidos. Él no tenía los problemas de dinero de la señora. Él no vivía aislado más que porque lo había querido, al contrario que Philippe. Él había huido de lo que le recordaba su vida perdida, al contrario que Odile.

Un sentimiento ambiguo afloró en él. Lenta, inexorablemente. Una mezcla de cólera, de culpabilidad y de frustración. ¿Habría sido capaz de confesar sus remordimientos con la misma sencillez que Odile? Desde luego que no. Sin embargo, a pesar de sus sentencias y de sus bonitas peroratas, remordimientos tenía muchos. ¿Habría tenido voluntad para enclaustrarse y seguir viviendo en el recuerdo del ser amado como la señora Beauvillier? Aunque hubiera colocado a Diane en un pedestal, nunca habría tenido fuerza para ello. Si hubiera dado muestras de la integridad que se atribuía a sí mismo, se habría suicidado. Pero Andrew no tenía valor para ello. La verdad le pareció de pronto terriblemente perturbadora: a pesar de sus penas, sinceras, a pesar de sus poses y de sus jeremiadas, todavía no estaba listo para renunciar a la vida. ¿Era eso una buena o una mala noticia?

26

—En Francia, empiezan las blancas; ¿en tu país es igual?

—Desde que se celebró el primer torneo de ajedrez en Londres durante la Exposición Universal de 1851, se hace así en todos los lugares del mundo. Pero ¿es normal que el rey y la reina conserven la cabeza en el tablero francés?

A Philippe le divirtió el comentario. Para ser la primera partida en el cenador, el encargado había hecho bien las cosas. Dos paquetes de crepes salados colocados en un plato de plástico, un termo de té en honor de su invitado y unas mantas que, si bien viejas y agujereadas, los protegían de la brisa fresca.

Muy concentrado, Magnier adelantó un peón. Le sobresalía la punta de la lengua de entre los labios, como un niño que pone una atención extrema en lo que hace. Blake adelantó uno de los suyos en perfecta correspondencia.

—¿Quieres un crep? —le ofreció Magnier.

—Por el momento, no, gracias.

Blake estaba emocionado por la ocasión, que le recordaba a las comiditas que organizaba en verano con su prima cuando pasaba las vacaciones en el campo. Su padre seguía trabajando en la fábrica, y su madre, que supervisaba las obras de ampliación en su casa, lo enviaba a unas decenas de kilómetros a que le diera el aire para no verlo dando vueltas entre las piernas de los obreros. En casa de su tía, todo el mundo era viejo, excepto Debby. Fue a fuerza de jugar con esa obsesa de las muñecas y de los desfiles de moda cuando

Blake lamentó por primera vez no tener un hermano. Lo pasaba tan bien con su prima como con los chicos, excepción hecha de las comiditas. Cuando eran muy pequeños, llenaban un plato con tierra y piedras. Su vino no era más que agua de la charca. Andrew se acordaba todavía del día en que, fingiendo que bebía, Debby se había encontrado un gusano enorme retorciéndose en su vaso. Había vomitado encima de la mesa. A partir de los ocho años les permitieron llevar comida de verdad a su sitio, el que tenían acondicionado bajo el sauce. Hacía años que Andrew no se acordaba de aquello, hasta que volvió a sentir la misma impresión de libertad frente a Philippe, en el jardín, en un cenador reparado deprisa y mal.

Llegó *Youpla* corriendo con una rama en la boca. La dejó a los pies de Magnier y se puso a ladrar, y entonces su amo lanzó el trozo de madera lo más lejos que pudo.

—Déjanos en paz —masculló Magnier—. Esto es una cosa seria.

Movió un segundo peón. Blake sacó enseguida un caballo.

—Inglaterra nunca ha tardado en soltar a la caballería... —comentó Philippe—. En Waterloo, nos salió caro.

—Yo no soy Inglaterra, y, a pesar de mi edad, no estaba en Waterloo.

—Tienes razón. Siempre pasa lo mismo. Cuando se conoce a un extranjero, lo relacionamos con los tópicos que corren sobre su país.

—Exacto —admitió Blake.

—Te cruzas con un español y le sueltas un *olé*, con un italiano y le hablas de pizzas, de la mafia y de Venecia. ¿Pasa lo mismo en tu país?

—Supongo, porque, cuando pensamos en los franceses, nos viene a la cabeza de inmediato una rana con una boina y una baguete, que refunfuña intentando plantarles cara a los demás, todos más grandes que ella. Pero debemos de estar equivocados, tú no tienes nada de rana.

—Y ya nadie lleva boina desde hace mucho... ¿Sabes cómo os vemos a vosotros?

—Dímelo.

—Pedantes, amanerados, pícaros, y que no miráis más que por vosotros mismos.

—Gracias.

—De nada. También se afirma que sois asexuados...

—¿Asexuados?

—Se dice que, para saber cuántas veces ha hecho el amor un inglés, basta con contar a sus hijos.

—Pobre de mí, ¡no tengo más que una hija! Y ¿con qué animal nos identificáis?

—Para nosotros, un inglés ya es una especie de animal...

Blake rompió a reír.

—Mi mujer era francesa y siempre me lo ocultó.

Volvió *Youpla* con su palo.

—Déjanos —dijo Magnier—, vete a cazar conejos o ardillas.

Como veía que su amo no estaba dispuesto a ocuparse de él, el perro se volvió hacia Blake. Depositó el palo a sus pies y retrocedió moviendo la cola. Andrew lo recogió.

—Os estáis aliando para impedir que me concentre en la partida, ¿verdad?

Tiró el palo detrás de un bosquecillo. Rápido como el rayo, el perro salió pitando en su persecución.

Magnier aguzó el oído.

—¿No has oído una campana?

—No he prestado atención. ¿Podemos continuar?

Magnier sacó un alfil a través del corredor de peones que había despejado. Blake pensó durante largo rato en hacerle un comentario, pero se abstuvo. El encargado prosiguió:

—Debo confesarte que me impresiona la manera en que hablas nuestra lengua. Ni un error, siempre la palabra adecuada...

—Muchas gracias.

—En tu empleo anterior, ¿practicabas mucho el francés?

—Bastante poco, pero seguía leyéndolo. Diane leía mucho, y me gusta volver a sumergirme en los textos que apreciaba.

Blake se esperaba que Magnier le preguntara cuáles, pero eso era no contar con el carácter desconcertante del encargado.

—También me fascina otra cosa —retomó éste—: nunca te he oído pronunciar ni una sola palabrota...

—Las encuentro inútiles.

—¿Nunca dices ninguna?

—Lo evito.

—¿Nunca insultas a nadie?

—Se puede ser violento sin insultar. A veces, decir con corrección lo que se piensa puede resultar mucho más ofensivo que unas palabras que ya no tienen ningún sentido porque todo el mundo las emplea sin ton ni son.

—Eso es cierto. Pero me parece que la riqueza de una lengua se mide también por la variedad de sus insultos. En francés, tenemos una lista de cuidado. Existe todo un arsenal, del más ligero al más serio. Puedes calificar a alguien de *cretino*, de *bufón*, de *payaso*, de *fantoche*, y, si te molesta de verdad, pasar a la marcha más alta con cosas a veces muy floridas. Si quieres, te los enseñaré para perfeccionar tu cultura. En última instancia, tienes la artillería pesada: *hijo de...*, *saco de...*, *cara de...*, *pedazo de...*

—Gracias, Philippe.

Una voz procedente del camino principal los hizo dar un brinco:

—Pero ¿a qué están jugando?

Apareció Odile, roja del sofoco y del enfado.

—Estamos jugando al ajedrez, un deporte de caballeros —respondió Magnier.

—¿Mientras se dicen palabrotas como críos de parvulario? —Se volvió hacia Blake y añadió—: Y usted, por supuesto, no habrá oído sonar la campana, ¿verdad?

—Efectivamente, Philippe me lo ha hecho notar hace un momento.

—¿No se le ha ocurrido que la señora podía estar llamándolo?

—No sabía que se supusiera que tuviera que responder a esa clase de señal. De todas formas, me niego a acudir a la llamada de un cencerro. Pero estoy a su disposición si se me llama por mi nombre.

—Pues vaya a explicarle todo eso a la señora, porque está esperándolo desde hace una hora.

27

—¡Me estoy volviendo loca! He llegado incluso a espiarlo a la salida del trabajo. Lo peor es que parecía que estaba bien. Ni siquiera tenía ojeras. Figúrese, lo he visto reírse a carcajadas con un compañero. ¿Cómo lo hace? Llevo a su hijo, lo asumo todo sola, y él, divirtiéndose. Lo más probable es que ya me haya olvidado... El miércoles me pasé la noche en su calle intentando verlo por las ventanas de su apartamento. No vi gran cosa, aparte de algunas idas y venidas al frigorífico. Por las luces en el techo de su salón, me da la impresión de que no hizo otra cosa que jugar a la consola o ver la tele. Y yo, durante todo ese tiempo, helándome fuera, muerta de pena, callejeando, ¡embarazada! Estaba acojonada de que la gente me tomara por una prostituta. ¡Todo por su culpa! Diez días, y diez noches, que espero, señor Blake. Ni un sms, ni una palabra por el ordenador, nada. Ya no duermo, ya no vivo. No puedo más.

De nuevo, la joven se secó los ojos.

—Manon, llorar no sirve para nada. Diez días, en una vida, a fin de cuentas, no es más que una gota de agua. Y en esta clase de asunto, la precipitación nunca es buena.

—Perdóneme, pero ¡eso es una tontería! —se enfureció la chica—. Siempre me habla como si fuera un libro. Para usted, es fácil ser razonable porque no lo afecta. ¿Ha estado esperando algo alguna vez hasta el punto de ponerse malo? ¿Ha estado alguna vez pendiente de una respuesta de la que depende su vida y sobre la que no tiene ninguna influencia?

La reflexión de Manon le cayó a Blake como un jarro de agua fría. La chica tenía razón. A poco que se dignara recordar, tenía dónde elegir. Sus frases hechas eran como puertas cerradas detrás de las cuales se amontonaban recuerdos que cogían polvo, detrás de las cuales se ocultaban sus sentimientos, sus auténticas emociones. Manon acababa de hacer que la puerta estallara y Blake sintió cómo un torrente de recuerdos desbordaba su memoria. Volvió a verse justo después de que Diane le llamara la atención por primera vez, durante un concierto, cuando un amigo común le prometió darle su dirección: seis días de espera obsesiva. Cuando, tras haber intentado durante meses tener un niño, había aguardado la respuesta para saber si el último embarazo era viable: once noches en blanco. Y en la época en que su madre tenía la esperanza de una remisión de su cáncer, esforzándose por parecerle sereno, escondiéndose para llorar mientras esperaba el veredicto. Los ejemplos se contaban por docenas. No todas esas esperas habían terminado en desastre, al contrario. Había acabado yendo a llamar a la puerta de Diane con el pretexto ridículo de darle una bufanda que sabía perfectamente que no le pertenecía. Y Sarah había nacido bien. En cada ocasión, habría dado cualquier cosa por que las agujas de su reloj giraran más rápido, por que los días pasaran como segundos.

Levantó la mirada hacia Manon y murmuró con la voz quebrada:

—Yo, en su lugar, probaría a escribirle.

—Eso está muy bien, pero ¿para decirle qué?

Andrew se frotó la sien.

—No ponga nada que le enfade, ningún reproche. Si quiere, la ayudaré.

En una fracción de segundo, el rostro de la joven cambió de expresión. Su mirada estaba, de repente, llena de esperanza y de agradecimiento. Blake le advirtió:

—No le garantizo ningún resultado, pero vale la pena intentarlo.

Manon se abrazó al cuello del mayordomo y lo besó en la mejilla.

—Es usted un amor. Voy a buscar algo con lo que escribir.

Blake empezó a dictar pensando que las primeras palabras no supondrían ningún problema:

—«Querido Justin»...

—Yo habría dicho más bien «Justin mío».

—A las chicas les gusta mucho apropiarse de sus hombres, pero no es lo que más apreciamos, sobre todo al principio, créame.

—Venga ese «Querido Justin».

Andrew añadió con voz pensativa:

—«Hace ya diez días que no nos vemos. Te echo de menos. Mi vida no es la misma sin ti. Entiendo que necesites distanciarte después de la noticia de mi embarazo. Pensaba sinceramente que te daría una grata sorpresa, pero soy consciente de que no ha sido el caso. No me he quedado embarazada adrede de este niño, pero aquí está, es tuyo, y estoy contento...».

—Quiere decir *contenta*...

—Por supuesto, contenta. «Ha llegado antes de lo previsto, pero esperaba que un día tuviéramos niños juntos. No quiero atraparte. Sólo deseo compartir mi vida contigo.»

Andrew hizo una pausa. Manon tomaba nota tan rápido como podía. Continuó:

—«No tengo miedo a quedarme sola; tengo miedo a verme privada de ti. No busco una pareja a toda costa, quiero vivir a tu lado. Quiero verte cada noche. Sé que mi vida será mejor así. Cuando estemos lejos, quiero esperarte sabiendo que vendrás. Para mí lo nuestro es evidente, y creí que para ti también lo era. Necesito que me digas si me he equivocado, necesito que me digas si he sido la única en esperarlo. He conocido a otras personas, pero ninguna ha tenido ese efecto en mí. Nunca había sentido eso. Amo lo que tú eres. Te veo, te observo. A tu lado, creo poder ser mejor de lo que soy. Creo poder hacerlo mejor, por nosotros, siempre. Seguramente te hace falta tiempo para saber si de verdad te convengo y si tienes ganas de comprometerte. Aunque me duela, estoy dispuesta a esperar. Dame tu respuesta en cuanto puedas. Espero que vuelvas conmigo. Te quiero...».

Manon acabó de transcribirlo con una sensación extraña. Cada una de aquellas palabras se correspondía a la perfección con sus sentimientos. Sin embargo, el hecho de oírlas de la boca de un hombre que podría haber sido su abuelo le resultaba perturbador. Miró a Blake con atención, pero en su rostro no se traslucía nada.

—Es muy bonito —le dijo—. Nunca podría haberlo escrito así, aunque sea exactamente lo que siento hacia Justin. ¿Cómo lo hace?

—Hace mucho tiempo, cuando apenas había empezado nuestra historia, Diane rompió. Ni siquiera sé por qué. Sólo me acuerdo de hasta qué punto me sentía desanimado. Viví una pesadilla. Sabía que era la mujer de mi vida. Tenía la certeza de que, si la perdía, no sería feliz con ninguna otra persona. Como usted, estuve esperando. Me había olvidado de cuánto. Como usted, me escondía para espiarla en todos los sitios adonde sabía que iría. Como usted, no comprendía cómo podía seguir con su vida mientras yo me sentía tan infeliz. La carta que va a enviarle a Justin es la que debería haberle escrito a ella si hubiera sido capaz de hacerlo...

—Es capaz, porque me la acaba de dictar.

—Cuarenta años tarde, Manon. En aquella época, no sabía decir las cosas de manera sencilla y sincera. Hace falta tiempo para aprender a hacerlo. Cuando se es joven, se tiene miedo de lo que comienza. No se sabe nada. Cuando se es viejo, se tiene miedo de la posibilidad de que termine. Sabemos bastantes cosas más, pero ya no tenemos oportunidad de servirnos de ellas. Así que, si mi experiencia puede serle útil, mi sufrimiento de aquella época no habrá sido completamente en vano. Me gusta esa idea.

Manon observó su hoja garabateada.

—Lo paso todo a limpio y se la dejo cuando baje a la ciudad.

—No, Manon. Tiene que enviársela por correo. No debe saber siquiera que se ha acercado a su domicilio. Los hombres odian las intrusiones en su territorio...

28

Bajo un cielo que amenazaba tormenta, Magnier llegó corriendo a la puerta principal de la verja con un destornillador en la mano.

—¡Que funcione a la primera, por favor! —suplicó.

Abrió la puerta para los peatones, ahora provista de una cerradura eléctrica, y se situó enfrente del videoportero, fijado esa misma mañana en la pared. Como un jugador de casino supersticioso que va a lanzar los dados, se frotó los pulgares con la punta del resto de los dedos antes de pulsar el botón de llamada.

Al primer timbrazo, Blake, que aguardaba ante el receptor instalado en la entrada de la mansión, respondió. En la minúscula pantalla en blanco y negro apareció el rostro de Magnier. La cámara de baja definición y la óptica de gran angular le hacían una cabeza de batracio, esférica, con dos ojos enormes y una boca minúscula. A Blake no le habría sorprendido ver salir burbujas de sus labios.

—¿Me oyes? —le preguntó el encargado.

—En primer lugar, se dice *buenos días*, si no, yo no abro. Por cierto, dada la hora, sería más apropiado *buenas tardes*.

—Muy divertido. Ahora, prueba la apertura eléctrica antes de que me ponga como una sopa.

—Para vosotros, los franceses, todo es siempre un asunto culinario...

La voz deformada de Philippe llegaba con retraso con respecto a la imagen. A Blake le fascinaba ese efecto surrealista.

—Andrew, ¿a qué estás esperando? ¡Abre, por favor!

El mayordomo pulsó el botón para abrir. Por el telefonillo le llegó un chasquido.

—¡Funciona! —exclamó entusiasmado Magnier.

Frente al objetivo de la cámara, mientras caían las primeras gotas, Magnier cambió radicalmente de tono para manifestar:

—Soy un cerdo por haberme aprovechado del chaval.

A Blake lo pilló de sorpresa lo intempestivo de la afirmación. Incluso con una imagen deforme, podía constatar que Magnier se sentía abochornado.

—¿Por qué me dices eso ahora? Es un telefonillo, no un confesonario.

—Porque me avergüenza demasiado como para decírtelo a la cara.

—Yo no tengo que juzgarlo. Es un asunto entre el chico y tú. Si te arrepientes, es a él a quien tienes que decírselo.

—Hablaste de una idea para arreglar las cosas...

—Efectivamente, puede que se me haya ocurrido una.

—Entonces, quiero que nos pongamos a ello pronto, porque me siento realmente mal.

—¿Cuándo tiene que venir Yanis otra vez?

—Esta noche —respondió Philippe entornando los ojos bajo la lluvia.

—¿Te sientes preparado para hablar con él?

—Sería más fácil si me ayudaras... Ni siquiera sé cuál es tu idea.

Blake hizo una pausa y respondió:

—Bajaré después de la cena. Hablaremos de ello.

El rostro de Magnier mostró una amplia sonrisa que la cámara deformó, dándole el aspecto de una criatura de ciencia ficción caída del espacio armada con un destornillador para invadir la Tierra.

—Otra vez divirtiéndose —comentó Odile, que había aparecido de improviso.

Blake se defendió:

—En absoluto. Estamos probando el nuevo interfono de la verja.

—Ya lo oigo, no para de sonar. Pero para eso no necesitan hablar durante horas sobre concertar misteriosas citas...

Andrew fue incapaz de replicar. Odile, toda sonrisas, abandonó la habitación. Por más edad que tuviera el mayordomo, ponía exactamente la cara de un niño de diez años pillado in fraganti...

29

—¿Puedo encender la tele?

—Ahora no, Yanis. Philippe y yo queremos hablarte primero de cosas importantes.

—Se lo advierto, ¡no voy a hacer más la compra! Se lo pueden largar todo a mi madre, me da igual. Ni hablar de currar más. Son ustedes unos *esclavadores*.

—Se dice *esclavistas* —precisó Andrew con tono calmado.

—Me riñen porque soy inmigrante, ¿es eso?

—Has nacido en Francia, chico. De nosotros dos, yo soy el inmigrante.

El crío no había tocado su plato. Deslizaba pequeños trozos de pan a *Youpla* por debajo de la mesa, imaginándose que nadie se había dado cuenta. Como habían acordado, Philippe permanecía en segundo plano. Blake prosiguió:

—Nos gustaría proponerte un trato.

—Pues lo siento por ustedes. No tienen ni una posibilidad. Soy un crack negociando.

—¿Te gusta venir aquí?

Un poco desconcertado, el chaval les echó una mirada furtiva a los dos hombres, que lo observaban.

—No está mal, cambio de aires, y además está *Youpla*...

—¿Qué te parecería venir más a menudo?

—¿Para hacer qué? ¿No serán zoófilos de ésos? Porque, si lo son, van a venir mi hermano y unos colegas y los van a reventar.

—Seguramente querías decir *pedófilos*, pero no, tranquilo. La idea sería más bien enseñarte a leer y a hacer cálculo.

—¡Sé calcular!

—¿De verdad?

—Lo bastante como para hacerles la compra y apañármelas.

—¿Y leer?

—¿Eso para qué sirve? La tele habla... De todas formas, me las arreglo.

—¿Qué edad tienes, Yanis?

—Casi diecisiete.

—Ya veo. Y figúrate que te creo. Todos tenemos una edad con la que estamos a gusto porque se corresponde con la manera con la que nos sentimos. Los jóvenes se ven más viejos, y los viejos se ven más jóvenes... Yo, ya ves, tengo treinta y cinco años.

—¡Menudo trolero! ¡Tiene el triple por lo menos!

Blake sonrió.

—Tienes razón. Un día, si te portas bien, te contaré mi primera caza de dinosaurios, en los tiempos en que vivía desnudo de los pies a la cabeza en una cueva. Pero volvamos contigo. ¿Qué edad tienes, Yanis? La verdad.

El chico se retorció los dedos.

—Catorce. Casi quince. Dentro de ocho meses.

—¿En qué curso estás?

—En primero. He repetido porque estuve malo...

—No pasa nada. De momento, si he entendido bien, tu madre te proporciona comida y techo. Pero ¿has pensado en tu vida cuando ella ya no esté? ¿Qué vas a ser cuando tengas que trabajar?

—Tengo montones de amigos... y, además, eso todavía no ha pasado. Tengo toda la vida por delante. Por supuesto, ustedes no pueden comprenderlo...

Al verse cuestionado, el muchacho estaba dispuesto a llegar a la insolencia para salir del paso. Philippe estuvo a punto de sermonearlo, pero Andrew lo mandó callar con un gesto de la mano.

—Te sorprenderá oír esto, Yanis —continuó—, pero los dos fósiles que tienes delante de ti también fueron pequeños. A tu edad, hacíamos tonterías igual que tú. Nuestras madres nos regañaban. No nos gustaba la verdura. Disimulábamos las lágrimas cuando nos llevábamos una paliza, nos hacíamos los valientes. También teníamos sueños y muchas ilusiones. Exactamente como tú. Y déjame contarte un secreto que puede hacerte ganar mucho tiempo: los sueños te hacen crecer y crecen contigo. Te educan. En cambio, debes perder tus ilusiones lo más rápido posible. Las ilusiones te impiden ver la vida tal y como es y te llevan indefectiblemente al fracaso. Cuando dices que tienes un montón de amigos y que tienes toda la vida por delante, créeme, es una ilusión.

Yanis observó a sus dos interlocutores con perplejidad. Andrew añadió:

—Cuando yo tenía tu edad, debo confesarte que no tenía ni tu energía ni tus salidas. Creo que ni siquiera podría haber cruzado un bosque entrada la noche como haces tú. Me habría largado gritando a la primera ramita que crujiera. O, peor, ¡me habría desmayado al primer grito de lechuza!

—¿Tenía miedo de la oscuridad?

—¿Tú no?

—Un poco, no me gusta mucho, pero, cuando mi padre vivía con nosotros, a veces, estaba tan harto de oírnos hacer ruido jugando que nos mandaba a la escalera del edificio para esperar a mi madre. Volvía supertarde, nos quedábamos allí horas. Cuando se apagaba la luz, a veces, en la oscuridad, nos encontrábamos con gente que aparecía de la nada: los fantasmas, como los llamábamos nosotros. Así que aprendimos a hacernos a ello.

—Hablas de cuando eras pequeño en pasado. Según tú, ¿cuánto hace de eso?

—No lo sé, pero hará un siglo. Y sobre lo que decía de los sueños, cuando uno ve el mundo que hay, duran menos que mis colegas en la consola...

—Si tuvieras mucho dinero, Yanis, ¿sabes lo que harías con él?

—¿Mucho dinero?

—Tanto como quisieras.

—Me gusta mucho esa pregunta. Juego con mis colegas muchas veces a eso. Yo, primero, me compraría un superbuga, un Aston Martin o algo así, con accesorios. Y luego ropa. Y luego le daría dinero también a mi madre para que pudiera dejar ese rollo de trabajo que tiene.

—¿Tu primera decisión sería regalarte un coche de lujo? Te hablo de sueños, no de ilusiones...

—En realidad, creo que, primero, le regalaría una tele grande a mi madre porque la suya está escacharrada. Los únicos momentos en que la veo contenta son cuando ve algo que le mola. Pero como no coge más que dos cadenas y la imagen se va, no suele estar muy contenta...

—Éste es el trato que te proponemos Magnier y yo: cada vez que vengas, te ayudaremos a aprender a leer y a hacer cálculo...

—¡Les he dicho que ya sé!

—Déjame acabar. Si logras alcanzar el nivel que deberías tener en tu clase, te daremos dinero para que le regales a tu madre la tele que elijas.

—¿En serio? Y ¿por qué iban a hacerlo? ¿Van a mangarme los ojos o los riñones para venderlos a unos traficantes de órganos?

—¿La idea de que alguien quiera ayudarte porque sí te parece tan sospechosa?

—Nadie hace nada por nada.

—Si estás convencido de eso, entonces, te compadezco.

—No necesito su compasión. Me defiendo.

—Yanis, ¿tú crees en la suerte?

—En la loto, sí, pero no en la vida.

A Blake le brillaron los ojos.

—Entonces ¿crees en la suerte en las cartas? —insistió.

—Mi hermano dice que la suerte no hace diferencias entre la gente. Somos todos iguales ante el azar.

—Perfecto. Philippe, ¿tienes una baraja?

—Debería tener una por aquí.

El encargado fue a su habitación. Andrew miró fijamente al muchacho a los ojos.

—Te propongo un juego, Yanis, una simple partida basada únicamente en el azar. Nada de faroles, nada de reglas complicadas, sólo la suerte.

—Tenga cuidado, ya sé jugar, no va a poder estafarme.

—No hay trampa alguna. *Tú* barajas. *Tú* decides quién empieza. El primero de nosotros que saque la carta que *tú* hayas elegido, gana. ¿Te parece bien?

—¿Qué ganamos?

—Si ganas, no tienes que venir a estudiar y le regalas la tele a tu madre, que pagaremos nosotros. Si pierdes, prometes venir a estudiar, y, cuando hayas alcanzado el nivel necesario, le regalas la tele a tu madre, que pagaremos nosotros.

—¿Dónde está la trampa? ¡En los dos casos le regalo la tele a mi madre!

—Sí, pero, si gano, además podrás leer las instrucciones y ayudarme a negociar el precio sin equivocarte con los porcentajes.

Magnier regresó con una baraja que puso encima de la mesa. Yanis dudaba.

—Necesito tiempo para decidirme...

—Ya eres mayor. No hay necesidad de retrasarlo. Mi oferta no es eterna. Tienes la opción de complacer a tu madre con un hipotético golpe de suerte o complacer a tu madre gracias a tu valía.

El chico se sentía tentado, pero no estaba acostumbrado a tomar decisiones. Nadie le daba nunca la oportunidad de hacerlo. Tratando de tranquilizarse como podía, llegó incluso a consultar a *Youpla* con la mirada.

—Elijo el as de picas —anunció de repente—. Y soy yo quien empieza.

Blake le tendió la mano para sellar oficialmente su acuerdo. El chico le estrechó con torpeza los grandes dedos. Magnier deslizó el mazo en dirección al chaval, quien barajó las cartas haciendo que se cayera la mitad encima de la mesa. Sin perder su actitud orgullosa, Yanis se apresuró a recogerlas. La sala de estar de Magnier se había convertido, de repente, en el decorado de una auténtica película policíaca. El muchacho sacó la primera carta como si su vida dependiera de ello. La arrastró hacia sí pegada contra la mesa para que nadie pudiera verla antes que él. A la primera mirada, antes incluso de que le diera completamente la vuelta, se traslució la decepción en su rostro: nueve de tréboles.

Blake sacó la segunda carta y la volvió directamente sobre la mesa: jota de diamantes. Yanis se sentó derecho e imitó su manera de hacerlo: rey de picas.

—Casi.

—O es la carta o no lo es. O marcas el gol o la echas fuera. Los éxitos a medias no existen.

Blake le dio la vuelta al diez de diamantes. Robaron una carta cada uno en su turno. La tensión aumentaba a medida que el mazo disminuía. Incluso *Youpla* parecía haber visto la importancia de la apuesta y permanecía quieto. Magnier seguía la partida inclinándose cada vez más sobre la mesa.

—¿Cuántas cartas hemos sacado? —le preguntó Blake a su adversario.

—No lo sé. Diez o doce. No intentes liarme. Me toca jugar.

—Tú has cogido trece y yo también. Es una baraja de treinta y dos cartas. ¿Cuántas quedan?

—Bastantes como para ganar la tele de mi madre.

El muchacho volvió un as de corazones. Se decepcionó. Blake colocó la mano encima de la carta siguiente como un vaquero que se dispone a desenfundar. Clavó la mirada en la del chico, que no lograba sostenérsela, y soltó:

—¿Te das cuenta, Yanis? Tu vida quizá cambie por una simple carta. Te acordarás de que sólo tú y la suerte lo habéis decidido todo, ¿verdad?

El chaval mostró una sonrisa burlona hasta que, con un movimiento brusco, Blake volvió el as de picas.

—¡Ha hecho trampas! —espetó.

—¿Cómo podría haberlas hecho?

—Entonces ¿cómo sabía que le iba a tocar el as?

—Creo en la suerte, como tú.

—No cuela.

—Has dado tu palabra. Un hombre debe cumplir siempre su palabra. Nadie lo perdona nunca si no lo hace, sobre todo cuando es él quien lo ha decidido todo. Tu hermano y sus amigos estarían de acuerdo conmigo.

Furioso, Yanis tiró las cartas por la habitación.

—Pero ¡¿por qué me hace esto?! —chilló.

—Para ayudarte.

30

Para intentar quitarse el olor a tinta caliente, que aún le revolvía el estómago, Andrew se entretuvo en oler la cafetera humeante.

—¿Deja el té? —se sorprendió Odile mientras iba a abrir la puerta del jardín.

—Ni hablar. Intento crear una distracción.

La cocinera sacó la cabeza al exterior para llamar a su gato:

—¡*Méphisto*! ¡*Méphisto*! Ven, pequeño, ¡te he servido la leche!

—Va a coger frío —comentó Blake—. Podríamos instalar una gatera. Así saldría sin molestarla.

Mientras esperaba con impaciencia al animal, Odile reflexionó sobre la idea.

—No sé si la señora aceptaría.

—Puedo hablarlo con ella. Por cierto, a propósito de la señora, ¿no le parece que estos últimos días tiene mala cara?

—Cuando le he comentado que parecía cansada, me ha respondido que no era nada.

—¿Su médico no le ha prescrito ningún análisis rutinario en los últimos tiempos?

—Desde que estoy aquí, no ha venido nunca ningún médico. Se cura con unas plantas, unos rollos de herbolario suyos...

El gato llegó trotando con la cola muy erguida, y se fue directamente hacia su plato de leche.

—Esta tarde la señora espera a unos visitantes importantes —añadió Odile.

—No se me ha avisado de nada.

—Seguramente se le haya olvidado advertirlo. Es una cita de trabajo.

La visible incomprensión de Andrew obligó a Odile a extenderse un poco más.

—No se ofenda. Sabe lo que piensa de la gente que gestiona sus inversiones. Ha preferido informarme de su llegada antes que a usted. Y más teniendo en cuenta que, según he entendido, es urgente.

—Podría serle útil en ese aspecto.

—No está convencida de ello, y ella es quien manda.

Blake se había dado perfecta cuenta de que la señora no le confiaba la correspondencia que tuviera relación con el dinero. En ese mismo momento, se prometió enterarse de más cosas sobre el estado de las finanzas de la señora y sobre sus «gestores», aunque tuviera que ir a buscar la información él mismo...

Cambió de tema:

—Odile, desearía pedirle un favor: ¿podríamos invitar a comer a Manon con nosotros mañana?

La cocinera observó con atención al mayordomo, perpleja. Blake insistió:

—No está pasando por su mejor momento.

—¿No veía a su novio los miércoles?

—Últimamente, no.

—¿Cree que una comida con nosotros bastará para devolverle la sonrisa?

—Su cocina hace maravillas.

—¿Tiene algún problema? ¿Le ha confiado algo?

—Ya sabe, nada muy serio...

—Sepa, señor Blake, que para nosotras, las mujeres, las historias del corazón son siempre algo muy serio. Y ya veo que se lo ha contado a usted.

—Creo que usted la impone.

—¿Yo? Pues me pregunto por qué. Manon es una chica muy

correcta, pero nunca ha intentado acercarse a mí. Viene, hace su trabajo, ni más ni menos, y vuelve a marcharse. No tenemos más relación que la del servicio. Pero, a pesar de todo, podría haber hablado conmigo.

—No tiene su vida aquí.

—Una vez, cuando acababa de ser contratada, me comentó que quería ser profesora. Está claro que no tiene mucho que ver con un empleo de asistenta.

—El destino no siempre nos lleva a donde esperábamos. Usted y yo somos buenos ejemplos de ello. ¿Le importa, entonces, que se una a nosotros?

Odile acarició al gato, cuya pequeña lengua se hundía en la leche con absoluta regularidad.

—Ya sé lo que voy a prepararle...

31

Se había levantado viento. Arrastradas por las ráfagas que silbaban entre las ramas, las hojas secas volaban más allá de las copas para volver a caer arremolinándose. Blake y Magnier se adentraban en el jardín.

—Puede que ya no encontremos demasiados níscalos —afirmó Philippe—, pero en lo que se refiere a boletus, tenemos muchas posibilidades.

El encargado abría la marcha, con una cesta de rejilla en una mano y un bastón en la otra. Reanudó la conversación:

—Se te da de miedo tratar con los niños. Porque el chico no es nada fácil: arisco y siempre a punto de sacar las garras. ¿Cómo hiciste lo del as de picas?

—No te entiendo.

—Lo vi perfectamente. Sabías que ibas a sacarlo. ¿Cómo te las arreglaste? ¿Lo tenías en la manga? ¿Sabes manipular las cartas?

—La suerte.

—Andrew, ¡en serio! Puedes confesarme el truco. No le diré nada al chaval, prometido.

—Lo único que importa es que podamos ponerlo al día en el colegio.

—Es muy generoso, pero lo conozco: está hecho un pájaro. Hará cualquier cosa para evitar cansarse.

—Como todos los chavales. Nos toca no dejarle esa opción. Nosotros también estamos hechos unos pájaros, ¿no es verdad?

Magnier sonrió.

—Hablando de niños: tienes una hija, ¿no?

—Sarah. Pero nunca tuve que obligarla a estudiar. Tenía el ejemplo de su madre.

—¿Nunca necesitó que la ayudaran a hacer los deberes?

—Un par de veces, en física, cuando estaba en la universidad.

—Te lo pregunto porque yo no sé cómo voy a hacerlo con Yanis.

—¿Prefieres el cálculo o la lectura?

—Yo no calculo más que mi paga o mis dosis de tratamiento para las plantas. En cuanto a la lectura, aparte de una revista de vez en cuando... De niño, me gustaba mucho leer, pero sobre todo porque me aburría terriblemente en vacaciones y ésa era la única manera de evadirme un poco.

—Podrías ocuparte de la lectura, yo me encargaré de las matemáticas...

—De acuerdo, pero eso no me dice cómo actuar.

—Léele historias, únicamente las que te gusten. ¿Cuáles preferías cuando estabas de vacaciones? ¿Qué historias te hacían viajar más lejos? ¿Qué libros te daban ganas de devorarlos a escondidas por la noche? Acuérdate de eso. Léele tus historias preferidas en voz alta. Unas páginas en cada visita. Que le entren ganas de descubrir cómo siguen, como si fuera un folletín. Se meterá en ellas.

—No fue así como aprendí yo en el colegio...

—El colegio es otra cosa. Llevan a demasiados niños al mismo tiempo. Así que lo automatizan, lo reducen a principios casi industriales, pero la única manera de aprender es el contagio de la felicidad que procura la lectura. No vamos a explicarle lo que hay en los libros; vas a hacer que descubra todo lo que puede encontrar en ellos.

—¿Reflexionas tanto sobre todo? En el colegio debías de estar en tu elemento...

—Pues no era un buen cliente, ¡créeme! A mí lo que más me gustaba era estar con mis amigos. Mi única motivación era verme con ellos. Nos lo pasábamos en grande, para desgracia de los profesores... No éramos muy listos, pero, a esa edad, ¿qué otra cosa se puede ser? Por lo menos, estábamos juntos.

—¿No te gusta estar solo?

—Mi mujer decía que sólo tiene valor lo que se comparte. Creo que tenía razón.

—Entonces, debo de parecerte estúpido por vivir como una rata en mi chabolita.

—A veces no nos queda elección. Yo he aterrizado completamente solo entre vosotros... Todos estamos solos en un momento u otro. Lo importante es encontrar el camino hacia los demás, si es posible...

Magnier creyó notar cierta tristeza en la voz de Andrew. Al encargado le habría encantado decirle al mayordomo que no estaba solo porque se estaban haciendo amigos. Le habría gustado mucho ponerle una mano encima del hombro para tranquilizarlo, como hacen los compañeros en las clases del colegio. Pero no se atrevió.

Blake se subió el cuello. Magnier le señaló el manto de hojas muertas.

—Será mejor que empecemos a mirar con atención —afirmó escarbando con su bastón—. Los níscalos se ven con más facilidad gracias a su color dorado, pero, para los boletus, hace falta tener los ojos abiertos. Y, por favor, no me metas nada en la cesta antes de enseñármelo. Si ponemos una sola mala con las buenas, las contamina todas. Las setas no perdonan ese error.

A Blake esa frase le pareció excesivamente dramática para un asunto como ése: «Las setas no perdonan ese error». El capítulo siguiente debería llevar por título: «La terrible venganza de las setas». Aterrizan con su sombrerito redondo para ejecutar su despiadada venganza, ya que, como todo el mundo sabe, no perdonan nunca. Blake se imaginó que seguramente las setas inglesas eran tan rencorosas como las francesas. En ese momento, a lo lejos, al

153

pie de unos árboles particularmente majestuosos, se percató de una especie de recinto rodeado por un murete que estaba rematado por una verja con puntas.

—¿Qué es eso? —preguntó—. ¿El límite de la finca?

—No, es el cementerio.

Resguardadas por un gran roble de, seguramente, varios cientos de años, se hallaban cuatro lápidas perdidas en medio del bosque. Dentro de la parcela cercada quedaba todavía bastante sitio para tres sepulcros más. Magnier dejó su cesta y su bastón y empujó el portillo. Con una manera de andar repentinamente solemne, se dirigió hacia una tumba de granito sin pulir. Blake lo siguió.

—Aquí es donde descansa el señor François —le explicó en voz baja.

Esmerándose con el dorso de la mano, Philippe apartó cuidadosamente las hojas caídas en la losa. Sus gestos estaban marcados por el respeto. Una vez concluida la limpieza, Magnier se situó delante de la tumba con las manos cruzadas. Se mantenía muy erguido. Blake no le quitaba ojo de encima. El encargado miraba fijamente la inscripción en la piedra. Sus labios se movían de manera muy leve, pero el ritmo de las frases no era el de una oración. ¿Tal vez Philippe hablaba con el señor Beauvillier? Resultaba un extraño espectáculo el de ese hombre de pie, en plena naturaleza, sin murmurar apenas. La contradicción entre el lugar y su actitud era sobrecogedora. Parecía la única persona en saber quién se hallaba oculto bajo el imponente y frío bloque. A diferencia de los grandes cementerios o de las iglesias que logran siempre alejarlo a uno del mundo, ese minúsculo recinto no conseguía imponerse a su entorno. La muerte no detiene al viento, ninguna verja retiene las hojas, la pena y los recuerdos no interrumpen el curso de la vida.

Blake dejó a Philippe en su recogimiento y abandonó el pequeño cementerio. Entre los barrotes de la verja, se detuvo a observar las otras tumbas. Familia Beauvillier, familia Delancourt. La tercera no tenía ninguna inscripción.

Después de un rato, el encargado se santiguó al revés y salió también. Apenas había cruzado la valla cuando afirmó con una voz que había recuperado su volumen habitual:

—Figúrate, soy el único que viene por aquí.

Magnier hablaba de nuevo con voz potente, aunque no estuviera más que a unos pasos del lugar en donde se sentía obligado a susurrar. Se había limitado a cruzar la valla. Como ya había hecho en numerosas ocasiones, Blake constató que, en definitiva, nada era otra cosa que códigos y símbolos.

—¿La señora no viene nunca?

—Los primeros años, de vez en cuando. Luego, sólo el Día de Todos los Santos. Pero, desde hace cuatro años, no ha puesto un pie aquí. Ni siquiera se preocupa por saber si mantengo en buen estado la parcela. No logro entenderlo, con lo unidos que estaban.

—¿Los Delancourt son los padres de la señora?

Magnier asintió.

—El señor François quiso que los trasladaran aquí. Deseaba reunir a la familia.

—¿Por qué una de las lápidas no tiene ninguna inscripción?

—Lo ignoro. Ni siquiera sé si hay alguien enterrado. Estaba ahí cuando llegué. El señor François nunca aludió a ella, y yo no me tomé la libertad de preguntar.

—¿Estabais unidos?

—¿El señor Beauvillier y yo? Eso creo, sí. No éramos del mismo mundo y nunca pretendí dármelas de amigo suyo, pero compartimos buenos momentos. Creo que, en el día a día, yo era para él lo más parecido a un camarada.

—Es una palabra bonita. Que, por cierto, nosotros la tomamos prestada en inglés: *comrade*. Debes de echar de menos al señor François.

—Antes de conocerlo, yo estaba un poco perdido. Por otra parte, desde que se fue también...

—¿Y el hijo, Hugo?

—Hace años que no viene a la finca. La última vez que lo vi fue en los funerales del señor. Ahora que lo pienso, creo que volvió a marcharse esa misma tarde, sin pasar la noche aquí. Es extraño, no soy capaz de acordarme. Ni que decir tiene que estaba yo en un estado que...

Philippe apuntó de repente con su bastón hacia la base de un castaño.

—¿Ves ese de ahí? ¡El primero de la temporada! Te lo cedo. Quedará bien en tortilla.

32

—Gracias, señor Blake. No lo necesitaremos más.

Esas palabras señalaron el inicio de una cuenta atrás secreta de la que Andrew pretendía explotar cada segundo. Se inclinó respetuosamente, retrocedió y dejó a la señora con sus dos consejeros financieros de sonrisa tan idéntica que daba miedo. Al abandonar el salón pequeño, se cuidó mucho de cerrar las puertas al salir.

Dada la cantidad de folletos que el dúo había llevado consigo, además de sus ordenadores portátiles, el mayordomo calculó que disponía de un mínimo de quince minutos antes de correr el menor riesgo. Comprobó la hora y subió la escalera con cuidado de evitar el octavo escalón, que chirriaba. Al llegar al rellano de la primera planta, aguzó el oído hacia los pisos superiores. Odile estaba en el tercero, en su cuarto, seguramente entretenida leyendo una de sus novelas rosa.

Seguro de tener vía libre, Blake se dirigió hacia los aposentos de la señora. Se metió en el recibidor y se precipitó hacia el escritorio. El cajón donde la señora guardaba las cartas que le mostraba no estaba nunca cerrado con llave. Blake cogió las pocas hojas que había en él: recordatorios bancarios mezclados con cartas que tenían membrete de un promotor inmobiliario. Encontró asimismo extractos de cuentas y un informe de gestión que incluía un estado patrimonial. Ese documento atrajo de inmediato su atención. Esa recapitulación indicaba al detalle la situación a la que se enfrentaba la señora Beauvillier. Solamente en el último semestre, las cantidades invertidas habían perdido más del 15 por ciento de su valor. Al volver a cruzar los documentos, Blake se dio cuenta de que los más antiguos no se remontaban más que a unas semanas antes. ¿Dónde estaban los demás?

Se colocó las gafas, y, de puntillas, inspeccionó la habitación. El secreter no contenía más que libros, catálogos y agendas de años anteriores. El armario estaba a reventar de viejas cintas de vídeo, DVD y una colección de figurillas heterogéneas que seguramente procedían de viajes al extranjero. A pesar de un examen minucioso, el recibidor no le reveló nada más.

Decidido a obtener respuestas, Andrew entró en la habitación. Las cortinas estaban corridas. Se quedó paralizado: en la penumbra, había creído entrever una silueta. Se mantuvo inmóvil un instante antes de encender la luz. Colgado de un biombo, lo esperaba un camisón que pendía de una percha.

Blake era consciente de desafiar una prohibición al entrar en esa habitación, pero, a sus ojos, la necesidad de saber justificaba el acto. Para ser completamente sincero, no sólo buscaba el lugar donde la señora guardaba sus papeles oficiales. Al penetrar en ese lugar íntimo, contaba también con aprender más sobre ella, y ese aspecto le interesaba mucho.

Enfrente de la cama hecha, sobre una cómoda bonita y antigua, destacaba un televisor de pantalla plana casi tan ancho como el mueble. A la izquierda de la cama, encima de la única mesilla, cerca de un radiodespertador de números azules luminosos, la señora había puesto el jarrón con el ramo que le había llevado de la rosaleda. Le pareció bastante paradójico que le hiciera ese aprecio, dado el poco interés que había mostrado cuando se lo había regalado de parte de Philippe.

En cuanto a muebles susceptibles de albergar documentos, la habitación no poseía más que la cómoda, un armario, una estantería en la pared y un armario empotrado. Blake empezó el registro por la cómoda, pero, al toparse con la ropa interior de la señora, decidió no entretenerse. El último cajón contenía cartas clasificadas por el tamaño y dibujos infantiles. El armario se encontraba lleno de montones de ropa separada, sorprendentemente, no por tipo, sino por color. La estantería estaba a rebosar de volúmenes bellamente encuadernados que alternaban con obras más recientes sin mucho interés. El armario empotrado contenía vestidos y trajes de chaqueta en perchas y algunas cajas de zapatos.

Al ver que cambiaba una cifra en el radiodespertador, Andrew tomó conciencia de que el tiempo pasaba volando. Todavía no había encontrado nada significativo. En esa historia de los papeles fallaba algo. Blake puso en orden sus ideas. Por fuerza, la señora debía de guardar sus documentos en sus habitaciones. Ahora conocía lo suficientemente bien la casa como para saber que no existía ningún lugar donde hubiera archivos almacenados, aparte, quizá, del sótano, que nadie pisaba nunca. Se encontraba en la única habitación donde la señora pasaba el tiempo, la única donde Manon no tenía derecho a entrar para hacer la limpieza. ¿Podía ser que esos documentos estuvieran metidos simplemente en las cajas de zapatos que había visto en la parte de abajo del armario empotrado? Volvió a abrirlo y se arrodilló para levantar las tapas. La primera caja contenía dos pares de zapatos. La de al lado, unos botines.

Sopesó las demás, pero eran demasiado ligeras para guardar papeles. Cuando volvió a colocar las cajas en su sitio, Andrew tuvo, de repente, la impresión de que se había movido el fondo del armario. Metió la mano entre la ropa para tantear la pared. Cuando sus dedos tocaron la madera, empujó y, para su sorpresa, el panel giró sobre su eje como una puerta. A Blake empezaron a temblarle las manos. Su corazón latía con fuerza. Empujó ligeramente el batiente. La abertura daba paso a un lugar negro como la noche, mucho más amplio que un compartimento secreto.

Fue en ese momento cuando oyó repicar la campana de llamada. Se levantó tan aprisa que se golpeó violentamente contra la balda de arriba. Se apresuró en volver a poner las perchas y las cajas en orden y salió de la habitación tan rápido como pudo.

33

Un grito desgarrador quebró la calma de la mansión. El alarido de horror retumbó en cada rincón de cada planta antes de transformarse en un quejido. Andrew estuvo a punto de soltar la aceitera con la que estaba engrasando la cerradura de la entrada principal. Salió corriendo, convencido de que le había ocurrido algo horrible a la señora, pero, cuando iba a precipitarse a subir por la escalera, oyó unos gemidos de terror procedentes del comedor del servicio. Descubrió allí a Odile, desplomada sobre la mesa de la cocina, con el rostro oculto entre los brazos y gimiendo como una moribunda.

—¿Qué le sucede, Odile?

La cocinera permaneció inmóvil, encogida.

—¿Le duele algo? Odile, ¡hábleme! Llamaré a los bomberos.

—Es inútil —masculló—. Es demasiado tarde. Es atroz...

A primera vista, Odile no parecía herida. ¿Quizá fuera por la señora? Tal vez se hubiera caído o algo incluso peor... La mujer estiró un brazo hacia la puerta abierta del jardín.

—¡Está ahí! Se lo suplico, ponga algo encima del cuerpo...

Andrew salió afuera de un salto. Nada. Corrió hasta el huerto. Ni rastro de cadáver alguno allí tampoco. Volvió a la cocina.

—¿Dónde está el cuerpo? Odile, se lo ruego, ¡repóngase y dígamelo!

Blake la estrechó entre sus brazos para calmarla. Ella se dejó hacer y apoyó la cabeza en su hombro, temblando como un flan.

—El cuerpo está allí, al pie de la escalera...

—¡Pero si no he visto nada!

Blake sentó con dulzura a su colega en una silla y volvió al umbral. En ese momento descubrió a la víctima: un ratoncito decapitado.

—Odile, ¿ha pegado ese chillido por esto?

—Odio los ratones —dijo ella estremeciéndose—. No soporto verlos. Muertos, me dan más miedo todavía.

Blake suspiró:

—Sin duda *Méphisto* ha hecho de las suyas.

—Lo sé —replicó la cocinera, que se iba calmando poco a poco—. Lo hace cada cierto tiempo. No lo entiendo: ¡ni que se muriera de hambre! Hasta usted dijo que comía demasiado...

—Eso no tiene nada que ver, los gatos lo hacen como ofrenda.

Blake observó al roedor asesinado.

—La cabeza ya no está. Espero que no se le aparezca su fantasma para atormentarla.

—¿Cómo puede hacer bromas con eso?

—Reírse sigue siendo la mejor manera de superar el miedo.

—Me habría gustado verlo a usted. Iba a buscar laurel cuando me he topado con eso. ¡Será mal bicho!

—No lo odie. *Méphisto* sólo obedece a su instinto. Es su manera de decirle que la quiere.

A Blake le costaba mucho contener la risa.

—Con el tiempo, dentro de miles de años, cuando su especie haya evolucionado, le hará ramos con las patitas, un dibujo, o incluso le recitará un poema en la lengua de los gatos, pero, por el momento, le trae un ratón muerto decapitado.

Esa simple mención bastó para reavivar el terror de Odile. Andrew volvió a abrazarla.

—Perdone, se me ha escapado.

—Es monstruoso —se quejó ella entre hipidos—, ¡qué salvajada!

—Voy a cubrirlo con un pañuelito blanco y, si tiene cinta amarilla, puedo escribir *crime scene* en ella y rodearlo para delimitar el perímetro.

—Se está burlando de mí. No sea malo.

—Entonces, desahóguese conmigo. *Méphisto* no lo entendería. En cuanto al consumidor de *gruyère*, ha tenido su merecido...

La señora Beauvillier apareció en la puerta del comedor del servicio y descubrió a Odile en brazos de Blake.

—¿Quién ha dado ese siniestro grito? —preguntó preocupada.

Al oír la voz de su jefa, la cocinera se liberó con brusquedad del abrazo del mayordomo.

—He sido yo, señora. Lo lamento.

—Espero que al menos no se haya hecho daño.

—No, señora, es el...

Incluso pronunciar el nombre del animal era superior a sus fuerzas. Andrew intervino:

—Odile ha visto un... ¿Cómo decirle? La primera sílaba es el dios egipcio del sol más una «T», y la segunda es *no*, pero al revés.

La señora Beauvillier hizo un esfuerzo por pensar, y acabó diciendo mientras sonreía:

—Vive en una especie de madriguera por donde vemos asomar a veces su cabeza...

—En este caso, como ya no tiene, lo que veíamos sería más bien sanguinolento... —matizó Andrew.

El mayordomo y la señora se percataron de que Odile los miraba con severidad.

—Debería darles vergüenza —les recriminó.

Sin decir ni una palabra más, la señora subió a su habitación. Blake suavizó la situación:

—Relájese, Odile, voy a limpiarlo.

Cogió el recogedor que había debajo del fregadero y salió a retirar al pobre animal. Echó una ojeada a su alrededor para ver si encontraba la parte que faltaba.

—¿Sabe, Odile? No puede reprocharle a *Méphisto* que haya hecho lo que ustedes mismos les aplicaron a sus monarcas. Lo más probable es que este adorable bicho fuera un tirano inflexible que oprimía al pueblo de los gatos. Imagíneselo tan mono, en su trono, con su coronita, exigiendo siempre más queso, más pan, mientras que, en el exterior del palacio, unos gatos se mueren de hambre. ¡*Méphisto* ha hecho su revolución!

—Ya veo que usted no se apiada nunca.

—Sí. La prueba es que he borrado todo rastro de su fechoría. Ya no hay ninguna mitad de ratón a la vista. Puede salir y abrir los ojos.

En ese momento, *Méphisto* apareció en la esquina del huerto. Al trote, con pinta de ser absolutamente inocente, bordeó la cerca en dirección a la cocina.

—Y a ti, amigo mío, te aconsejo que esperes un poco antes de entrar. Te quedan cosas por aprender sobre cómo tratar a las chicas...

34

—¿Heather? Buenas noches, soy Andrew Blake.

—¡Señor Blake! Pero ¿dónde está usted? ¡Estoy tan preocupada! No lo oigo bien.

—Estoy en Francia, en un bosque, y está lloviendo. Es un poco complicado de explicar.

—¿Está dando un paseo tan tarde?

—No intente entenderlo, Heather, ni yo mismo soy capaz de hacerlo. ¿Qué tal?

—Sobrevivo. Me ha tirado a la parte que cubre cuando apenas sabía nadar.

—¿Cómo le va?

—Lucho por mantener la cabeza fuera del agua. Esperaba una llamada suya mucho antes. Cuando pregunté por usted, el señor Ward me dijo que estaba en un campo de reeducación.

—Ese hombre siempre mete la pata...

—¿Por qué tiene que reeducarse?

—Por nada, Heather. Mejor cuénteme usted.

—He elaborado el primer balance provisional desde su partida y las cifras son buenas. Los chicos del taller son un cielo. Me explican todo lo que no sé. Empiezo a arreglármelas con los informes. Aquí, las reuniones son un poco más agitadas. A Addinson le cuesta aceptar que sea la secretaria quien lleve las riendas.

—Usted ya no es la secretaria, Heather: métaselo en la cabeza.

Si ni siquiera usted se convence de ello, entonces no hay ninguna posibilidad de que los otros lo hagan.

—Lo han probado todo para minarme. Incluso ha corrido el rumor de que usted ha muerto y que, como yo era su amante, había imitado su firma en los papeles para hacerme con el poder.

—Que digan lo que quieran, aunque le deseo relaciones más interesantes... Los hechos son lo único que cuenta, y no dude en pedirle ayuda a Benderford, el abogado, para hacerse respetar.

—Hay una posibilidad de que nos llevemos una licitación muy buena de un industrial sueco. El taller dice que, si nos hacemos con el acuerdo, habrá que invertir en una plegadora nueva.

—Prepare el pedido, programe la entrega con el taller, pero espere a haber firmado el contrato para aventurarse a comprar. ¿No ha tenido problemas con la cotización del acero?

—Teníamos reservas. Hemos funcionado con ellas a la espera de que la cotización fuera aceptable. Seguramente nos costará más a final de año, y más teniendo en cuenta que, en tesorería, hay que aprovisionar ya las primas de diciembre.

—No se las pague ni a Addinson ni a sus esbirros.

—Cuente conmigo. Por cierto, gracias por haberme subido el sueldo, señor Blake.

—Es lo normal. ¡Ahora todas las preocupaciones son para usted!

—¿Cuándo vuelve?

—No lo sé, Heather, y ni siquiera a mi vuelta es probable que retome mi puesto por completo. Ya no volverá a ser nunca mi asistente. ¿Puedo esperar que se haya tranquilizado un poco sobre su papel?

—No del todo.

—Tengo un pequeño favor que pedirle, Heather.

—Dígame.

—Me gustaría que se informara sobre una sociedad inmobiliaria francesa llamada Vandermel.

—¿Va a probar suerte con la construcción?

—Más bien, sería la inversa. Encuéntreme toda la información que sea posible sobre ellos: balances, cuentas, carreras de los directivos, proyectos en curso, todo lo que pueda.

—Bien, señor. ¿Cómo puedo hacerle llegar los resultados?

—Volveré a contactar con usted. Y no se preocupe por mí, Heather, estoy bien.

—Efectivamente se le oye bien. Mejor que desde hacía mucho tiempo.

—La dejo, creo que me han descubierto los zorros. Hasta pronto.

35

Otra carta del banco que la señora Beauvillier deslizó en su cajón. Enlazó sin ganas con un catálogo cuya portada mostraba, sin embargo, un abeto navideño cubierto de espumillón y de bolas multicolores con un alegre muñeco de nieve regordete al lado. Contempló un momento la criatura con nariz de zanahoria y una chistera en la cabeza, ligeramente monstruosa, antes de tirarlo todo. Para reaccionar así, debía de tener la moral por los suelos. Suspiró al descubrir la carta siguiente. Sobre verde, dirección manuscrita. Idéntica a la que Andrew había visto cerca de un mes antes. La señora Beauvillier no se demoró en meterla en la trituradora, que la transformó en finas tiras.

—Pobre cosecha... —comentó al darse cuenta de que ya no había nada que abrir.

—Parece usted preocupada —constató Andrew.

—No sufra, señor Blake. Su papel no es inquietarse. Eso lo asumo todo yo.

La señora apartó la mirada como si tuviera miedo de que Andrew pudiera ver en ella otra cosa diferente de lo que le había dicho. Él no insistió y cambió de tema:

—Si puede dedicarme un segundo más, desearía abordar varios asuntos relativos al funcionamiento de la mansión.

—Lo escucho.

—Le he propuesto a Odile instalar una gatera en la puerta que da al jardín, para *Méphisto*. No le costará nada. ¿Ve algún inconveniente en ello?

—Si eso puede ahorrarle dar gritos al descubrir ratones muertos, tiene usted mi bendición.

Blake se aclaró la garganta antes de continuar; sabía que la cuestión siguiente era más delicada.

—Me gustaría saber si aceptaría que me instalara en la biblioteca para redactar allí su correspondencia. No tengo escritorio, y su secretario necesitaría un espacio de trabajo más apropiado que la mesa de la cocina.

—No quiero que se entre en esa habitación.

—Lo sé. Sin embargo, es el lugar más apropiado para lo que debo hacer. Por otra parte, la colección de libros de su marido sólo ganaría con ello. Estar siempre en la oscuridad, sin ventilación, sin limpieza, no son las condiciones ideales.

La señora Beauvillier bajó la mirada como si se rindiera.

—Necesito reflexionar al respecto. Tendrá mi respuesta mañana.

—Bien, señora. El último asunto es más personal...

—¿No intentará meterse otra vez en mis negocios?

—Como mucho, tratar de cuidarla. Odile y yo creemos que, últimamente, parece fatigada. Seríamos partidarios de que concertara una cita con un médico...

—De ninguna manera. ¡Para que me atiborre a medicamentos que destrozan tanto como curan! Me siento muy conmovida por las atenciones de ambos, pero soy lo bastante mayorcita para cuidar de mí misma. ¿Algo más?

—No, señora.

—Entonces, voy a pedirle que se retire.

—¿No espera a nadie en los próximos días?

—No hay concertada ninguna cita. Será informado a su debido tiempo, gracias.

Antes de salir, Andrew la miró una última vez. Tenía el rostro tenso, casi crispado. Se sentía obligado a ir a mirar en el fondo del ropero cuál era la razón, en cuanto se presentara la ocasión para ello. Allí lo aguardaban muchas respuestas.

36

—Muy amable por su parte haberme invitado a comer —le agradeció Manon dejándose caer con timidez en su silla.

—Así te distraes —respondió Odile—. Y además, de este modo tenemos tiempo para charlar, lo que no suele suceder.

Blake colocó la bandeja de los condimentos en el centro de la mesa y tomó asiento enfrente de la chica. Manon parecía agotada, y tenía los ojos hundidos. Cuando se percató de que el gato se había instalado en la silla que había a su lado, medio escondido bajo la mesa, se le iluminó el rostro y lo acarició suavemente con la yema de los dedos. Al animal no le tembló ni siquiera un bigote.

—Es bonito. Ayer lo vi pasando revista en la tercera planta. Me seguía a todos lados.

—Por cierto —la interrumpió Blake—, Magnier va a venir mañana o el viernes para cambiar su interfono, y aprovecharemos para abrir el hueco de la gatera.

Sin entusiasmo, Odile asintió con la cabeza. Estaba contenta por la gatera, pero un poco menos ante la idea de restablecer la comunicación con la casa del encargado. Abrió la puerta del horno.

—Está listo, denme sus platos.

Blake se levantó para ayudar a servir. La cocinera anunció:

—Filete de lubina en papillote con compota de verduras confitadas.

Manon no mostró ninguna reacción cuando Andrew puso su plato delante de ella. Tenía la mirada perdida en el vacío.

—Odile, es una maravilla —afirmó Andrew—. Gracias a sus comidas, saboreamos también con la vista y con el olfato.

—Gracias.

Para entablar conversación, Odile le preguntó a Manon:

—¿No estarás incubando algo? Estás muy pálida. En octubre hay que andarse con ojo. Se coge frío enseguida. Sobre todo, montando en bici sin nada en el cuello.

Manon se volvió hacia Blake con una mirada implorante.

—Deberías decírselo —le aconsejó él.

Seguramente porque era la primera vez que Blake la tuteaba, probablemente porque no se veía disimulando que estaba bien durante toda una comida, Manon permitió que asomaran las lágrimas.

—Estoy embarazada —le susurró a Odile.

La cocinera se quedó boquiabierta. Luego se repuso y exclamó:

—¡Enhorabuena! Y ¿estás así por las náuseas?

—No, por Justin, el padre. Me dejó cuando se enteró de que esperaba un bebé.

En un gesto espontáneo, Odile tendió la mano y estrechó la de la joven.

—Pobrecita.

En el plato de Manon cayeron algunas de sus lágrimas, que dibujaron pequeños círculos más claros en la salsa del pescado.

—Cuando se trata de diversión, los hombres están ahí los primeros —comentó Odile—, pero cuando tienen que asumir sus responsabilidades...

—No creo que ése sea el discurso oportuno —señaló Blake.

La cocinera retiró la mano y replicó:

—¿Le parece aceptable la reacción de ese chico?

—Por el momento, es torpe, incluso estúpida.

—Qué buen resumen de los hombres —le espetó Odile.

—Manon necesita ayuda y apoyo. Que su historia sirva de válvula de escape para los peores clichés sobre los hombres no mejora mucho las cosas.

—Seguramente habría que tomarse este abandono con filosofía.

—Por lo menos, con pragmatismo. El problema de Manon no se va a resolver soliviantándola contra Justin.

—Qué raro, siempre se encuentra a un hombre para defender a otro, sea cual sea su crimen.

—No defiendo a Justin. Trato de proteger el futuro de Manon con ese chico. Tengo la esperanza de que, si Justin come con alguien, nadie le dirá que ha hecho bien largándose porque, cuando están encinta, las mujeres se vuelven histéricas e incontrolables.

Mientras cruzaban esas palabras, Manon había probado el pescado.

—Está impresionantemente bueno —afirmó casi sorprendida.

Luego los miró a ambos y añadió:

—Los quiero mucho a los dos, pero no deseo que se enfaden por mi culpa. Este niño es problema mío.

—No nos enfadamos —reaccionó Odile—. Estamos hablando.

—Entonces, no me gustaría estar delante cuando se peleen.

—¿Cómo te las apañas con la bici? —preguntó Blake—. Debe de empezar a ser difícil.

—Para venir, tira un poco. Pero, para volver, no hay ningún problema, sobre todo ahora, tengo menos distancia que recorrer...

La chica se calló de repente. Blake intuyó un problema.

—¿Vives todavía en casa de tu madre?

Manon cerró los dedos alrededor de su tenedor y soltó:

—Encontró una carta de la seguridad social.

—¿Cómo reaccionó? —le preguntó Andrew.

—Me pidió que abortara. Me negué. De todas formas, es demasiado tarde. Estaba furiosa. Dice que ya le cuesta llegar a fin de mes y que nunca va a tener medios para alimentar una boca más. Así que me fui.

—¿Dónde duermes? —la interrogó Odile.

—En casa de una compañera profesora, pero no voy a poder quedarme mucho tiempo.

Odile y Blake intercambiaron una mirada.

37

Blake se fijó de inmediato en el libro que había encima de la mesa de Magnier. Habían rehecho la cubierta de manera torpe, con papel grueso de color crema, y habían escrito el título a mano con un rotulador. Andrew se apropió de la obra.

—¿*Youpla*, por Jack London? —preguntó sorprendido.

—Pues sí, me dije que eso le llegaría más al chico que *Colmillo Blanco*. Adora a *Youpla*. Y el caso es que le ha enganchado de verdad. Voy ya por la mitad. Ahora ve a mi chucho como si fuera un héroe.

—Si le cuentas la vida de Sissi, la emperatriz, evita concederte el papel protagonista...

—Pero si no cambio nada de la historia, sólo reemplazo el nombre del animal por *Youpla*.

—No sé lo que habría pensado Jack London... Pero, después de todo, ¿por qué no? *Youpla* le da un toque más festivo, que debe de producir su efectillo en las escenas dramáticas. Es extraño, pero «*Youpla* saltó a la garganta del lobo» da menos miedo así de pronto...

—Puedes seguir burlándote, pero, desde el primer capítulo, Yanis dejó de refunfuñar.

—A mí me va a costar con las mates... No me veo reemplazando «dos» por Pikachu y «multiplicado» por Iron Man.

—Es una pena, sería más divertido. ¿Te imaginas? ¡Silvestre dividido por Scooby-Doo y multiplicado por el ratoncito Pérez!

—Hablando de ratoncitos, ni menciones el animal delante de Odile; tendrías una crisis cardíaca asegurada y volverías a verte desterrado como en los peores momentos.

—¿Sólo por una palabra? Y ¿cómo lo hacía cuando perdía un diente?

—No veo la relación.

—Cuando eras un pipiolo, y perdías un diente de leche, ¿en tu país no lo ponían debajo de una almohada para que el ratoncito Pérez lo cogiera y te dejara una moneda en su lugar?

—En mi país, de eso se encarga el hada de los dientes.

—Vaya porquería.

—¿Por qué iba a hacerlo peor un hada que un roedor? Nosotros no queremos que portadores de enfermedades infecciosas se arrastren debajo de la almohada de nuestros niños mientras duermen.

—¿Porque de verdad creéis en la hadita que revolotea como una zoqueta por la noche para recoger los piños con sus raigones? ¿Habéis visto muchas ya con sus alitas y sus sonrisas de boba? No olvides dejarle la ventana de tu cuarto abierta a tu hada de las dentaduras postizas, si no, te la encontrarás despachurrada contra el cristal.

—Sí, pero tu ratoncito debió de dejar mierda, la peste o el cólera debajo de la almohada de Odile, porque se encuentra en estado de *shock* desde que vio uno.

Magnier se tomaba la discusión muy en serio, y Blake no podía evitar burlarse de él. El encargado había perdido la perspectiva sobre lo que decía.

—Porque, por supuesto, vuestras hadas nunca harían caca...

—No debajo de la almohada de los niños o, en tal caso, de los que son muy malos.

Magnier torció el gesto como un colegial rabioso por no tener la última palabra.

—En cuanto a Odile —refunfuñó—, sé cómo insensibilizarla.

—Ni se te ocurra.

Blake volvió a dejar el libro y le preguntó:

—¿Sabes dónde podría pedir prestado un coche?

—¿Para qué?

—Voy a tener que bajar a la ciudad, y nos permitiría ahorrarle también a Yanis llevar las cosas de más peso.

—Tengo uno.

Blake levantó las cejas.

—¿Tienes un coche y dejas que el crío acarree con kilos de comida a través del bosque?

—El coche es mío, pero no tengo carnet.

—¿Dónde está?

—En el antiguo granero. Pero no sé si todavía funciona.

Philippe abrió el cajón de su aparador y empezó a rebuscar.

—Las llaves deben de estar por aquí. El señor François me lo dio poco antes de su muerte. Estaba decidido a hacerme pasar el examen, pero no nos dio tiempo. El coche no se ha movido desde entonces.

—¿Sabes mucho de mecánica?

—De tractores de un solo eje o de cortacéspedes, un poco. De máquinas, herramientas y de sierras eléctricas, también, pero de coches...

—Vamos a echarle un ojo, ¿quieres?

—Mira, aquí tenemos las llaves...

38

Cuando Odile y Andrew se presentaron juntos, no tuvieron que defender mucho tiempo la causa de Manon. La señora Beauvillier aceptó acogerla de inmediato. La jefa incluso propuso adelantar los gastos médicos que no estuvieran cubiertos y participar en ellos.

Por la tarde, Andrew había comenzado a reorganizar una de las habitaciones de la tercera planta que servía de trastero. Había elegido la más grande y la más luminosa, situada en el rellano, a la misma distancia de su cuarto y del de la cocinera.

Todo lo que quedaba de día, Odile y Blake lo habían pasado ordenando y limpiando, repartiendo cajas y muebles viejos entre las habitaciones vecinas. Philippe había ido a echarles una mano para desplazar un armario y subir la cama de una habitación de invitados de la segunda planta. Aunque se había cascado la espalda, a Andrew le había gustado mucho ese momento. Cuando todos sufrían por hacer pasar el somier por la parte más estrecha de la escalera, había observado con auténtica satisfacción cómo el encargado y la cocinera lo llevaban juntos. Blake se las había arreglado para ponerlos uno al lado de la otra. Desde la barandilla del rellano, Manon había seguido la operación, al principio un poco avergonzada por que no le permitieran hacer esfuerzos, pero sobre todo emocionada al ver a gente que se desvivía por ella.

Sorprendentemente, la señora Beauvillier había salido de sus habitaciones para ir a comprobar el resultado. Como una reina que inaugurara un orfanato, lo había observado todo manteniéndose muy digna. Había dado también algunos pasos por el pasillo. Odile ni siquiera estaba segura de que hubiera subido ya hasta ese piso desde que la contrató. Antes de volver a bajar, en el rellano donde sus tres empleados se habían puesto en fila, la señora había obsequiado a Manon con un gesto amistoso al acariciarle con ternura el brazo. Incluso le había susurrado una palabra de aliento.

Ahora era muy entrada la noche. Sentada en los últimos escalones de la escalera, Manon acariciaba lentamente a *Méphisto*, que se había acomodado en su regazo.

Blake se asombró al verla así en el pasillo y se acercó.

—¿No estás bien en tu cuarto?

—Odile está haciendo la cama. Dice que, con todo este trajín y este polvo, hay que ventilar, y tiene miedo de que coja frío, por el bebé.

Blake se sentó en el mismo escalón, codo con codo junto a la chica.

—¿Cómo te sientes? —le preguntó.

—Mejor, gracias a todos ustedes.

—¿De verdad? No he querido hablar de ello delante de los demás, pero ¿ha habido alguna reacción de Justin a tu carta?

—Ni la más mínima señal. Y aquí mi móvil no tiene cobertura. No he visto toma de teléfono para conectar mi portátil.

—Encontraremos una solución. En el peor de los casos, estoy seguro de que la señora aceptará que le des el número de la mansión si desea hablar contigo.

—¿Hablar conmigo? No estoy segura de que volvamos a hablarnos alguna vez.

—No te pongas en lo peor. Los hombres a menudo tardan en comprender, en ocasiones todavía más en reaccionar, pero no son unos monstruos.

Méphisto ronroneaba con los ojos entornados. La chica pasaba los dedos por su largo pelo de color caramelo. A pesar de la gravedad de la situación que estaba viviendo Manon, el ambiente de esa noche estaba lejos de resultar desagradable. A Blake siempre le había gustado la atmósfera de los desvanes y de las buhardillas. Bajo los tejados, se sentía resguardado tanto del cielo como del mundo. La cálida luz que bañaba el pasillo acentuaba más todavía esa sensación.

—¿Se acuerda usted del día en que se marchó de casa de sus padres? —le preguntó Manon.

—Era miércoles. Me acuerdo porque, en aquella época, mi madre y yo seguíamos una serie policíaca la noche del miércoles. En un intento conmovedor, había tratado de hacer que me quedara una noche más con el pretexto de verla. Pero mi futura mujer me esperaba, y me fui de todas formas. Para mí, era una noche sin importancia. No fue sino años más tarde, cuando mi madre volvió a hablarme de ello, que me di cuenta de lo que significaba. Entonces, mamá me confesó que aquel día no había tenido fuerzas para encender la tele sin mí. Había llorado toda la noche... No había sido consciente de que me marchaba. Para mí, no suponía el final de nada; sencillamente seguía con mi vida.

—¿Y su hija?

—Después de haber sido hijo, te conviertes en padre, y me llegó el momento de ver cómo Sarah abandonaba el nido para irse a continuar con sus estudios. Tenía que llevarla al aeropuerto al día siguiente por la mañana. Casi no dormí por la noche. No me permití mirar cómo dormía como cuando era bebé, y, a decir verdad, ni siquiera la oí respirar. Simplemente, saboreaba cada segundo de la última noche en que estaba de verdad allí.

—¿No ha vuelto a dormir nunca en su casa?

—Sí, pero, cuando se pierde el día a día, ya nunca es igual. Tenía otras costumbres, una pareja. No hacía su vida en nuestra casa. Eso se siente en pequeñas cosas minúsculas.

—Usted debió de ponerse triste.

—Era su ocasión de progresar. Así es la vida.

—Yo no me veía yéndome del apartamento donde crecí porque me echara mi propia madre.

—Deja que pase el tiempo. Sé que me vas a volver a reprochar que hable como un libro, pero, créeme, no saques ninguna conclusión precipitada. Todavía estás en *shock*. Estoy seguro de que tu madre ya está arrepintiéndose.

—No la conoce...

—Eres su hija. Pronto descubrirás la fuerza de ese vínculo. No lo subestimes.

—Sin embargo, cuando salí y cerró la puerta de un golpazo, en el fondo sentí que ya nunca sería como antes. Me dije que quizá había sido la última vez que veía mi habitación. ¿Ha sentido eso alguna vez?

—Las últimas veces... Eres demasiado joven para ver la vida así. No te aferres más que a las primeras veces.

—En estos momentos, no es fácil. La última vez que Justin me ha estrechado entre sus brazos. La última vez que mi madre me ha consolado. La última vez que he creído que iba a sacarme las oposiciones...

—¿Te acuerdas de lo que sentiste la primera mañana que te despertaste sabiendo que estabas encinta?

—La verdad es que no. Creo que me fui corriendo al baño a vomitar...

En ese instante, se abrió la puerta del cuarto de Manon y apareció Odile.

—Ya tienes hecha la cama. Seguramente habrá que reforzar el armario porque no está en buen estado, pero eso debes verlo con los hombres. Y ahora, chica, ve a descansar, hoy el día ha sido bastante largo para ti.

Manon dejó en el suelo al gato, que se habría quedado enroscado sobre sí mismo para que lo acariciaran toda la noche. Después de haberse deseado buenas noches, todos se dirigieron a sus respectivas habitaciones. Manon cerró su puerta la primera. Odile y Blake entraron cada uno en un extremo del pasillo. Andrew no veía bien de lejos, pero distinguió con claridad a Odile, quien le hizo un pequeño gesto antes de cerrar. Le devolvió el saludo y tardó poco en acostarse para contárselo todo a *Jerry* y a su mujer.

39

Antes de tomar asiento en la silla de brazos a la que acababa de quitarle el polvo, Andrew se detuvo un instante como para pedirle permiso a aquel que la había ocupado años antes. Se instaló en el escritorio, rodeado de una decoración que él mismo podría haber elegido si la casa hubiera sido suya. Cerró los ojos. Colocó las manos bien abiertas sobre el vade de cuero. Nadie se había sentado allí desde la desaparición del señor Beauvillier.

Si bien había obtenido permiso para instalarse en la biblioteca para velar por las tareas administrativas, Blake no estaba autorizado a tocar el contenido de los cajones. Sus carpetas y sus bolígrafos estaban, pues, alineados alrededor del vade, en el gran tablero de bordes taraceados con una madera más clara. Respiró hondo y se tomó su tiempo para observar la habitación. Ese ambiente singular nacía de una penumbra llena de apliques de cobre que difundían una luz suave por las estanterías de cerezo silvestre. Éstas cubrían la totalidad de las paredes, y cada una de ellas contenía bellos libros y objetos de arte. En ese espacio, por otra parte, no habría dispuesto el despacho. Satisfecho, se levantó a inspeccionar. El señor Beauvillier había acumulado una impresionante colección de obras de las cuales las más antiguas se conservaban en una vitrina. Andrew abrió las puertas del mueble y cogió una recopilación de poemas que hojeó con precaución. Siglo XVII. Textos sobre el amor, la muerte, el tiempo que pasa. Andrew se tropezó con numerosas palabras en francés antiguo. Acarició el papel irregular antes de devolver el volumen a su lugar. En las otras secciones, la mayor parte de las publicaciones estaban en francés, clásicos de la literatura, pero también muchos diccionarios y obras de referencia sobre historia, arquitectura, medicina y algunas curiosidades como aquel diccionario de argot de casi un siglo de antigüedad. En uno de los armarios bajos, descubrió una cadena de alta fidelidad y una colección ecléctica de CD. Música clásica, bandas sonoras, una o dos óperas y muchos artistas o grupos de música ligera, los más recientes de la época de la desaparición del señor. Al acabar su visita, Blake se dijo que le habría gustado mucho conocer al hombre al que le interesaba todo eso.

Se dirigió hacia la entrada de la habitación. Le echó una ojeada al pasillo desierto y luego cerró la puerta de doble hoja para aislarse. De su bolsillo, sacó un rollo de cinta adhesiva que le había tomado prestado a Philippe y dio unos pasos hacia una de las librerías. Metió la mano detrás de los ejemplares y extrajo una bolsita de plástico. Volcó el contenido encima del escritorio. Blake había recuperado las finas tiras de la carta de sobre verde que la señora había pasado por la trituradora de papel. Había necesitado algo de tiempo para cribarlas una a una de entre la basura. Era probable que le faltaran varias, pero el grueso de ellas se hallaba ante sus ojos. Blake nunca había sido un fanático de los puzles. Metódicamente, separó las tiras del sobre de las del escrito, que le importaban más. De dos en dos, intentó yuxtaponer las bandas de papel marfil sobre las que se perfilaban retazos de líneas de una escritura fina en tinta negra. Seguramente debido a la particularidad de la caligrafía, la firma fue lo primero que Andrew logró reconstruir: «Hugo». ¿Por qué la señora no se tomaba la molestia de leer las cartas de su hijo? De repente, se le ocurrió la idea de comprobar algo en el sobre. Gracias al sello, no necesitó mucho tiempo para identificar la procedencia de la misiva: Yakarta, la capital de Indonesia. La carta había tardado más de tres semanas en llegar.

Al oír que llamaban a la puerta, Blake sintió pánico.

—Señor Andrew, ¿está usted ahí? —preguntó Odile desde el otro lado de la puerta.

Agarró el vade y lo colocó a toda prisa encima de las tiras. La cocinera abrió sin esperar a que le diera permiso.

—¡Ya sabía yo que lo encontraría aquí!

—Y es posible que lo esté cada vez con más frecuencia. ¿Nunca espera a que le digan que entre?

—No está completamente desnudo...

—¿Qué puedo hacer por usted?

Odile miró lentamente la habitación.

—La señora debe de tenerle mucho aprecio para permitirle disfrutar de este lugar.

—Ya no le ocuparé más la mesa de la cocina mientras prepara sus sabrosas comidas.

—No me molestaría. Disfruto mucho con su compañía. Siento interrumpirlo, pero lo está buscando Magnier. Lo espera en la puerta de la cocina.

—¿Por qué no lo ha hecho entrar?

—Venga a verlo usted mismo...

El encargado estaba de pie en la puerta, con el rostro y la ropa manchados de mugre y de grasa.

—¿Qué te pasa? —preguntó Andrew.

—Estoy con Hakim en el granero, por el coche. Le estoy ayudando a arreglarlo, pero me habla de rollos que yo no entiendo. Tú tienes carnet y eres tú quien va a conducirlo, así que me he dicho...

—Voy.

Cuando estaban ya de camino, Odile le soltó a Blake:

—¡Intente no volver en el mismo estado!

40

En mitad del granero, entre lo que debía de haber sido un box para caballos y una vieja máquina agrícola oxidada, se encontraba el pequeño Renault con el capó y las puertas abiertas de par en par. La carrocería estaba cubierta de una densa capa de polvo, y las herramientas cubrían todo el suelo a su alrededor.

—Hakim, ¿todavía está ahí? —preguntó Philippe.

Una voz procedente de debajo del coche respondió:

—Enseguida acabo. Habrá que cambiar también el tubo de escape, pero como para encontrar la referencia... Este modelo es una pieza de coleccionista.

El joven apareció.

—Andrew, te presento a Hakim, el hermano mayor de Yanis.

—Lo siento, señor, no le doy la mano, tengo grasa por todas partes.

—Hola. ¿Ha conseguido arreglarlo? —le preguntó Blake.

—No le digo que vaya a pasar la inspección técnica sobrado, pero andará. Habrá que tener cuidado con los neumáticos, es posible que estén un poco secos, pero, por lo demás, después de haber cambiado la batería, las bujías, el aceite, limpiar los filtros y volver a poner gasolina, ha arrancado a la primera. ¿Quiere probarlo?

Blake se puso al volante.

—En nuestro país, todo está al otro lado —comentó el inglés—. He conducido en Francia antes, pero hace tanto tiempo...

—Volverá a acostumbrarse a ello enseguida.

El hermano mayor de Yanis aparentaba poco más de veinte años. Ambos tenían la misma mirada. Andrew giró la llave y el motor arrancó de inmediato.

—Vamos a hacer que dé una vuelta por el jardín antes de salir a la carretera, aunque no debería haber ningún problema.

El motor sonaba de manera regular.

—Enhorabuena, entiende muchísimo de coches.

—No deja de ser mi trabajo, curro en un taller. ¿No se lo ha dicho Yanis?

Hakim miró su reloj.

—¿Podría uno de los dos comprobar mi teléfono? Está en el bolsillo de mi chaqueta. Espero un mensaje y tengo miedo de mancharla.

—Con mucho gusto —respondió Blake apagando el motor—, pero aquí no hay cobertura.

—Pues vaya ful. De todas maneras, voy a tener que irme.

—Y ¿cuánto le debemos? —inquirió Blake.

Hakim se secó las manos con un trapo viejo.

—Nada en absoluto, señor. Sé lo que están haciendo por Yanis y les estoy agradecido. Le está haciendo bien ver a gente como ustedes. Vuelve feliz. Le da que pensar.

—Yo creía que venía a escondidas —se sorprendió Andrew.

—De mi madre, sí. Pero es mi hermano pequeño, siempre le tengo un ojo echado...

—¿Está seguro de que no podemos pagarle su tiempo, o, por lo menos, las piezas?

—Del todo. Y no lo duden si tienen algún problema. Por cierto, deberían aprovechar que estoy aquí para sacarlo. Con suerte, la lluvia lo lavará un poco, porque ahora no se sabe bien de qué color es...

Cuando Blake metió la primera, lo sorprendió el embrague. El coche se encabritó y se le caló el motor. El segundo intento fue el bueno. A paso de tortuga, el vehículo salió del granero.

—Tardará ocho días en llegar a la ciudad... —comentó Magnier.

—Si revienta un neumático, podrá bajar y repararlo sin ni siquiera pararse de lo lento que va —agregó Hakim.

Ambos se echaron a reír.

—Ya veo que se están burlando de mí —les soltó Blake.

Magnier replicó:

—Cuidado, hay un árbol a doscientos metros delante de ti. Frena, ¡o chocarás mañana por la noche!

41

Cuando subía de casa de Philippe, Blake se llevó la sorpresa de ver un brazo estirado por la gatera que agitaba frenético un juguete para gatos fosforito cuyo cascabel tintineaba. La voz amortiguada de Odile repetía:

—¡*Méphisto*! ¡*Méphisto*! Es la hora de volver. Ven a ver a mamá. Pasa por la puerta mágica.

Andrew se detuvo fascinado por el espectáculo. Se imaginó a la cocinera al otro lado de la puerta, a cuatro patas, con la cabeza casi atascada en la trampilla para llamar a su asesino de angora. Esa visión casi lo hizo reírse. De puntillas, se acercó bordeando la pared. Blake se encontraba ante una de esas situaciones que, en su juventud, le habían valido cierta reputación. Fuera cual fuese su estado y, desde su más tierna edad, esa clase de situación siempre había desbocado su imaginación. El potencial de las circunstancias desencadenaba en él una auténtica ebullición. Se imaginaba todos los escenarios posibles. Se presentaban dos grandes opciones: o bien golpeaba educadamente en el cristal cerciorándose de no pisarle la mano a Odile y, a continuación, metía el brazo y le abría (una solución que les permitía a todos salir del paso con honor y dignidad); o bien pasaba al plan B, con la secreta esperanza de que esa situación surrealista hiciera historia. Andrew dudó. La mano de Odile agitaba todavía el ridículo juguete. Blake estaba tan cerca que se agachó para examinarlo con más detalle.

—¡*Méphisto*! ¡*Méphisto*! ¡Si aprendes pronto a cruzar la puerta mágica, mamá te preparará unas gambas como a ti te gustan!

Por un breve instante, Blake sintió casi vergüenza por lo que se disponía a hacer, pero con una mala fe que Odile habría identificado como típicamente masculina, logró convencerse de que todavía no había hecho nada y de que, por tanto, no debía sentir el más mínimo remordimiento. En esa clase de operación, lo más importante de la broma consiste en aparentar muy rápidamente tener la conciencia tranquila una vez se ha decidido qué hacer. Por la trampilla, Odile, con la tenacidad que la caracterizaba, no dejaba de llamar al gato. Con una convicción que suscitaba respeto, aunque era probable que estuviera a punto de cortársele el brazo en aquel agujero para gatos, seguía haciendo lo imposible por atraer a su felino.

—¡Micho! ¡Micho!

Por un segundo, Blake disfrutó imaginándose su reacción si le hubiera deslizado un ratón entre los dedos. Pero, nada más pensarlo, le pareció malvado, y se contentó con estrecharle de repente la mano diciendo:

—¡Hola, señora Odile! ¿Cómo está usted?

La cocinera dejó escapar un grito ahogado, y su brazo se metió por la gatera más rápido que una morena a la que le chasca la lengua en el morro un gran tiburón blanco. El ruido del choque sordo que siguió inmediatamente inquietó un poco a Andrew. Cuando vio aparecer el rostro de Odile en el cristal de la puerta, supo que iba a pasar un cuarto de hora bastante feo. Tenía una mirada tan siniestra que parecía casi tan aterradora como Oleg. Se frotó la cabeza. Andrew había despertado la cólera de un cíborg que, hasta entonces, vivía de incógnito en nuestro planeta. La mujer comenzó a chillar mucho antes de abrirle. Cuando medio arrancó la puerta, el sonido irrumpió en los oídos de Blake:

—¡Pero ¿qué demonios tiene usted en la cabeza?! ¡Está enfermo! ¡Totalmente pirado!

Andrew no conocía la expresión, pero juzgó preferible no preguntar su significado por el momento. Odile gesticulaba, vociferaba al tiempo que se frotaba constantemente la frente, donde despuntaba ya un bonito huevo. No se calmaba. Decía algo sobre enfermedades mentales, torturas psíquicas, crisis cardíacas y toda clase de cosas que, dichas rápido y con un lenguaje florido, escapaban a la comprensión de Blake.

De repente, detrás de ella, sentado con toda tranquilidad en mitad del comedor del servicio con la cola enroscada por completo alrededor de sus bonitas patas velludas, apareció *Méphisto* ante los ojos de Blake. El gato se encontraba ya en el interior y, seguramente, había estado observando cómo su ama se ponía en ridículo para convencerlo de entrar por un sitio que ya había adoptado.

Blake no intentó aplacar a Odile, sino que se contentó con señalar al gato con el dedo. Al cabo de un rato, la cocinera acabó por frenar su verborrea.

—¿Qué?, ¿qué pasa?

—Detrás de usted.

Se volvió y vio a su gato.

—¡Pero si estás ahí, bebé! —exclamó en un tono que no tenía nada que ver con el anterior.

Blake descubrió entonces una de las leyes que gobiernan la vida de los hombres: que el momento en que las mujeres pasan de golpe de la furia más siniestra a poner voz de niñera es en el que dan más miedo.

—Qué gato más bueno —le pareció oportuno comentar—. Ha entrado él solito como un mayor por la puerta mágica...

Odile se volvió a medias con el rostro encendido.

—En cuanto a usted...

—¿Algún día me dirá lo que significa *totalmente pirado*?

El cíborg avanzó hacia Andrew. Había llegado el momento de huir.

42

En el primer cruce, Andrew vivió un momento de pánico al ver llegar un coche por el lado incorrecto. Luego, con tanta rotonda que no llevaba a ninguna parte, se perdió un poco en las afueras del lugar, pero terminó encontrando un aparcamiento en el centro, no sin haber llamado la atención de un buen número de transeúntes gracias a su coche antediluviano extremadamente sucio. Magnier le había propuesto acompañarlo para guiarlo, pero Andrew se había negado. Para lo que se disponía a hacer, tenía que estar solo, sin testigo alguno. A pie, tras preguntarles el camino a varias personas, acabó llegando a la entrada de un modesto edificio situado en pleno barrio comercial. Consultó los buzones y esperó a que alguien abriera la puerta con código para pasar. Nadie desconfía de las personas de edad avanzada. A pesar de que los canallas también envejecen.

Cuando llamó al apartamento número 15, Andrew todavía tenía dudas sobre su iniciativa. Lo último que deseaba era perjudicar a Manon. Se abrió la puerta.

—¿El señor Justin Barrier?

—¿Qué quiere?

—Hablar con usted unos minutos.

—¿Hablar de qué?

—De Manon.

Blake percibió cómo el joven de bonitos ojos azules se ponía tenso. Estaba a punto de cerrar la puerta. Andrew apoyó la mano en la hoja para disuadirlo.

—No estoy aquí ni para sermonearlo ni para tratar de influir en usted.

—¿Es usted su padre?

—No tenemos ningún vínculo familiar. La conozco, eso es todo.

—¿Lo envía ella?

—Si supiera que he venido, seguramente se enfadaría mucho. Le pido, además, que nunca se lo cuente. ¿Puedo entrar?

Justin vaciló y acabó por abrir la puerta.

—No tengo mucho tiempo.

—No nos llevará mucho.

El chico no podía estarse quieto, se balanceaba de un pie al otro y no dejaba de meter y sacar las manos de los bolsillos.

—Quizá podríamos sentarnos... —le propuso Blake señalando unas sillas alrededor de una mesa atestada de cosas.

Ambos se sentaron uno enfrente del otro.

—¿Cómo está? —le preguntó Justin evitando la mirada de su visitante.

—De salud está bien. De ánimo, un poco menos. Su madre ha reaccionado mal al enterarse de su embarazo. Por eso, de momento, vive en la mansión donde está trabajando. Yo también soy empleado de la casa.

Justin suspiró de manera ruidosa al tiempo que se pasaba la mano por su corto pelo.

—¿Qué es lo que quiere? —le preguntó a la defensiva.

—Nada. No he venido ni para que se sienta mal con su conciencia ni para leerle la cartilla. De todas formas, si vuelve con ella y no es usted feliz, no durará mucho tiempo y acabará marchándose de nuevo.

—Necesito tiempo para pensar.

—Ésa es la frase que nosotros, los hombres, soltamos en general para no tener que pensar precisamente.

—Para no querer leerme la cartilla...

—Estoy dispuesto a apostar que he cometido más errores que usted en mi vida. Si, en ciertos momentos, alguien absolutamente ajeno, a quien no hubiera tenido que rendirle cuentas de nada, hubiese venido a verme para hablar con franqueza, entonces, quizá, habría encontrado algunas respuestas que me habrían ahorrado no pocos desastres. Haga lo que quiera con lo que vamos a decirnos. Es su vida.

—Me siento perdido. El bebé lo cambia todo...

—¿En serio?

—Todavía no tengo edad...

—Bienvenido al mundo de los hombres. ¿Qué edad hay que tener en cada etapa de la vida? Entre los quince y los veinte años, experimentamos, comemos cualquier cosa, también las bebemos, imaginamos, nos hacemos ilusiones. Probamos. En el mejor de los casos, encontramos nuestros límites; en el peor, damos con nuestros defectos. Usted, Justin, ya no está en ese momento. Parece un chico con la cabeza en su sitio, dejando a un lado, quizá, algunos progresos por concretar en lo relacionado con el orden... Tiene usted un trabajo. Su historia con Manon tiene posibilidades de que dure...

—No tenía en mente el bebé.

—La vida pocas veces espera a que estemos listos. No sé si debe elegir a Manon, pero éste es el momento en el que tiene que preguntárselo.

—¿Cree que es de la clase de cosas que pueden decidirse así como así?

—Nunca tendrá la certeza de hacer lo correcto, nunca encontrará las respuestas antes de haber recorrido el camino. Pero puede ser sincero, escuchar lo que siente en su fuero interno y no hacer caso a sus temores.

—Habla usted como un viejo sabio...

Blake sonrió.

—Manon también afirma que hablo como un libro, y después me dice cosas que me dejan trastornado. Aunque hacemos cualquier cosa para no demostrárselo, las mujeres a menudo nos causan ese efecto, ¿no es verdad?

—¿Habla de mí?

—Bastante poco, pero piensa en usted todo el tiempo, eso se lo garantizo.

—¿Me odia?

—Lo espera.

—Me escribió una carta...

—¿Le ha respondido?

—Me siento absolutamente incapaz de escribirle cosas tan bonitas, y, además, tan bien dichas; no sé qué contestarle.

—No caben más que dos hipótesis, Justin. Una: este embarazo le hace darse cuenta de que Manon no era más que una aventura con la que no quiere pasar a un estadio superior y, en ese caso, hay que romper. Dos: siente algo por ella y ha sucumbido al pánico porque va demasiado rápido. Los dos enfoques son posibles, pero, como mínimo, debe decirle cuál elige para que pueda o bien continuar, o bien rehacerse... Ella también debe seguir con su vida.

—¿Está casado?

—Lo estuve. Y fui yo quien iba detrás de ella.

—¿La conoció cuando era joven?

—A su edad, llevaba casado cuatro años. Y tuvimos que luchar para tener un niño.

—¿Supo de inmediato que era ella?

—Para ser sincero, creo que las historias de flechazos, de la primera mirada, de estar hechos el uno para el otro y de amor apasionado son cosas de chicas. Son las únicas que se creen esas cosas. Un hombre joven siente el flechazo, sobre todo por un par de nalgas o de pechos. No lo decimos nunca, pero, sin embargo, es verdad. Es después, una vez se han calmado las hormonas, cuando se descubre al otro. Las chicas lo saben bien. ¿Por qué cree que se pasan tanto tiempo cuidando su apariencia? Si no hubiera hormonas, seguiríamos con los chavales haciendo el imbécil con las bicis, las pistolas, las motos o los yogures. Siempre encontramos juguetes. Y menos mal que están ahí las hormonas, porque nos empujan hacia las únicas criaturas capaces de hacer que no seamos unos idiotas profundos. No sé cómo funciona usted, pero yo, cuando empecé a mirar con seriedad a la que iba a convertirse en mi mujer, lo hice como un técnico. Lo sé, es horrible decirlo, pero, a pesar de todo... ¿Le interesan las mismas cosas que a mí? ¿Me hará la vida agradable? ¿Me soportará? Nunca se lo confesamos, pero, más adelante, cuando lo hable con amigos de verdad, se dará cuenta de que todos los hombres decidimos del mismo modo. Elegimos lo que nos va mejor dentro de los recursos que tenemos para conseguirlo y, después, los menos estúpidos de entre nosotros aprendemos a amar.

Se hizo un extraño silencio.

—¿Para ellas es diferente? —acabó preguntando Justin.

—No lo sé. A mi edad, apenas comprendo a mis semejantes, así que, ¿cómo quiere que lo consiga con el campo contrario?

—A veces no entiendo sus reacciones...

—Todos sentimos lo mismo. La única pregunta a la que usted y sólo usted debe encontrar respuesta hoy es: ¿está dispuesto a renunciar a la idea preconcebida que tenía de su vida por Manon y por su hijo? ¿Los coches, los ligues de una noche, las cervezas y los videojuegos podrán satisfacerlo más que lo que posiblemente viva con ella? Si la rechaza ahora para retomarlo todo con otra dentro de unos meses, entonces su historia habrá sido un absoluto desastre. Si se pasa el resto de su vida sin mujer y sin hijos, entonces habrá tenido razón en romper con ella. Es el momento de ser egoísta, Justin. No deje que nadie lo juzgue. Pero elija y asuma.

—Me voy fuera.

—¿Se va de la ciudad? ¿Cuándo?

—Mañana. Por un mes. Me voy de viaje a Alemania por trabajo. Vamos a instalar unas máquinas en un sitio de Múnich. Me he ofrecido voluntario. Aquí me estoy ahogando.

—Tenga compasión por Manon, no la deje sin noticias suyas tanto tiempo.

43

Bajo el tejadillo de la casita de Philippe, estaban de pie los tres chicos mirando cómo la lluvia caía con grandes gotas. Yanis se encontraba entre Philippe y Andrew, enfrente del jardín, tan gris que parecía una foto en blanco y negro. Tres generaciones codo con codo, todos ajenos los unos para los otros, y, sin embargo, cada vez más cercanos.

—En nuestro país —dijo Magnier—, cuando cae así, decimos que llueve a cántaros.

—En Inglaterra, se dice que llueven perros y gatos. Sé lo que vas a decir, Philippe, y casi estoy de acuerdo contigo.

—La profe de mates dice que menuda están meando los ángeles.

Los dos mayores miraron al más joven.

—Hablando de mates —replicó Blake—, ¿has acabado los ejercicios que te había dado para que hicieras?

—Son superdifíciles. Y, además, prefiero los problemas. Lo entiendo mejor cuando hay una situación, cuando pasan cosas con los números.

—Yanis, no puedo inventarte todo el rato historias de dos páginas para operaciones de una línea. Tienes que terminarlos para mañana porque, después, repasaremos las divisiones.

El chico parecía desanimado.

—Mi madre tendrá su tele en el año 3000.

—Habrán inventado otra cosa para entonces. Ya no habrá tele.

—Tampoco estará mi madre de todas formas.

—Razón de más para que te des prisa en hacer tus deberes.

—Y ¿qué gano yo?

Philippe y Andrew miraron de nuevo al chaval.

—Pues es verdad que eres bueno negociando...

Yanis levantó los ojos hacia Blake.

—En realidad, me gustaría pedirles una movida.

—¿Quieres decir además del tiempo que te dedicamos?

—Te recuerdo que ya casi no haces la compra... —terció Philippe.

Yanis soltó un puñetazo al aire enfrente de sí mismo.

—Son ustedes superintransigentes...

—¿Intransigentes? —preguntó Magnier con voz quebrada—. ¿Esclavistas, pedófilos e intransigentes? Deberías largarte corriendo de aquí. Pero espera primero a que pase el chaparrón...

—¿De dónde has sacado esa palabra? —le preguntó Blake.

—Del libro que estamos leyendo en este momento. Es la historia de cinco niños que buscan un tesoro en una isla desierta. Es genial, tienen un perro que se llama *Youpla*.

Discretamente, Magnier le guiñó el ojo a Blake.

—Entonces ¿cuál es esa «movida» que te gustaría?

—¿Sabe lo que es Halloween?

—Algo sé, pero en Inglaterra se celebra menos que en Estados Unidos.

—En Francia, en realidad, tampoco ha cuajado —aclaró Magnier.

—Puede ser, pero me gustaría mucho celebrar Halloween con mis amigos.

—Debería poder hacerse.

—¡Hacen falta montones de caramelos!

—Si sabemos que mil gramos son un kilo y que un palote pesa veinte, ¿cuántos palotes hay en un kilo?

—¿Cuánto pesa una fresa Tagada? —se entrometió el encargado—. Me gustan mucho las fresas Tagada.

—Philippe, algunos estamos intentando trabajar.

Yanis se puso a pensar con todas sus fuerzas. Durante largo

rato, no se oyó más que el ruido de la lluvia, que golpeaba las hojas, la mesa de metal y el tejado. Acabó respondiendo:

—Es demasiado grande para mi cabeza. Necesito un ordenador.

—No es la respuesta que esperaba. Qué le vamos a hacer. Ya celebrarás Halloween en otra ocasión.

El muchacho refunfuñó y se concentró de nuevo. Philippe estiró la mano para confirmar que la lluvia caía de lo lindo.

—Con la que está cayendo, al final vamos a saber de qué color es el coche.

—Creo que es azul celeste —dijo Blake.

—A mí me suena que era más bien verde anís —replicó Magnier.

—¿En aquella época dices que te tomabas ya tu copita?

—¿Qué pasa con mi copita?

—Nada en absoluto. Te digo que ese coche es azul cielo.

—Verde.

—¿Apostamos algo? —lo retó Blake.

—¿Qué apostamos? —contestó Magnier con interés.

—¡Cincuenta! —exclamó Yanis—. ¡Hacen falta cincuenta palotes para que haya un kilo!

44

Hacía por lo menos diez años que Blake no había estado despierto hasta tan tarde por otra cosa que no fueran sus negros pensamientos. Seguramente, una cena con Richard, quizá incluso el matrimonio de Sarah con David. Pero esa noche Andrew quería saber.

Solo en la biblioteca, había despejado la superficie del escritorio y continuaba con su minucioso trabajo de reconstrucción. Poco a poco, la carta volvía a tomar forma. Las tiras unidas con cinta adhesiva recordaban un poco a las manualidades de los niños de parvulario para el día de la madre a las que les faltaran los vivos colores. Por el momento, el documento consistía esencialmente en tres bloques distintos. Blake estaba demasiado concentrado en que correspondiera el trazo de la escritura para detenerse en el sentido. Las pocas tiras que quedaban las manipulaba para tratar de reunir las diferentes partes. El estado de las tiras, algunas de las cuales además habían sido cortadas en varios pedazos, no simplificaba la tarea. A fuerza de ser minucioso, Andrew consiguió, a pesar de todo, su objetivo. Cuando hubo pegado con celo la última tira, cogió el documento y entornó los ojos para descifrarlo mejor.

Queridísima mamá:

Fiel a la cita que me he fijado, te envío noticias nuestras. Espero que esta carta llegue en buen estado a la finca. Estamos avanzando poco a poco con las cajas y estamos contentísimos con nuestra nueva casa. Si bien es ligeramente más pequeña —en habitaciones, al me-

nos—, está situada más cerca del barrio en donde opera Isabella y a dos calles de un parque en donde los monos llenan de alegría a Tania, aunque uno no puede fiarse mucho de ellos. Tu nieta no ha perdido a ninguna de sus amigas con la mudanza, ya que sigue matriculada en el mismo colegio. En cuanto a mí, el trayecto a la universidad es un poco más largo, pero no me importa. Si deseas venir, no nos supondría problema alguno hacerte sitio, y nos harías muy felices. Sigo viendo a Franck dos veces a la semana. Después de la mejoría de la que te hablaba el mes pasado, su estado se ha agravado de repente. Hará dos semanas me temí realmente lo peor, pero los médicos tratan de tranquilizarnos. Dicen que es posible que sufra todavía numerosas «microrrecaídas» antes de recuperarse de una vez por todas. Lo ayudamos con su novia, que se desenvuelve cada vez mejor en nuestra lengua.

Me sigue pareciendo extraño no saber nada de tu vida desde hace tanto tiempo cuando yo te cuento todo de la mía. No quiero imponerme y, aunque tu actitud me apena, la respeto. Sé que, para Franck, saber que le eres menos hostil sería un alivio, y, en su estado, lo necesita de verdad. Anoche volvimos a hablar de ti. Para mí es un auténtico hermano, y estar cerca de él me permite olvidarme de la ausencia de mi familia, de la que, a pesar de todo, forma parte.

Aún tengo esperanza de que te pongas en contacto conmigo. Vuelvo a darte mi dirección y mi correo. Pienso muchísimo en ti. Isabella y yo te mandamos un beso.

Tu hijo,

Hugo

Blake comprendió, por fin, lo que significaba el pequeño garabato de debajo de la firma que tanto le había costado al hacer su puzle. La jovencísima Tania le había dibujado un mono y escrito su nombre.

Dejó la carta y suspiró levemente. ¿Cuánta gente en el mundo, en ese mismo minuto, aguardaba sin esperanza que alguien se pusiera en contacto con ellos?

45

La cabeza de Manon apareció por la puerta del comedor del servicio. Cuando constató que Andrew estaba solo, entró dando saltitos. El mayordomo colocaba su taza del desayuno en el lavavajillas.

—¡Señor Andrew! —canturreó Manon—. ¡Justin me ha escrito!

—¡Excelente noticia! Pero creía que no tenías cobertura.

—He conectado mi ordenador a la toma de teléfono de la biblioteca como me dijo, para repasar, y me he encontrado un correo suyo.

—¡Fantástico! ¿Ves? Nunca hay que perder la esperanza. ¿Qué dice?

La joven se acarició el vientre, que empezaba a redondearse. Parecía estar encantada.

—Mi carta..., nuestra carta, lo emocionó. Dice que lamenta haber reaccionado mal y que piensa en mí y en el bebé. Tiene que irse al extranjero. Va a aprovechar para pensar. También espera que mi madre no haya reaccionado muy mal (eso no tiene arreglo) y que, si fuera el caso, puedo contar con su ayuda. Además, promete que pagará los gastos del bebé y que no me va a dejar tirada.

—*Thank God!*

—No dice *nuestro* bebé en ningún momento, y tampoco dice que volvamos a estar juntos...

—Deja que se haga a la idea. Justin es un chico formal, estoy seguro de que se pondrá en contacto contigo cuando vuelva, como te ha prometido.

—¿Cómo puede saber que es formal? —preguntó Manon sorprendida.

Andrew vaciló.

—Bueno, pues... Por todo lo que me has contado de él, añadido al hecho de que una chica como tú no elegiría a cualquiera, me imagino que seguramente es...

La joven pareció convencida con la respuesta. Andrew se había llevado un buen susto. Observó a Manon. Su rostro resplandecía de nuevo. Había bastado un e-mail para secarle las lágrimas, borrar las ojeras y devolverle el gusto por la vida. Andrew pensó que las mujeres se contentan con poco, y que a los hombres, sin embargo, les cuesta mucho dárselo.

La trampilla de la gatera se levantó entonces y *Méphisto* deslizó los bigotes para entrar.

—Parece que ha engordado un poco —constató Manon.

—Odile asegura que sólo da esa impresión y que simplemente le está creciendo el pelaje de invierno, pero, si es así, le está creciendo bastante como para fabricar abrigos para todos los gatos de los alrededores.

Manon no había oído el final del comentario. Soñaba despierta, perdida en sus pensamientos, aferrada, por fin, a una esperanza. Empezaría a contar los días desde ese momento.

El gato trotó hasta el rincón donde comía. Olió las croquetas sin tocarlas y luego lamió el plato que había contenido su comida de la víspera, por si acaso había quedado una molécula. Al constatar que el bol de leche estaba vacío, se volvió hacia los únicos humanos presentes en la habitación y profirió un breve maullido de los que parten el alma.

—Sé que es la hora de tu leche templada —le explicó Blake—, pero tu ama está todavía con la señora, y no le gustaría que le robáramos su papel. Vas a tener que esperar a que baje...

Como si lo hubiera comprendido, el gato se sentó tranquilamente y empezó a lavarse.

Manon se había marchado ya a ocuparse de la limpieza cuando llegó Odile. No le dirigió ni siquiera una mirada a Blake y abrió el frigorífico para servir al animal.

—Perdóname, pequeño bebé. Esta mañana está siendo un poco complicada. ¿Te has dado tu paseo?

El gato fue a frotarse contra sus piernas mientras la cocinera vertía la leche en la cacerola. Encendió el gas.

—¿Todavía me odia por mi broma? —aventuró a decir Blake.

Con el dedo metido en la leche para comprobar la temperatura, Odile le respondió sin mirarlo:

—Me sigue doliendo la frente, pero ya no lo odio. Tengo otras preocupaciones con la señora.

Sirvió la leche en el bol y lo colocó al pie de la cocina de gas mientras le preguntaba al mayordomo:

—¿De verdad sería capaz de aconsejarla acerca de sus inversiones?

—Eso creo.

—¿Y a mí?

—No entiendo.

—Desde hace tres años, le confío todos mis ahorros a la gente que se ocupa de las inversiones de la señora, y empiezo a creer que, en efecto, no son trigo limpio. Estoy perdiéndolo todo. Si se las muestro, ¿aceptaría darme algún consejo?

Odile se volvió hacia Andrew. En su rostro se percibía la inquietud y la desesperación.

—Tengo miedo de encontrarme sin nada en mi vejez, ¿entiende? —agregó.

—¿Por qué no me ha hablado de ello antes? Sabe que puede contar conmigo. Lo estudiaremos juntos. No se preocupe.

Odile pareció aliviada, pero añadió:

—Hay otra cosa. La señora no come absolutamente nada desde

hace dos días. Ni una migaja. Cuando la ayudo a vestirse por la mañana, puedo ver cómo se deteriora a ojos vistas. La consumen las preocupaciones. No le he hablado de ello porque pensaba que se recuperaría. Le pasa esto a menudo, pero esta vez...

—Subo a verla.

46

Aunque no era la hora del correo, Andrew llamó a la puerta de las habitaciones de la señora.

—Entre, Odile.

Blake entreabrió la puerta.

—No soy Odile, señora, soy Andrew.

—¿Qué pasa?

—Deberíamos hablar.

—Dejémoslo para dentro de un rato, señor Blake, durante nuestra sesión. Estoy ocupada.

—Si me lo permite, creo que es urgente.

Cruzó el umbral. La señora Beauvillier estaba sentada a su escritorio; delante de ella había extractos de cuentas extendidos por todas partes y tenía una calculadora en la mano. Se puso tensa de inmediato en cuanto vio cómo Blake forzaba su entrada.

—Le he dicho que trataríamos su problema dentro de un rato.

—Permítame que insista.

—¿Y si no se lo permito?

—Señora, Odile y yo estamos preocupados por usted. Su salud no se encuentra en su mejor...

—Estamos en otoño, todo el mundo parece más cansado en esta estación...

—No obstante, creo que la causa es otra muy distinta. Sus consejeros financieros...

La mujer lo interrumpió:

—Eso no es asunto suyo.

—Mi objetivo no es inmiscuirme en sus asuntos...

—No obstante, es lo que hace.

—Creo que debo.

Irritada, la señora Beauvillier empezó a guardar sus documentos. Los metió a presión en su cajón en pequeños manojos. Sus gestos, cada vez más bruscos, traicionaban cómo su ira iba en aumento.

—Creo que debería ver a un médico —afirmó Blake—. Escuche al menos un consejo sobre su estado, hágase algunos análisis...

—Además de ser experto en inversiones, ¿es también médico?

—Sea razonable. Ya casi no come. Cada mañana la veo abrir cartas que la dejan cada vez más abatida. ¿Por qué rechaza la ayuda que le proponemos?

Una vez guardó las últimas hojas, la señora volvió a cerrar el cajón de un golpe seco y se levantó.

—No necesito ayuda, señor Blake. Ya basta. Ya no tengo edad de recibir lecciones ni consejos.

Se dirigió a su habitación sin darse la vuelta.

—Ahora le pido que se retire. Hoy no deseo volver a verlo. Le pedirá a Odile que me traiga el correo a su debido momento.

La señora cerró la puerta tras de sí. Andrew dudaba sobre qué conducta adoptar. No se veía bajando otra vez sin haber cortado por lo sano. Esperar un día más no serviría de nada. Avanzó hacia la puerta de la habitación y puso la mano en la manija.

—Señora, por favor, escúcheme...

Ninguna respuesta. Blake abrió la puerta. La señora Beauvillier estaba acurrucada en su cama. Se incorporó con brusquedad.

—¿Cómo se atreve?

—No me deja elección.

—Le he pedido que me deje tranquila.

—Mi conciencia no me lo perdonaría.

—No es su conciencia quien le ingresa el sueldo, sino yo.

—Va a ir a ver a un médico. Si no le sirve uno, cambiaremos tantas veces como haga falta.

—Le prohíbo...

—Por respeto a usted, voy a desobedecer. Va en ello su salud y el futuro de esta propiedad.

La señora se había incorporado. Furiosa, miraba fijamente a Blake con una mirada que el mayordomo ni siquiera le habría creído posible. A pesar de todo, debía continuar. Cruzó el umbral de su dormitorio. Ella levantó la mano para detenerlo.

—Si da un paso más, lo despido.

Su voz era fría, cortante. Andrew retrocedió.

—No me despida, señora. Perderíamos mucho, tanto usted como yo.

47

Si bien Blake no había conseguido enterarse del objeto de la reunión de la señora prevista para esa tarde, estaba seguro de que el encuentro estaba relacionado con sus dificultades financieras. Por medio de la cocinera, la jefa había apartado a su mayordomo, llegando incluso a prohibirle terminantemente que se encargara de nada, y le había vedado hasta dirigirse a ella. Así pues, Odile había asumido el servicio, puesto que Andrew estaba condenado a quedarse en su habitación. Sin embargo, no tenía intención de hacerlo. Cuando el timbre del videoportero resonó en la entrada, se acercó discretamente hasta la barandilla de la tercera planta para asegurarse de que todo se desarrollaba según lo previsto. Oyó unas voces, a la señora bajando, y luego cómo Odile acomodaba a tres personas en el salón pequeño. Era el momento de pasar a la acción.

Bajó al primer piso con su linterna en el bolsillo, se coló en las habitaciones de la señora y se dirigió sin rodeos a su dormitorio. La cama deshecha, un cajón medio abierto: la habitación estaba lejos de encontrarse tan bien ordenada como en su primera visita. Abrió el armario empotrado y metió los brazos entre la ropa para presionar en la pared del fondo. Ésta no se movió. Andrew insistió sin resultado. Desconcertado, pasó los dedos a tientas por todo el panel en busca de un mecanismo de apertura. No descubrió ni una muesca ni una rugosidad. ¿La apertura secreta había sido fruto de su imaginación? Encendió la linterna y se adentró más entre los trajes.

Buscó frenéticamente enfocando el haz de luz en cada rincón. Se puso a cuatro patas para inspeccionar detrás de las cajas de zapatos. Blake no estaba loco. La de la derecha disimulaba una pequeña palanca apoyada contra la pared. La pulsó con precaución, y un mecanismo abrió el panel.

Andrew empujó la puerta secreta y su linterna reveló mucho más de lo que se esperaba. No era un simple escondite, sino una auténtica habitación. Al introducirse en ella, comprendió la diferencia entre la longitud del pasillo y el tamaño de la habitación de la señora. Ese cuarto era casi tan grande como lo que restaba; estaba a rebosar de cosas y tapizado con satén negro hasta el techo. Al pasar el haz de su linterna por allí, Blake iba de sorpresa en sorpresa. Una mesa cubierta de hojas anotadas ocupaba el centro de la sala; varios armarios sin puertas contenían carpetas y libros. Lo más sorprendente eran las paredes, llenas de fotos, de cartas, todas con François Beauvillier como único motivo. Objetos y prendas de ropa enriquecían todavía más esa increíble colección. No se trataba de un museo, sino más bien de un templo, de un lugar de culto secreto dedicado por completo a la memoria del difunto. De repente, Andrew se sintió incómodo: tenía la impresión de profanar, de violar la parte más íntima del alma de la señora. No obstante, volver a salir no habría servido de nada. Ahora lo conocía. Era completamente incapaz de olvidarlo o incluso de aparentar no haber visto nada. Todo cuanto allí se exponía era demasiado impactante. Pasó su luz por las imágenes, por las líneas dirigidas a «Nalie». Había también dibujos infantiles amarillentos. Así pues, la señora no permanecía horas en su habitación durmiendo o viendo la tele. Pasaba sus días refugiada en el pasado. ¿Conocería Odile la existencia de ese santuario?

Al examinar las fotos, Blake aprendió más sobre el hombre cuya sombra se cernía todavía en la finca. Tenía buen aspecto y, a pesar de un físico bonachón, sus actitudes y su mirada indicaban una innegable autoridad. En una imagen, estaba sentado a la mesa de un restaurante con la señora. En otra, posaba delante de la mansión con Magnier en segundo plano. Andrew se detuvo en una copia donde el señor aparecía al lado de otra mujer y de un niño muy pequeño. A juzgar por sus ropas, la foto no debía de ser mucho más antigua que esas en las que se lo veía con su mujer y con Hugo. Extraños fragmentos de una vida. Instantes fijados que concentran todo un ser. Reconstruir toda la complejidad de una personalidad a partir de unos pocos flashes se convirtió entonces en un trabajo de investigación. Había que interpretar cada detalle, la más ínfima posición de la mano, la más mínima mirada, todo cuanto la foto no había tratado de inmortalizar, pero que contenía a pesar de todo. La señora había elegido esos documentos para acordarse, para recrear. El valor que daba a cada uno de ellos era sin duda tan interesante como las informaciones que éstos revelaban.

Andrew encontró los expedientes que había ido a buscar en un principio. Extractos bancarios, títulos de propiedad y papeles oficiales estaban cuidadosamente guardados en carpetas identificadas de manera precisa. Pero no le interesaron, dado lo que descubrió justo debajo. Primero creyó haber leído mal, pero, al examinarlo para comprobarlo, abrió los ojos como platos bajo los efectos de la sorpresa. La señora había reunido una amplísima colección de libros sobre espiritismo y comunicación con el más allá. Las obras sobre ese tema se contaban por docenas y llenaban por completo dos estanterías. Algunas trataban sobre las maneras de entrar en contacto con los muertos, otras abordaban los signos procedentes de los espíritus. Blake no daba crédito. Nunca se habría imaginado que la señora pudiera interesarse por esos temas esotéricos. Sin embargo, dado el vacío que el señor había dejado en su vida, esa atracción parecía coherente. Andrew se topó con una serie de obras consagradas, en concreto, a la escritura automática. Como ignoraba absolutamente de qué se trataba, cogió un libro y consultó el resumen de la contracubierta: «¡Deje que los espíritus de sus seres queridos desaparecidos guíen su mano e interprete lo que tienen que decirle! ¡Hágales preguntas, obtenga sus respuestas! Todas las técnicas y métodos de análisis explicados con claridad y sencillez. No pierda el contacto con aquellos seres queridos que se han marchado. Comuníquese con el otro mundo». Obtener ese fabuloso poder por el precio de un libro era un auténtico regalo, pensó Andrew con ironía. Esa clase de promesa era tan creíble como los correos publicitarios sobre los que se abalanzaba cada mañana la señora. Volvió a colocar el libro en su sitio y se interesó por la mesa. Aunque no creía en esas historias de comunicación paranormal, estaba impresionado por la importancia que le concedía la señora. A sus ojos, eso era señal, sobre todo, de un gran desamparo, de una carencia que, aunque vivida de manera diferente, tenía un eco en su propia historia.

Sobre el tablero redondo cubierto por un mantel de terciopelo, había hojas de papel llenas de letras deformadas, de todos los tamaños, irregulares. Andrew levantó algunas con cuidado de no mover nada. A veces el documento no contenía más que una sola letra, escrita en cualquier sitio, sin lógica. En otras, únicamente figuraban algunos trazos sin significado aparente. Al pie, cada hoja llevaba una indicación de la fecha y, a veces, incluso, de la hora. Todos los días, o casi, la señora se entregaba a esas experiencias, tanto a pleno día como en el corazón de la noche. Se la imaginó sujetando un bolígrafo con la punta de los dedos, los ojos cerrados, esperando a que François moviera el brazo para enviarle un mensaje.

Andrew se dio cuenta de que, contra la pared, colocado directamente en el suelo, lo que al principio había tomado por una pila de archivos era, en realidad, una impresionante acumulación de esas hojas que contenían el supuesto resultado de un contacto más allá de la muerte. Estaban clasificadas por meses. En un cuaderno situado en lo más alto de la pila, la señora Beauvillier había anotado los resultados «interesantes». Las primeras anotaciones se remontaban a años atrás, las últimas tenían sólo unos días.

«15 de octubre: François ya no confía en las inversiones de Gaener»; «17 de octubre: François todavía me quiere»; «18 de octubre: François piensa que hay que reconsiderar la propuesta de la inmobiliaria Vandermel.»

Blake estaba fascinado y sumamente inquieto al mismo tiempo. Día tras día, la señora Beauvillier trataba de dar respuesta a sus congojas. Vivía sin cesar en el centro de problemas y de dudas que la consumían hasta llegar a obsesionarla. Colocó de nuevo el cuaderno en su lugar. Quedarse allí más tiempo podía volverse arriesgado. Como un ladrón que no se va a llevar nada, paseó el haz de luz aquí y allá. Ya nunca más vería a la señora con los mismos ojos. De repente, ya no le parecía fría ni una trastornada. Le resultaba conmovedora.

48

Mientras Manon se encargaba de limpiar los cristales de la planta baja, Blake había tomado prestado su ordenador portátil y se había conectado a internet en la biblioteca. Sus búsquedas sobre el espiritismo y la escritura automática lo habían llevado a numerosas páginas y foros de los que se había llevado una impresión que, a su pesar, podía extenderse a otros muchos sectores: por un lado, hay gente que sufre, y, por otro, los que se aprovechan de ellos. Innumerables historias de mujeres y de hombres destrozados, desconcertados ante la pérdida de un hijo, de una pareja, de un padre, dispuestos a todo para creer que la muerte no los había separado por completo. Frente a aquellos infelices, abriéndoles los brazos, legiones de estafadores, de charlatanes y de bromistas que, con un cinismo repugnante, se inventaban cualquier cosa para sacar provecho del dolor de sus semejantes. El dinero contra aquello que no tiene precio. En medio de esa avalancha, Blake, sin embargo, constató algunos casos de experiencias capaces de hacer tambalearse las convicciones de los escépticos más recalcitrantes. Pero no eran de las que se hablaba más. En internet, el objetivo raras veces es informar o consolar, sino vender. Una vez más, lo más turbio de la naturaleza humana ahogaba la parte sublime de misterio que todavía contiene en sí misma. Para Blake no se trataba de juzgar sus creencias, pero, fuera cual fuese la realidad de la comunicación entre la señora y su difunto esposo, estaba seguro de que necesitaba que le echaran una mano en el mundo de los vivos.

Abrió el correo y se puso a escribir.

Buenos días, Heather:

Espero que le vaya todo bien. Le envío este mensaje para anunciarle que desde ahora puede contactar conmigo por e-mail. No cuente con que vaya a consultar este cacharro tres veces al día y no le dé esta dirección a nadie. ¿Ha tenido tiempo para informarse sobre la inmobiliaria Vandermel?

Gracias de antemano.

Un cordial saludo,

ANDREW BLAKE

Antes de lanzarse al mensaje siguiente, Blake se tomó un momento para reflexionar. Su educación le ordenaba no escribirlo, pero su instinto le sugería que lo hiciera. Curiosamente, era incapaz de saber con certeza lo que habría decidido Diane.

Buenos días, Hugo:

Nunca nos han presentado, y mi iniciativa, seguramente, va a sorprenderlo. Me atrevo a dirigirle a usted este correo porque conozco a su madre. Se encuentra bien. Un detalle importante es que no está al corriente en absoluto de esta toma de contacto, y le agradecería especialmente que no le hablara usted de ello. Me resulta delicado explicarle quién soy de momento, pero he creído entender que las relaciones entre ustedes eran complicadas. No es mi intención entrometerme en sus relaciones (si su madre lo supiera, diría que ya lo hago, ¡y no estaría equivocada!), pero el hecho de saber que puede contactar con alguien de su entorno quizá le resulte útil. Espero que no malinterprete mi iniciativa. No tengo ningún interés personal en ella. Simplemente, me gustaría que alguien hiciera lo mismo por mí si yo estuviese en su lugar. Si no me responde, lo comprenderé y no volverá a saber más de mí.

Un cordial saludo,

ANDREW BLAKE

Odile estaba esperando en la entrada de la biblioteca. Al percatarse de que lo estaba mirando, al mayordomo le dio un vuelco el corazón.

—La puerta no estaba cerrada —alegó ella en su defensa.

—Entre, se lo ruego. ¿Cómo está la señora?

—Ha comido poco.

—¿Sigue furiosa conmigo?

—No habla de ello. Pero me ha pedido que me encargue de todo. No quiere ver a otra persona que no sea yo. «Hasta nueva orden», se ha cuidado de aclarar.

—Lo siento, eso la carga a usted con más trabajo.

—No importa. Antes de que llegara usted, estuve haciéndolo durante años. Además, me siento responsable de su discusión...

—No es culpable de nada. Fui yo quien pasó a la fuerza.

—Si no le hubiera contado nada, no habría ido.

—Probablemente sí, tarde o temprano. No tiene ninguna razón para sentirse culpable.

A continuación, Blake se levantó y le preguntó:

—¿Aprueba lo que hice en lo referente a la señora? Sea sincera.

—Yo nunca me habría atrevido a enfrentarme a ella como lo hizo usted.

—No está respondiendo a mi pregunta...

Odile parecía incómoda.

—Si hubiera tenido valor para ello —soltó—, le habría dicho lo mismo. Se evade de la realidad, se refugia en su mundo... Debería ver a un médico y no confiar más en aquellos que la están arruinando. Pero, al decir esto, tengo la impresión de que la traiciono porque, aunque no hay duda de que no es fácil, la señora siempre ha sido buena conmigo y le debo mucho.

—La mayor de las lealtades exige a veces una pequeña traición. Necesito saber si estará a mi lado para tratar de convencerla o si debo arriesgarme a hacerlo solo. Me ha amenazado con despedirme. No dudará en cumplirlo. Pero no creo que nos eche a los dos.

—Tengo miedo. Siempre me han dicho que no me mezcle en los asuntos personales de la gente.

—A mí me inculcaron lo mismo, pero, en ciertos casos, dejar hacer aumenta la omisión de auxilio a una persona en peligro.

Odile dudó un instante antes de responder:

—Puede contar conmigo. Pero debe saber que, cuando la señora alza la voz, no sé cómo actuar.

—Apuesto a que se enfadará conmigo primero.

—Si consiguiera salvarla de todo lo que la amenaza, le deberá una.

—Yo a ella no le debo menos. Como a usted, por cierto. Aquí me siento cómodo. Y puedo asegurarle que no es una sensación que haya tenido a menudo.

Después de una pausa, Blake añadió:

—Odile, ¿puedo proponerle algo?

—Si quiere que nos llamemos por nuestros nombres de pila, la respuesta es sí. De todas formas, ya lo hace.

—Es en relación con su cocina.

—¿Qué le pasa?

—Me gustaría que una de estas noches, usted, Manon, Philippe y yo cenemos juntos los cuatro. Creo que todo el mundo necesita sentirse menos solo. Después de todo, vivimos juntos...

49

A juzgar por el brinco que dio fuera de su cojín, *Méphisto* todavía no se había acostumbrado a que el telefonillo de la cocina estuviera arreglado. Como si hubiese recibido una descarga eléctrica, el gato voló por los aires y se dio a la fuga con el pelo completamente erizado. La voz con interferencias de Magnier pilló a todo el mundo por sorpresa.

—¿Es buen momento para subir? —preguntó desde la otra punta del jardín.

Andrew bajó el volumen antes de responderle:

—Está todo listo, te esperamos.

—Vale, ¡voy!

Con un delantal blanco atado alrededor de la cintura, Odile hacía malabarismos con sus hornos y sus ollas. La campana extractora funcionaba al máximo. La mesa estaba puesta para cuatro, pero no la presidía nadie.

—¿Qué le pasa a *Méphisto*? —preguntó Manon al llegar al comedor—. Acabo de cruzarme con él. Corría de lado con todo el pelo de punta.

—Se ha asustado al oír la voz de Philippe —le explicó Andrew.

Para la ocasión, la chica se había puesto un vestido. Andrew le hizo un cumplido.

—¡Estás guapísima!

La joven giró sobre sí misma haciendo que se levantara la falda.

—Aproveche porque, con lo que crece la tripa, seguramente será la última vez que pueda ponérmelo.

Al ver que Odile no participaba del ambiente distendido, Blake se inclinó hacia ella.

—¿Algo va mal?

—No van a tener entrante, lo he echado a perder.

—No se preocupe por eso. Estamos entre amigos. No tiene que impresionar a nadie. Ya es una suerte contar con alguien de su talento para deleitarnos. No se agobie, de lo contrario, no va a disfrutar de nada.

Odile se esforzó por sonreír al tiempo que levantaba una tapa. Philippe golpeó en el cristal. Andrew le abrió. Magnier se había puesto una camisa «planchada». Dado el resultado, era probable que hubiera sido *Youpla* quien hubiese pasado la plancha... El encargado también se había peinado, con el cabello bien pegado, con raya, lo que no hacía nunca. Parecía un niño de primera comunión que hubiera llegado treinta y cinco años tarde a la ceremonia.

—Para que la cena sea más ligera —anunció Andrew—, no habrá entrante. Si quieren tomar asiento...

El encargado y la criada se sentaron a un lado, el mayordomo y la cocinera al otro. Apenas se habían sentado cuando Magnier tuvo una extraña reacción. Blake creyó que iba a echarse a llorar.

—¿Qué te pasa?

—Que se me hace raro. Hacía tanto tiempo que no cenaba en la mansión... Muchas gracias por haberme invitado, de verdad. Perdónenme, no pensaba que me fuera a afectar así...

—Cuatro en esta mesa —comentó Odile—, ni yo misma lo he visto nunca, creo.

—¡Cuatro y medio! —la corrigió Manon señalando su vientre.

Blake exclamó de repente:

—¡Nos hemos olvidado del vino!

—No nos hemos olvidado —señaló Odile—. El vino está en el sótano... Si quieren, vayan a buscarlo ustedes mismos.

—Yo ya no me muevo —dijo Magnier—. ¡Estoy demasiado a gusto! No me apetece romper la magia del momento.

Manon se negó, y Blake afirmó:

—Abriremos una botella la próxima vez. Así, esta noche, nada distraerá nuestras papilas gustativas de sus delicias, mi querida Odile.

Mientras la cocinera servía los platos, el gato hizo su gran regreso a la cocina.

—Es realmente bonito —comentó Magnier—. Lo había visto ya en el jardín, pero de lejos. Me pregunto si *Youpla* y él se entenderían bien...

Blake replicó:

—Entre tu perro, que siempre quiere correr detrás de cualquier cosa, y *Méphisto*, que necesita ejercicio, quizá haya una auténtica colaboración por descubrir.

—Deje a mi gato en paz —lo amenazó Odile.

Con un movimiento muy profesional, dejó un plato servido delante de Manon.

—La casa les sugiere confit de pato de las Landas y patatas a la salardesa.

Magnier desdobló de inmediato su servilleta y se la puso en el cuello. Mientras seguía con la nariz el plato que le llevaba Odile, inspiró el aroma con una larga exclamación de gula. La cocinera acabó de servir al gato, que se vio obsequiado con un plato más pequeño. Todos esperaron a que la dueña de los fogones se sentara a la mesa para comenzar, si bien Philippe sujetaba ya con fuerza su tenedor en la mano...

—Que aproveche —soltó.

Con la punta de su cuchillo, Blake comprobó si la piel estaba crujiente. Absolutamente perfecta. Asintió con la cabeza satisfecho.

Tras los primeros bocados, todo el mundo saludó la hazaña culinaria, hasta el gato, que saltó a la mesa para intentar mangar algo.

—¡¿Qué te ha dado?! —le gritó Odile mientras volvía a ponerlo en el suelo—. ¡Nunca habías hecho eso!

—Para él también es una fiesta —lo defendió Magnier—. Yo, en cualquier caso, estoy tremendamente contento.

—¡Pues ni se te ocurra robarnos los platos! —bromeó Blake.

La conversación se inició con el tiempo —cada día más húmedo—, luego derivó a la necesidad, muy contestada, de llevar bufandas y gorros en invierno. Al oírlos hablar de los verdugos que sus respectivas madres los obligaban a ponerse y de las batallas de bolas de nieve que hacían en el colegio, Manon vio a sus compañeros con otra perspectiva. Odile, Blake y Philippe rememoraron temas tan diversos como la hora a la que se acostaban cuando eran niños, sus tebeos preferidos e incluso el sabor de los dentífricos (por lo visto, muy diferente de un país a otro). Hablaron de sus padres, que ya no se encontraban en este mundo. La mirada de la chica se tiñó de nostalgia. Como quería evitar que la invadiera la tristeza, Andrew desvió discretamente la charla hacia otro tema.

—Al final —resumió—, si se piensa en ello, a pesar de nuestras diferencias de edad, nos gustan o nos irritan las mismas cosas. Y, sin embargo, se dice que, para gustos, los colores. Con el cine, por ejemplo...

Magnier se apropió del tema:

—Yo, sobre todo, veo películas de acción y comedias, pero me acuerdo de que me encantó también una peli china, muy lenta, con subtítulos de tres palabras de largo, aunque los actores hablaran durante diez minutos. ¿Y usted, señora Odile?

La cocinera suspiró con una sonrisa.

—No sé si debo decírselo, van a reírse de mí.

Cuando la presionaron todos, acabó confesando:

—Tengo debilidad por las grandes comedias musicales americanas. Me emociono con ellas. Esas personas que cantan sus esperanzas o sus sufrimientos me conmueven. Tienen las mismas preocupaciones que nosotros, pero, con la música, la peor de las tragedias se vuelve sublime. La belleza de su desesperación me da fuerzas. Se me eriza la piel sólo con hablar de ello. Algunos consideran que son cursis, pero a mí me parece que, si hubiera que enseñarle a un extraterrestre lo más intenso que nuestra especie puede sentir asociado con lo mejor que puede crear, la comedia musical sería el ideal de ello.

Blake asintió impresionado con la cabeza. Philippe se había quedado embobado.

—¿Las ve a menudo? —preguntó Manon.

—Tengo una pequeña colección de DVD en mi cuarto. Es todo lo que me queda de mi antigua vida. No las veo nunca sin pañuelos al alcance de la mano... Cuando la gente se deja, lloro, pero ¡es peor incluso cuando se reencuentran! Como una auténtica magdalena...

—¿Una magdalena? —preguntó Blake sorprendido—. ¿Llora como un bollo?

—No, ¡como la que era anteriormente prostituta y lloró a los pies de Cristo! Y usted, Andrew, ¿cuáles son sus películas preferidas?

—Pues hace mucho tiempo que no veo ninguna. Siempre elegía Diane, si no, corríamos el riesgo de vernos delante de cualquier birria..., ¡puedo conformarme con lo peor! Ella me hizo descubrir el cine francés, sus clásicos, pero también películas sorprendentes. Tenía la facultad de entusiasmarse por cosas extrañas. Yo la seguía. En realidad, creo que no tengo un género preferido. A veces me gusta reírme, otras puede venirme bien una película social o un drama. También me gusta pasar miedo de vez en cuando.

—Yo es lo que prefiero... —confesó Manon—. A menudo, con Justin, elegíamos películas nada más que para que nos aterrorizaran. Si eran ridículas pero nos hacían chillar de canguelo, nos parecían bien. En plan jóvenes en un bosque, por la noche, a los que persigue no sé qué criatura. ¡Me encantan! Son todavía mejores si no se ve el monstruo. Siempre da menos miedo una vez que se lo ha visto. Me apretaba contra Justin, ¡me agarraba a sus brazos hasta hacerle moratones! Y luego no me atrevía ni siquiera a ir al baño, que, a pesar de todo, no estaba ni a dos metros.

—A mí —recordó Magnier—, la película de terror que más me

ha marcado es *Apocalipsis caníbal*.[2] Estaba llena de muertos vivientes... Tenía cinco años. Me dio miedo todo el mundo durante un mes. En cuanto un adulto intentaba tocarme, me ponía a chillar. Traté de arrancarle el brazo a la vecina porque estaba convencido de que era una zombi.

—¿Con cinco años? —protestó Odile—. ¿Quién le puso esa película con esa edad?

—Mi madre me había dejado con una de sus colegas, que tenía hijos adolescentes...

—Con los zombis uno nunca se decepciona —comentó Blake—. Deberían meterlos en todas. Imagínense: *My Fair Lady y los zombis*, *Los zombis nunca mueren*, con James Bond, o *El conde de Montecristo y los zombis*...

—Qué gracia que hables de *El conde de Montecristo* —terció Magnier—, porque he comenzado a leerle ese libro al chico.

—Entonces ¿es verdad? —observó Odile—. ¿Le da clases a un muchacho de la ciudad?

—Él me ayuda con la compra, yo lo ayudo con el colegio...

—Si toda la gente hiciera como usted —dijo Manon con tono de aprobación—, el mundo sería más agradable.

—Hasta entonces, con ese libro tenemos para un buen rato —comentó Magnier—. Es un tocho de más de mil páginas, y me cuesta cuadrar a *Youpla*...

Blake acababa de repartir los platos de postre cuando Odile anunció:

—A continuación, les sugerimos unas tartitas finas hechas con manzanas del jardín caramelizadas. Tengan compasión, que no las preparo desde hace siglos...

2. Se refiere a la película de 1980, dirigida por Antonio Margheriti, *Apocalypse domani*, con John Saxon y Elisabeth Turner. *(N. del t.)*

Nadie reaccionó. Peor aún, los tres comensales se quedaron paralizados en un mutismo incómodo. Odile sólo lo comprendió cuando siguió las miradas que convergían en la entrada del comedor. Allí se encontraba de pie la señora Beauvillier. Blake y Magnier se levantaron de golpe.

—Me alegra constatar que están pasando una buena noche —comentó la dueña de la casa.

Odile dio un paso atrás con una expresión en la que se mezclaba la sorpresa con un trasfondo de miedo.

—No es mi intención interrumpirlos —añadió la señora Beauvillier—. Que la jefa baje de la planta de arriba no significa que vaya a haber una redada... Sólo estaba intrigada por las risas.

Blake tomó la iniciativa.

—Tómese entonces el postre con nosotros.

Se apresuró a añadir un cubierto.

—Muy amable, pero me vuelvo arriba.

—Insisto...

Apenas las hubo pronunciado cuando Andrew lamentó haber dicho esas palabras.

—Insiste usted con frecuencia... —replicó la señora con ironía.

No había ninguna amargura en su comentario.

—¡Pero quédese con nosotros —intervino Magnier—, subir es una idea malísima!

Odile, incapaz de articular una palabra, sencillamente le ofreció una de las tartas.

—Sea —claudicó la señora—. Los acompañaré un rato.

Tomó asiento en medio de un silencio sepulcral y luego se volvió hacia Manon.

—En su estado, debería tener cuidado con el gato. No son buenos para las embarazadas.

—No hay ningún problema. Me mandaron los análisis, y ya he pasado la toxoplasmosis. Muy amable por pensar en ello.

—Me alegro muchísimo de verla —le aseguró Magnier a la señora—. Debería bajar a hacerme una visita. Su jardín está fantástico en esta estación.

—Mis dolores me obligan a quedarme en casa, pero le agradezco su invitación.

Todos degustaron su postre dedicándole su parte de frases convencionales. La señora dejó caer:

—Los habría invitado con gusto a champán para celebrar su feliz reunión, pero ignoro incluso si queda una botella en esta casa. ¿Estará bueno siquiera? ¿Usted lo sabe, Odile?

—Si hay alguna, está en el sótano, y yo nunca bajo allí. Por los...

—Se me había olvidado.

La señora no tardó en dejarlos. Hacia el final, había hablado con total normalidad con Blake y ya no parecía enfadada. La velada acabó lentamente. Magnier se encaminó hacia su casa con pesar, tras darse cuenta del rato que llevaba allí.

—La próxima vez, señora Odile, le traeré boletus para su confit. Gracias de nuevo, estaba delicioso.

Odile miró cómo se alejaba en la niebla y la oscuridad, con la servilleta, que había olvidado quitarse, colgándole todavía del cuello.

Manon se ofreció para recoger, pero su cara de cansancio hizo que la mandaran a la cama. *Méphisto* subió con ella, lo que no fue del gusto de la cocinera. El gato le era cada vez más desleal.

Odile y Blake se quedaron para colocarlo todo en su sitio.

—Esta cena ha sido una buena idea —le dijo ella—. ¿De verdad cree que les ha gustado cómo cocino?

—¿Cómo puede dudarlo? Incluso la señora se ha comido toda la tarta.

—Me ha gustado cocinar para todos ustedes. Ha sido realmente agradable. ¿Podríamos repetirlo?

50

En el transcurso de los días siguientes, las cosas en la mansión cambiaron de manera imperceptible. Todas las tardes, hacia las cuatro, Manon se acostumbró a merendar con Odile. Ambas charlaban de sus cosas..., sobre todo Manon. La mayoría de las veces, la chica hablaba de Justin y, en ocasiones, de su madre. Odile le propuso ayudarla a prepararse los orales de su oposición. Magnier ya no iba a buscar sus comidas como un ladrón. Al recoger su tartera en la caseta de fuera, le hacía, desde ese día, una pequeña seña a la cocinera, e incluso llegaba a darle las gracias y le deseaba buenos días o buenas tardes, según la hora. A veces, cuando había quedado con Yanis para sus clases de matemáticas, Andrew le bajaba la comida al encargado. Entonces, Odile le ponía un poco más para el chico. La cocinera también había acabado por dejarse convencer de que preparara los mismos menús para todo el mundo, del gato a la dueña de la casa, y nadie se quejaba por ello, todo lo contrario. Sólo la señora la picaba con desgana, pero no cuestionaba los platos.

Seguramente, Blake era el más consciente de la evolución de las relaciones en el seno de la finca, y se alegraba por ello, pero no perdía de vista que, sin embargo, no se había resuelto ninguno de los problemas de la señora.

Hugo había respondido a su e-mail de manera muy entusiasta. Beauvillier hijo había insistido en saber más de su misterioso informador, al tiempo que le agradecía la iniciativa.

Ése era un martes gris, frío y lluvioso. Lo peor de noviembre, con unos días de antelación. En el rellano del segundo piso de la escalera principal, Blake se había apostado junto a la ventana y vigilaba la verja de la propiedad con unos gemelos.

—¿Qué hace? —le preguntó Odile al descubrirlo así al acecho.

—Le devuelvo su nobleza a la palabra *hipocresía*...

—¿Perdón?

De repente, el mayordomo afirmó:

—Llega su taxi. Justo a la hora.

—¿Por qué está vigilando la llegada de la señora Berliner? ¿Está estropeado el telefonillo?

Blake no respondió y bajó hacia la entrada entusiasmado. Entonces, se situó delante del videoportero, al que le había quitado el sonido.

—Andrew, ¿qué jugarreta anda tramando?

—Esa mujer es malvada.

—Eso es verdad, pero ¿qué piensa hacer? ¿Electrocutarla cuando toque el timbre?

Blake miró a Odile.

—Es una idea excelente, sí, señora.

—Está verdaderamente loco. Deje a la amiga de la señora tranquila. Ya no le quedan muchas.

—Amigas como la señora Berliner siempre sobran.

Se encendió la pantalla del videoportero y apareció el rostro de la visitante. Se había cubierto la cabeza con el cuello del abrigo para tratar de resguardarse, pero aun así el aguacero le empapaba la cara. Pulsó el botón de llamada y, aunque el interfono funcionaba a la perfección, no obtuvo respuesta. Pulsó, pulsó de nuevo apretando, con una mueca que la cámara volvía más aterradora incluso. Sus ademanes desquiciados y sus gestos violentos hacían pensar en unos dibujos animados en los cuales el malo ofendido no lograra sus fines, para gran alegría de todos. Desde ciertos ángulos, la cámara le hacía cara de musaraña, pero Blake se cuidó mucho de comentárselo a su colega. Contra todo pronóstico, la cocinera observaba el espectáculo con una sonrisa sincera.

—¿Cuánto tiempo va a dejarla plantada bajo el chaparrón?

—El tiempo necesario para saber si los rímeles a prueba de agua lo son realmente.

—Según mi experiencia, con la que está cayendo, bastará menos de un minuto para que le corran chorros negros por la cara...

Andrew levantó una ceja de sorpresa. Nunca había visto a Odile maquillada. La idea le pareció interesante. Después de todo, tenía buena presencia.

La señora Berliner empezaba a sentir pánico. Andrew decidió que, tras el lavado y el aclarado, había llegado el momento de centrifugar...

—Vaya a avisar a la señora de que ha llegado su visita.

—¿Y usted?

—Se lo he dicho: le devuelvo su nobleza a la palabra *hipocresía*.

Blake agarró un inmenso paraguas y se precipitó afuera, al encuentro de la pobre mujer, que había sido víctima de una desafortunada avería...

51

En la biblioteca, Blake enchufó la cadena de alta fidelidad y pasó revista a la colección de CD. A pesar de haber numerosos artistas que apreciaba, ésa le parecía una noche más propicia para escuchar música clásica. Acabó seleccionando a Debussy, a Strauss y a Mozart. Un preludio, unos valses y un réquiem. ¿Qué se ajustaba más a lo que sentía?

A Diane le encantaba Debussy. Colocó el disco en el lector y se instaló en un sillón bajo. A los primeros compases de la *Suite berga-masque*, se apoderó de él una emoción física. La luz suave, la madera, los libros, las notas que subían, puras... Andrew cerró los párpados. Lo recorría su vibración. Cada instrumento, cada compás resonaba en él, abriéndose un camino hacia un espacio de sensaciones abandonado hacía mucho tiempo. Al ritmo de la melodía, sus dedos corrían por el cuero acolchado del brazo del sillón. Conocía ese fragmento. Lo había escuchado cientos de veces y, sin embargo, esa noche, tenía la impresión de redescubrirlo, como una escultura monumental a la que un soplo de viento le quita la sábana que la cubre, como una pared que se derrumba al pie de un horizonte que creíamos perdido. El espíritu de Blake ascendía hacia otro universo, un mundo en el que nada era gris, donde todo era conmovedor, tenía vida, incluso el pasado. Llevado por la música, tenía fuerzas para aceptar que Diane ya no estuviera allí. Lograba decirse sin que le pareciera un sueño que su mujer existía todavía dentro de él. Transportado por el vuelo musical, poseía la facultad de tener esperanza.

De pronto, la música se interrumpió. Blake abrió los ojos y descubrió a la señora Beauvillier cerca de la cadena. Acababa de apagarla.

—Perdóneme —le dijo—, pero me resulta difícil soportarla...

En bata, dio unos pasos por la habitación, apabullada. Lo contemplaba todo a su alrededor, echándole de vez en cuando una mirada alarmada a Andrew, como si hubiera visto a un fantasma. Blake comprendió su confusión y se levantó.

—Lo siento, no quería...

—¿Por qué ha elegido ese fragmento?

Blake dudó en responder. Ella se adelantó.

—Ésa es la música que François y yo escuchamos cuando acabaron las obras en esta misma habitación. Se encontraba ahí, exactamente donde está usted. Estaba tan contento de tener, por fin, un joyero para sus libros. Me estrechó entre sus brazos y bailamos...

—También es lo que se estaba tocando en la sala Pleyel la primera vez que entreví a la mujer que iba a cambiar mi vida. Todos nosotros éramos estudiantes, Diane era de otra rama. Estaba sentada en una fila por delante de la mía. Un movimiento de su cabello atrajo por primera vez mi mirada. Ya no le quité ojo de encima. Estudié su perfil, sus cejas, sus labios. Estaba sintiendo la música. En el entreacto, descubrí su voz y su risa...

—¿Cree usted en el azar, señor Blake?

—¿Y usted?

—No creo en ello.

La señora Beauvillier se mareó y se tambaleó. Blake se abalanzó para sujetarla.

—Siéntese. Iré a buscarle un vaso de agua fresca.

—No, por favor, no me deje aquí sola. No había venido desde que François... Verlo a usted en el sillón me ha impactado.

—Lo siento en el alma.

—No lo sienta. Tenía razón. Precisamente por consideración a su memoria, esta casa debe seguir viviendo.

Poco a poco, fue recobrando fuerzas.

—¿Cuánto cree usted que podríamos sacar por todos estos libros?

—¿Qué quiere decir?

—Si recuerdo bien, hay bastantes buenas ediciones originales y algunas obras antiguas. ¿Qué suma podríamos esperar por su venta?

—¿Habla en serio?

—No me queda elección. Según nos van las cosas, es probable que no tenga medios para mantenerlo en su puesto después del período de prueba. Para evitar lo peor, voy a tener que vender todo lo que sea posible.

—No puede separarse de los libros de su marido...

—¿Es mejor malvender toda la mansión? A veces me digo que mi vida sería más sencilla. Algunas noches, se lo confieso, pienso en ello seriamente. Me mudaría a un pequeño apartamento de la ciudad. Con la mera perspectiva de no sobrellevar más esta carga, ya me siento aliviada. Poder salir a la calle, cruzarme con gente, mirarla, entretenerme viendo escaparates, y, por qué no, ir al cine... Comprar el pan, hacer algunos recados y volver a mi casa. No organizar más que mi lamentable vida...

Blake se dejó caer en el sillón que había enfrente de ella. La señora miraba sus manos mientras le daba vueltas a su alianza, demasiado grande para sus dedos enflaquecidos. Alzó la mirada hacia él.

—Cuando perdió a su mujer, señor Blake, ¿se mudó de casa?

—Lo pensé, pero me quedé. Primero, por nuestra hija. No quería que perdiera otra referencia más. Por los negocios de Diane también. Deseaba que todo se mantuviera en su sitio, como si pudiera volver de un momento a otro.

—Lo entiendo. François había deseado esta finca, la había arreglado de arriba abajo. Esta mansión se parece a él. Si la vendiera, tendría la impresión de verlo morir por segunda vez. Así que, mientras tenga fuerzas, antes prefiero sacrificar sus libros y mis joyas para evitarlo.

—¿Sus joyas?

—No son muy valiosas, la mayoría son heredadas. La señora Berliner me ha propuesto comprarme algunas.

—¿Me permite un consejo?

—Con permiso o no, va a dármelo de todas maneras... —replicó la mujer con una sonrisa cansada.

Se inclinó hacia ella.

—Si ha llegado a esto, déjeme administrarlo por usted.

—Usted es mayordomo, no liquidador.

—Para empezar, soy un hombre. Y como Odile, Philippe e incluso Manon, me siento unido a usted.

—Por el trabajo.

Blake negó con la cabeza.

—No sólo por eso, señora.

—¿Qué me dice de los libros?

—Si es lo que desea, trataré de informarme por internet. Le comentaré las posibilidades.

—Hágalo rápido, por favor.

—Mañana mismo.

—Gracias. He estado reflexionando sobre su deseo de celebrar Halloween con ese chico a quien le dan clases Philippe y usted. Me parece bien. Yo, por mi parte, estoy pensando en recibir dentro de poco a una amiga de toda la vida para una cena. Es compatriota suya. Nos escribíamos cartas en el instituto y, aunque siempre hemos mantenido el contacto, hará quince años al menos que no nos vemos. Seguramente sería buena idea cenar juntas. Démosle a esta mansión un poco de luz todavía antes del crepúsculo.

52

En el supermercado, la cajera miraba divertida a los dos hombres que vaciaban a conciencia su carrito sobre la cinta. Los clientes que había detrás de ellos también. Docenas de bolsitas de caramelos de todas clases que sacaban a puñados, botellas de refrescos, velas y bollos (entre ellos, los crepes preferidos de Manon; últimamente se zampaba un paquete entero para la merienda). Blake se topó con la mirada interrogativa de la cajera y le susurró:

—¿Cree que somos demasiado viejos para hacer fiestas?

Magnier añadió:

—La idea es volverse diabéticos en una noche. Así nos olvidaremos del reuma.

Le guiñó un ojo y fingió un horrible dolor de espalda. La mujer ya no se atrevió a mirarlos y se ocupó únicamente de los códigos de barra.

De regreso al coche, Blake lo ordenó todo en el maletero.

—Tal vez nos hayamos pasado un poco con las cantidades. ¿Cuántos dices que vienen?

—Cinco. Yanis y sus dos mejores amigos, más su hermana pequeña y una amiga suya.

—Con que se coman sólo un cuarto de todo esto, van a acabar en urgencias.

—Esto no caduca. Además, ¡para una vez que organizamos algo divertido...! Por cierto, les estoy preparando una pequeña sorpresa...

—¿De qué tipo? —dijo Blake inquieto.

—No quisiste decirme tu truco con el as de picas. No veo por qué iba a contarte mi sorpresa...

Acentuada por densas nubes grises, la noche cayó todavía más rápido. Por suerte, no se preveía que lloviera ese día. Cuando, a la hora convenida, los jóvenes invitados salieron del bosque por el sendero, se quedaron boquiabiertos. Se asombró hasta Yanis, a pesar de ser asiduo del lugar. Alrededor de la casa de Magnier habían instalado unas antorchas. Sus llamas danzantes proyectaban destellos anaranjados en los árboles y los bosquecillos de alrededor. En cada una de las ventanas había encendidas velas de todos los tamaños que iluminaban la fachada con luces rasantes. En la mesa del jardín, una gran calabaza ahuecada les sonreía de oreja a oreja con dientes puntiagudos. La atmósfera resultaba irreal.

Cuando se acercaron, se materializó de repente un mayordomo con chaqué y chistera en una nube de harina. Su rostro estaba pálido como el de un muerto viviente, y sus ojeras oscuras le conferían una mirada inquietante. A modo de capa, llevaba una vieja manta escocesa agujereada...

—Buenas noches, chicos —saludó con voz sepulcral—. Bienvenidos al país de vuestras peores pesadillas. Vais a entrar en tierras mágicas...

De repente, bajó corriendo *Youpla* dando ladridos. El perro llevaba una diadema con estrellitas parpadeantes y una pajarita.

—¡Vuelve, pedazo de chucho! ¡Que no es ahora! —se oyó chillar a Magnier, que estaba escondido detrás de la casa.

El perro se lanzó hacia las chicas para intentar lamerles la cara, lo que les dio bastante más miedo que el mayordomo del infierno.

Sin perder la seriedad, Blake prosiguió:

—Vais a entrar en las tierras de la mansión maldita. Si queréis llevaros un tesoro de caramelos, atreveos a aventuraros en el cami-

242

no de los mil sortilegios y seguid las luces... Pero, cuidado, ya que, cuando lleguéis, la aterradora bruja y su fiel ayudante os esperan para devoraros...

El mayordomo del infierno se echó a reír como en las antiguas películas de terror. Yanis se impacientaba.

—Diga, señor Blake: tenemos que subir por el camino hasta la mansión, ¿verdad?

—El señor Blake ya no existe, me lo he comido. ¡Uajajajá!

Andrew se envolvió en su capa apolillada y, después de tropezar con una silla de jardín, salió huyendo para desaparecer en mitad de la noche.

Abandonados a su suerte, los chicos avanzaron.

—¡Menudo asco! —exclamó enfadado el más pequeño de los amigos de Yanis—. ¡Deberíamos ser nosotros los que les diéramos miedo! El bosque ya acojonaba... Además, ¿quién es ese loco de atar que se ríe como si estuviera ido de la olla?

De detrás de un arbusto, se alzó una voz:

—¡No me río como si estuviera ido de la olla! ¡Teme la ira del mayordomo del infierno!...

Yanis se echó a reír.

—¡Vamos, venid! Hace años que sueño con ir a la mansión... Se cuentan unas movidas de flipar sobre esa chabola. Algunos dicen que la mandó construir el nieto de Frankenstein y que mangan niños para hacer experimentos...

—Yanis, me da miedo —murmuró la amiga de su hermana pequeña.

—No te preocupes. Son guais.

Los niños subieron por el camino. Las antorchas colocadas a intervalos regulares creaban una atmósfera propicia para estimular la imaginación. En la primera curva, se dieron de narices con una telaraña gigante en medio de la cual había un enorme bicho colgando.

—¡Si ni siquiera es de verdad! —exclamó el otro amigo de Yanis.

Su hermana le cogió la mano y ya no se la soltó.

—¡Si no da ni miedo! —agregó el segundo chico fanfarroneando.

En ese momento, Blake saltó de unos matorrales chillando. Los cinco críos rompieron a chillar también.

—Conque ya no os hacéis los valientes, ¿verdad, monstruitos? ¡Uajajajá!

Huyó de nuevo y, al pasar, le arrancó la capa una rama, de la que se quedó colgada de manera lamentable.

En la tercera etapa, los niños avanzaban apretados unos contra otros, como las legiones romanas, desconfiando de todo. A lo lejos, oyeron cómo un lobo aullaba a la luna.

—¿Dónde están los caramelos? —preguntó una de las chicas.

—En cuanto los encontremos, los cogemos y nos largamos corriendo —propuso el amigo de Yanis.

Cuando se perfilaban ya los tejados de la mansión, el mayordomo del infierno hizo una nueva aparición.

—La noche es muy oscura, ¿no os parece? Mirad el cielo y desconfiad, porque el otro chiflado acaba de decirme que ahora venía la sorpresa. Como no sé lo que se trae entre manos...

Retumbó una primera explosión. El eco de la deflagración llegó mucho más allá de los límites de la finca. En el cielo, se elevó un minúsculo punto incandescente y, de pronto, un estallido de colores iluminó la noche. Subió un segundo cohete, luego otro. Esa vez, los niños ya no tenían miedo. Incluso el mayordomo del infierno tenía el rostro vuelto hacia el cielo, que se llenaba de luces multicolores. Se sucedían las salvas, con un petardeo cada vez más ensordecedor. Los chicos gritaban:

—¡Más fuerte! ¡Más fuerte!

—No lo animéis, que ya está bastante alterado de por sí. El mayordomo del infierno os lo ha advertido...

Asustado por las explosiones, *Youpla* se había internado en el bosque para esconderse en alguna parte. El espectáculo seguía con más fuerza. Blake no tenía ni idea de dónde había sacado Philippe ese arsenal, pero estaba impresionado. Después de una serie de rosetones rojos, los fuegos se avivaron todavía más hasta iluminar el jardín como si estuviera a plena luz del día. Unos hermosos haces lograron arañar la noche. Luego recomenzó el petardeo hasta el castillo final. El último cuadro era magnífico, aunque algunos cohetes estallaron demasiado cerca de los árboles para el gusto de Blake... Cuando retumbaron los tres últimos, todavía más grandes, los chavales chillaron de alegría.

Tan fascinado como los jóvenes por las últimas chispas que caían en la noche, Blake tardó un rato en acordarse de cómo evolucionaba el argumento.

En la mansión, Odile, transformada en una terrible bruja, los esperaba en la escalinata de su cocina con Manon, que estaba disfrazada de momia. La cocinera llevaba unos harapos y una peluca hecha con trapos viejos. Sus dientes negros les causaron una gran impresión a las niñas pequeñas.

—Entrad en mi humilde taberna, muchachos, y venid a alimentaros...

Con los brazos extendidos y profiriendo estertores, la momia los acompañaba balanceándose.

Instalados en la mesa como unos reyes, los cinco niños paladearon los bizcochos mágicos de la bruja, luego los merengues malditos, todo anaranjado. Al cabo de un momento, habían dejado de prestar atención a la cara macilenta del mayordomo, a las cicatrices de la momia o a los dientes de carbón de la bruja. Se reían atiborrándose de dulces.

Cuando dieron las diez, llegó la hora de que hicieran el camino de vuelta. Todavía más que los demás, Yanis se lo agradeció todo a Odile y a Manon dándoles un gran beso. Una vez salió, mientras sus amigos se llenaban los bolsillos de golosinas, el chico se acercó a Blake.

—Ha sido la mejor noche de mi vida. Qué pena que el señor Magnier no esté con nosotros.

—No sé dónde se ha metido. Me alegro de que te haya gustado. Bueno, quiero decir, se alegra el mayordomo del infierno...

—Entonces ¿es verdad?

—¿Qué es verdad, Yanis?

—¿A veces la gente hace cosas por los demás sin esperar nada a cambio?

—En efecto, esas cosas pasan.

El chico miraba a Blake con sus ojos oscuros muy abiertos. Por un instante, Andrew tuvo la sensación de haber vivido ya eso. Le vino a la mente la imagen de Sarah, muy joven. En un momento concreto, durante una feria, cuando acababa de ganar para ella un enorme conejo azul tirando a la diana. A Blake se le encogió el corazón. Le frotó la cabeza al muchacho y estuvo a punto de estrecharlo entre sus brazos, pero le pareció que ese gesto no era apropiado. Entonces, el mayordomo le tendió la mano.

El chiquillo le agarró los dedos al anciano con la suya y los sacudió con energía.

—Gracias, señor.

—Ha sido un placer. Y no te olvides, para el jueves tienes que hacer cinco ejercicios.

—Prometido.

Los niños tomaban ya el camino de vuelta. Odile y Manon los saludaban con la mano desde la escalinata del comedor. Blake las acompañaba mientras escuchaba cómo se contaban los mejores momentos de la noche, que retocaban a su manera. Fue entonces cuando un sonido extraño, procedente de lo más profundo del bosque, atrajo la atención de todos. A lo lejos, entre los árboles, apareció una luz. Se alzó una forma evanescente, cada vez más luminosa. Un largo alarido resonó en la oscuridad.

—¡Philippe, ¿eres tú?! —gritó Andrew.

La forma de contornos borrosos se abrió paso entre los troncos de los árboles. Desapareciendo a veces, el extraño fantasma volvía a surgir más cerca. Parecía volar por encima del suelo.

—¿Qué es eso, señor Blake? —preguntó Yanis, no muy tranquilo.

Al llegar a la linde del bosque, el espectro luminoso se aceleró de repente y se lanzó en dirección a los niños chillando. Éstos se pusieron a gritar de inmediato y se dispersaron en todas direcciones. Odile volvió a entrar en la cocina y salió de ella armada con una sartén. Cargó contra la criatura que perseguía a los críos, que estaban absolutamente aterrados. En los jardines de la mansión, se organizó un extraño ballet. El fantasma volaba, literalmente, tras las huellas de Yanis y de sus amigos; Blake se había arrodillado para proteger a la hermana del chico, que se había refugiado en sus brazos, y la otra niñita había salido huyendo hacia el bosque. Parecía que nada podía detener al espantoso espíritu volador..., hasta que cruzó su camino con Odile, que le asestó un imponente sartenazo en plena cara. El fantasma se quedó, de repente, en silencio, pero continuó con su loca carrera para acabar estrellándose con una violencia inaudita en unos matorrales. Los niños tardaron más de media hora en calmarse.

53

—¿Sabía que era Philippe?

—¡Ya no sabía nada! —se justificó Odile—. ¡Entre la luz, esos alaridos feroces y el fantasma que se movía tan rápido...!

—No se quedó corta...

—¡Estaba amenazando a los pequeños! ¿Cómo se le ocurre hacer eso? Debería habernos avisado.

—Menos mal que no se hizo nada. Podría haberse matado. ¿Se imagina?

—¡Menuda idea! ¡Cargar contra los críos en bicicleta con ese foco grande y el megáfono pegado a la cara! ¡Y, además, todo debajo de una sábana!

Blake intentó no reírse.

—Las baterías del faro le medio aplastaron la rodilla al caer.

—¿Y los niños? ¿Acaso pensaron en los niños? Van a tener pesadillas durante semanas. Y, dentro de treinta años, cuando vean una sábana tendida levantada por el viento o a alguien que se dirige hacia ellos en bicicleta, se pondrán a gritar corriendo en todas direcciones.

—De todas formas, fue una noche muy bonita.

—¡Sí, una fiesta de tarados para enviarlos a los dos al psiquiatra el resto de su vida!

—Odile, relájese. Philippe está bien. No le quedará más secuela que la marca de su sartén grabada en la frente.

El enfado de la cocinera ocultaba mal la preocupación que sentía por Magnier.

—¿Me odia mucho? —preguntó.

—No sabe que fue usted quien lo golpeó.

—Y ¿cómo es eso?

—Anoche, entre el golpe y la caída, ya no sabía ni siquiera en qué día estaba. No recuerda nada de los dos últimos días. Cuando lo ayudé a acostarse, me llamó *mamá*...

—¿Es una broma?

—Le juro que no. Me preguntó también si Papá Noel le iba a traer, por fin, su bici roja...

Odile estaba aterrada, y Blake, al borde de un ataque de risa.

—Por eso ha ido a verlo tan temprano esta mañana...

—Cuando se ha cruzado conmigo, acababa de volver para darme una ducha y cambiarme. Me he pasado la noche a su cabecera, en traje y con el maquillaje. Me pregunto cómo sería su madre...

—¿No ha recuperado la memoria desde anoche?

—Le vienen retazos. Se acuerda de haber montado en bici. Ha reconocido a *Youpla*. Pero, aun así, me ha preguntado por qué el pobre animal llevaba una pajarita llena de barro...

—Entonces ¿no se acuerda de que fui yo quien lo dejó inconsciente?

—Le he contado que se había golpeado con una rama. Nadie va a meter la pata, me he encargado de ello.

—Me muero de la vergüenza.

—Si decide bajar por la chimenea en Navidad, evite encender el fuego.

—A veces, es usted tonto del todo.

—Le dijo la sartén a la cara..., perdón.

—¿Debería bajar a hacerle una visita?

—Se preguntaría por qué le muestra, de repente, tanta compasión y podría sospechar algo. No es idiota precisamente..., aunque, anoche, creía a pies juntillas que, si volvía a hacerse pis en la cama, los gendarmes vendrían a detenerlo.

—Pobre...

—Yo me compadezco más bien de los gendarmes. De todas formas, no se preocupe, la semana que viene es su cumpleaños. Podríamos organizarle una sorpresita. ¿Qué le parece?

—Aun sin sentirme tan culpable, le diría que sí.

Cuando Odile subió a ayudar a la señora a vestirse, la encontró en mejor forma que los días anteriores.

—¿La molestaron mucho los petardos y los cohetes?

—No duró mucho tiempo.

—Philippe y Andrew lo habían preparado todo realmente bien. Los niños estaban encantados. Debería haber visto el jardín y los fuegos artificiales, fue muy original.

—Odile, ¿qué es lo que tiene en los dientes?

—¿En los dientes?

—Parece una campesina del siglo xv con todos los raigones cariados...

La cocinera corrió hacia el espejo del cuarto de baño y lanzó una exclamación de horror.

—¡Dios mío!

—¿Se disfrazó usted?

—El señor Blake me convenció de que me pusiera los dientes negros como un pirata, pero no encontró más que un rotulador grueso...

La señora se rio entre dientes.

—¡Estoy horrible! —se lamentó la cocinera.

—Seguramente sean muy apropiados para la noche de Halloween, pero al día siguiente...

—¡Ay, Dios!

—¿Qué pasa?

—¡Dibujó las cicatrices de la cara de la momia con el mismo rotulador!

—¿Qué momia?

—¡Manon! Ojalá no le destiña en el bebé...

54

Esa mañana, Andrew se percató de la falta de ilusión de la jefa por unas cartas que, unas semanas antes, la habrían entusiasmado. ¿Había ido ya a su sala secreta? ¿Qué le había preguntado a su marido? ¿Había estado pensando en su hijo?

Mientras la observaba, a Andrew se le hacía cada vez más difícil no dejar traslucir nada. Sabía demasiadas cosas. Al final de la sesión, le preguntó:

—¿Sigue convencida de vender los libros?

—Lamento tener que hacerlo, pero mi situación no ha cambiado.

—Gracias a una página especializada en bibliofilia, he conseguido obtener una tasación. Por cierto, poco tiempo después se presentaron varias ofertas, de las cuales hay una que me parece enteramente satisfactoria. Un coleccionista parisino compraría el lote completo por un importe cerca de un 25 por ciento superior a las mejores tasaciones.

—¿Por qué paga más?

—Es un apasionado de los diccionarios. Por lo visto, la colección cuenta con algunos poco frecuentes. Le respondí en su nombre que, si los quería, debía llevarse todo el lote o nada, y que ya teníamos otras ofertas. Pujó de inmediato.

—Es usted un hombre valioso, señor Blake. Termine, pues, con esa venta y que acabe lo más rápido posible.

—¿Desea que me ocupe también de sus joyas?

—En otra ocasión, si no le importa. Una única mala noticia al día es más que suficiente. ¿Puedo pedirle un favor relacionado con la venta de los libros?

—Estoy a su disposición.

—¿Es posible no retirarlos de la biblioteca antes de que venga a cenar mi amiga inglesa?

—¿Han concretado una fecha?

—Estará en la región el viernes que viene, seguramente con su marido. Si el comprador lo permite, me gustaría que los libros de François estuvieran todavía en su sitio esa noche.

—Me las arreglaré para convencerlo.

—Cuento con Odile y con usted para que nos preparen un auténtico banquete. Hace mucho tiempo ya que no tengo invitados. ¿Quién sabe si volveré a tener invitados en el futuro?

Blake se encontraba otra vez en la ventana del rellano para vigilar la entrada principal.

—Se cansa para nada —afirmó Odile cuando bajó de su habitación—. Hoy no llueve.

Sin embargo, Andrew no se despegó de sus gemelos y le respondió:

—Nunca me canso sin motivo, sobre todo con gente como la señora Berliner.

Al otro lado de la verja, entre los árboles, por fin hizo su aparición el taxi.

—Por lo menos hay que reconocerle una cualidad —sentenció Blake al tiempo que bajaba rápidamente hacia el videoportero—: es puntual.

Odile lo siguió por curiosidad.

—¿Qué le tiene preparado esta vez? ¿Va a darle un susto el espectro de la bici?

—Demasiado arriesgado: Philippe no sabe parar.

—Y ¿usted es un maestro de la contención y de la mesura?

La señora Berliner tocó el timbre. Su rostro esférico apareció en la pantalla. Blake se rio como un duendecillo malvado y activó la apertura manteniendo el botón apretado.

—A veces, me da usted auténtico miedo —afirmó Odile tan intrigada como inquieta.

La señora Berliner puso una mano en la verja para empujarla. Apenas hubo entrado en contacto con el metal cuando se vio sacudida por unas convulsiones que le arrancaron su moderno sombrerito. Con la boca medio abierta, emitió un ruido extraño perfectamente audible por el telefonillo, a medio camino entre el sonido de un neumático que se desinfla y la agonía del oso que trata de quitarse el estreñimiento en primavera.

—¡Está enfermo! —exclamó Odile—. ¡Párelo enseguida!

—Fue usted quien me dio la idea.

—Andrew, ¡voy a denunciarlo!

—¿De verdad cree que alguien va a creer a una mujer con los dientes negros?

La señora Berliner abandonó la finca al final de la tarde con algunas joyas más. Se negó obstinadamente a tocar la verja al salir. Después de acompañarla, Andrew subió a descansar a su cuarto. Al pasar por delante de la puerta de Manon, le pareció oír sollozos. Llamó.

—¿Va todo bien? Soy Andrew.

Ninguna respuesta. Blake insistió:

—Por favor, habla conmigo.

La puerta se abrió. La joven se había secado las lágrimas, pero su mirada hablaba por ella.

—¿Algún problema? ¿Tu embarazo?

—Por ese lado, va todo bien. Estoy fabricando un niño de crepes de mantequilla pura y caramelos...

—¿Noticias de Justin?

—Esta noche he soñado que no volvía.

—No es más que una pesadilla.

Manon retrocedió y se apoyó en el armario.

—Lo pienso todas las noches y todos los días también. Se supone que tiene que volver dentro de once días. A veces, me imagino que va a plantarse aquí esta misma noche y, otras, ya no lo creo. Y paso de una versión a la otra cada cuarenta segundos... También echo de menos a mi madre. Además, he perdido la chaqueta de muaré que Justin me regaló por nuestro primer año...

Blake abrazó a la chica.

—Ojo, voy a hablar como un libro: enfréntate a un único problema cada vez. ¿Hasta dónde has repasado? Se acerca tu examen...

—Es dentro de quince días. A Odile le parece que estoy preparada, salvo en los textos de pedagogía. Pero, de todas formas...

Manon no acabó la frase.

—¿De todas formas? —insistió Blake.

—Dentro de dos semanas, o habrá vuelto Justin y a lo mejor tengo una oportunidad, o no estará aquí y ni siquiera valdrá la pena presentarme.

—De momento, tienes que trabajar.

—¿Puedo hacerle una pregunta?

—Por favor.

—¿Se acuerda usted de la época en que tenía veinte años?

—Francia e Inglaterra estaban en guerra. Vivíamos todos en casas de adobe e íbamos con armadura. Los mendigos comían raíces y dormíamos con los cerdos para calentarnos. Como ves, me acuerdo. ¿En qué puedo ayudarte?

—¿Tenía dudas sobre todo como yo?

—Quizá la vida fuera diferente en ciertos aspectos. Nosotros no teníamos todos esos artilugios electrónicos, esas ropas, todas esas cosas que os distraen, pero las dudas, los miedos, disimulados con torpeza con la pretensión de saberlo todo, ya formaban parte del lote. Me acuerdo de una frase que leí en el frontispicio de unas

256

catacumbas que estaba visitando con mis padres en Roma. Por encima de aquellos montones de huesos y de cráneos, había escrito: «Yo he sido lo que tú eres. Tú serás lo que soy». Salí de allí aterrorizado y nunca lo olvidé. Desde entonces, he mirado siempre a los viejos como antiguos niños y a los pequeños como futuros adultos. Cada uno sigue su propio camino, pero compartimos algunas etapas.

—Me cuesta creer que le haya tenido miedo a algo...

—Miedo a no ser lo bastante bueno jugando al fútbol como para que mis compañeros me eligieran en su equipo, miedo de no ser lo bastante guapo como para que las chicas bailaran conmigo, miedo de no ser tan enérgico como mi padre para sucederlo, miedo de que la mujer que esperaba se divirtiera con las bromas de otro, miedo de no darle a la gente lo que espera de mí. A veces también miedo a enfrentarme a la vida...

—Vaya... Debería ser yo quien lo consolara a usted...

—Con verte vivir me basta. Tienes energía y valor para ello. Llevas vida en ti. El futuro te pertenece. Es tu turno. Todo lo que un anciano puede hacer para ayudar a un joven es ser honesto y decirle lo poco que sabe, aunque su orgullo tenga que resentirse por ello. No te olvides nunca de que un adulto no es más que un niño que ha envejecido.

55

Con la ayuda de un tenedor, Philippe se rascó debajo del ancho vendaje que le rodeaba la cabeza. Blake le preguntó en voz baja:

—¿Cómo va ese *Conde de Montecristo*?

—Le cuesta —respondió Magnier haciendo un aparte—. No es la lectura lo que le da problemas, por cierto, se las apaña cada vez mejor, pero en lo que respecta a los personajes... Para que le interesara, he reemplazado a Bertuccio, el criado, por *Youpla*.

—¿Tu perro es el cómplice de Edmundo Dantés? —dijo Blake ahogándose.

—Pues sí, y por eso el pequeño se pregunta por qué al conde lo ayuda en su venganza un perro que habla... Y, además, le cuesta admitir que Mercedes, su amada, sea una cosa diferente de un coche grande alemán, así que, te lo juro, algunos pasajes se vuelven surrealistas, porque un perro parlante que tiene que ir a llevar un mensaje secreto a un coche de doscientos caballos no es moco de pavo...

Yanis levantó los ojos de la hoja de ejercicios de mates en la que estaba atareado. El chico se había instalado en la mesa del encargado, con *Youpla* acostado a sus pies. Con voz muy seria, sermoneó a los dos compinches:

—¿Saben lo que les hace el director en el colegio a los que se dedican a charlar sin dejar que los demás trabajen?

—¿Les pide que salgan? —sugirió Blake.

Así que ambos se vieron fuera, con el viento de cara, para proseguir con su conversación. Philippe llevaba el jersey que le habían regalado todos por su cumpleaños.

—Ya no te lo quitas —comentó Blake mientras señalaba la prenda con la barbilla.

—Qué tontería. Con este tiempo, hay que ponerse un jersey, no te imagines otra cosa.

—Pues vi perfectamente tu cara cuando Odile te tendió el paquete...

—Ella misma lo dijo: era de parte de todos vosotros.

—Estabais tan rojos el uno como el otro. Y le diste un beso...

—Le di un beso a todo el mundo, hasta a la señora y a ti.

—Estabas en un estado que se lo habrías dado también al gato si hubiera pasado por allí. Cada vez os entendéis mejor Odile y tú.

—Eso es verdad. Pero no me hago ilusiones. Soy demasiado gañán para una mujer como ella. Tú sí que sabes.

Y parodiando el ligero acento británico de Andrew, Magnier declamó:

—«Nada distraerá nuestras papilas gustativas de sus delicias», «Después de usted, mi querida señora», «Que nones, que no es molestia», «Su chucrut es una maravilla»...

—¿Te estás burlando de mí?

—Tu compatriota Sherlock no lo habría deducido antes...

—Voy a achacarlo a tu herida.

—Achácalo a mi nulidad. No estoy a la altura para interesar a Odile.

—¿Eso significa que te gustaría?

Magnier volvió la cabeza. Blake no insistió. Ambos dieron unos pasos juntos antes de ir a ver dónde se encontraba Yanis. Ya no cruzaron ni una palabra, salvo para atender al chico. Philippe hizo dos o tres gestos extravagantes como le ocurría a veces desde su «caída». Por la noche, Blake volvió para comprobar que todo iba bien. Se encontró al encargado sentado enfrente de la tele, riéndose tontamente, si bien se trataba de un documental sobre la dramática crecida de las aguas en Polinesia. Lo mandó a la cama. Philippe no protestó. Esa noche, a diferencia de la noche de Halloween, Andrew no se vio obligado a cantarle una canción para que se durmiera.

56

—Odile, sea razonable, por favor.

—Es inútil insistir. La respuesta es *no*.

Blake no se rindió.

—No vamos a servir la comida sin vino, y no soy yo quien puede elegirlo. He bajado y hay demasiados.

—Coja cualquier tinto. Combinará bien con todo.

—No entiendo que sea tan cuidadosa con sus platos para luego desentenderse del vino.

—No me desentiendo del vino, me desentiendo del sótano.

—Si quiere, bajo con usted. Sería su guardaespaldas frente a los...

—Muy amable, pero no da la talla frente a mis fobias.

—¿No ha bajado nunca?

—Sí, una vez, y tuve suficiente. Pregúntele a la señora, estaba conmigo. No sé qué me rozó, pero volví a subir como una flecha.

—Entonces, voy a anunciarle a la señora que, puesto que su chef les tiene miedo a cuatro bichos, se servirá su cena de gala con agua del grifo.

—Si tuviéramos *walkie-talkies* podría describirme las botellas y yo le diría cuál subir.

—Y ¿por qué no una expedición a zona nuclear con un robot equipado con brazos teledirigidos? De todas formas, no tenemos *walkie-talkies*.

Decidida a mantenerse en sus trece, Odile se cruzó de brazos. Blake la arrinconó.

—Va a acompañarme abajo. Sólo tiene que cerrar los ojos y yo la guiaré. Así no verá nada. Una vez delante del botellero, las mira, las elige, volvemos a subir, corriendo si quiere, ¡y no se hable más!

—¿Usted no tiene ninguna fobia?

—Sí, a los cangrejos gigantes de Alaska. Cuando era más joven, algunos pescaderos vendían las patas de esos enormes bichos. Eran largas, finas y erizadas de pequeños pinchos como las garras de los extraterrestres de las películas. En el internado, un compañero de habitación compró unas y se escondió bajo mi cama. Cuando salí de la ducha, se puso a agitarlas y, al ver esas grandes cosas que se movían por el parquet, salí huyendo desnudo al pasillo...

—Ay, pobre chiquitín. Dicho esto, no debe de cruzarse con mucha frecuencia con cangrejos de Alaska. En cualquier caso, para su tranquilidad, hace bastante que no se ve ninguno por la zona. La última vez debe de remontarse al cretácico.

—Genial, en efecto, eso me tranquiliza. Entonces, podemos bajar.

—¿Qué es lo que no entiende en la frase «no voy a bajar nunca»?

—Sobre todo, entiendo que pasa el tiempo, que nos hace falta vino para esta noche y que nadie está más cualificado que usted para elegirlo.

Sujetándola por el brazo, Blake guiaba a Odile, cuyos ojos estaban vendados con un trapo. Agarrotada de miedo, se movía con rigidez y respiraba a trompicones.

—Relájese, ya no quedan más que unos escalones. Todo va bien.

Llegaron al umbral de un largo pasillo con techo abovedado de ladrillo. Blake se las arregló para accionar el interruptor con el codo. Se adentraron en el laberinto. El sótano se extendía por debajo de toda la mansión. En las primeras intersecciones, Blake dudó. Reconoció la habitación sin puerta llena de herramientas de jardín oxidadas. En el cruce donde se encontraban las dos bicis de niño y los montones de periódicos amarillentos y cubiertos de excremento de ratón, se acordó de que tenía que girar a la derecha.

—No me diga que nos hemos perdido —murmuró Odile.

—Confíe en mí.

Al llegar a la sala en donde había visto un landó debajo de la sábana, respiró por fin. En efecto, la siguiente fue la buena. Entraron en la habitación baja con suelo de tierra batida, tres de cuyas paredes estaban cubiertas de botelleros. A sus pies se amontonaban algunas cajas de madera.

—Cuidado con los escalones. Hemos llegado. Déjeme un instante, necesito las dos manos...

Blake se soltó y, en unos pocos ademanes, quitó las telarañas más impresionantes.

—¿Qué está haciendo?

—Cuidar de usted.

—La última vez que cuidó de mí tuve los dientes ennegrecidos durante cinco días.

Asiéndola por los hombros, la llevó delante del botellero de los vinos tintos.

—A la de tres, le quito la venda, hace su elección y se acabó. Uno. Dos. Y ¡arriba!

Odile abrió tímidamente los ojos y descubrió la pared de botellas.

—Qué horror, todas estas telarañas... El polvo me impide descifrar las etiquetas.

—Puedo ir a buscar un trapo si lo desea.

—No se mueva de aquí, tenga piedad... Allí veo unos Graves, unos Saint-Émilion. No vamos a arriesgarnos. Serán tres, hacen falta tres botellas idénticas como mínimo.

—¿Los toma por unos borrachos porque son ingleses?

—Dos para la comida y una para comprobar que el vino está bien. Con unos caldos tan antiguos, a veces una se lleva sorpresas.

Odile se inclinó para pasar revista a los siguientes.

—Aquí tenemos los Château Lafite, Haut-Brion... E incluso borgoñas: Vosne-Romanée, Chassagne-Montrachet... Buena bodega.

—Debería bajar usted más a menudo.

—No empiece.

Odile señaló con el índice:

—Veo unos blancos. Seguramente un Sauternes sería más sorprendente, pero como usted dice, ¿por qué no?

Se inclinó un poco más. De repente, al fondo, vio un movimiento detrás de las botellas. Se quedó paralizada.

—A Diane le gustaba mucho el Sauternes —comentó Blake.

Odile no respondió. Intentó dominarse, pero encontrarse frente a los bonitos ojitos negros que la miraban fijamente se hallaba más allá de sus capacidades. No gritó. No salió huyendo. No pudo más que intentar agarrar la manga de Blake, que inspeccionaba el botellero vecino.

Al retroceder, su brazo y su cuello tropezaron con una gran telaraña. Odile sintió un escalofrío de pavor que le recorría el cuerpo. Su tensión aumentó bruscamente y, como una central eléctrica que se recalienta, se colapsó. Se desplomó cuan larga era, desmayada.

57

—Los invitados estarán aquí dentro de pocas horas. Si Odile se despierta en el sótano, no se recuperará.

—He venido tan rápido como he podido.

Blake y Magnier recorrían los pasillos dando zancadas. Cuando llegaron a la bodega de los vinos, la cocinera seguía tendida en el suelo, sin conocimiento.

—Pobre —dijo Philippe compadeciéndose—. Se diría que está durmiendo, como la Bella Durmiente.

—En su palacio de telarañas, en su cama de excrementos de roedor. Maravilloso. Además, con la cantidad de ratones que hay en los alrededores, sería más bien Cenicienta. Según tú, ¿le van a hacer un vestido mientras cantan? Basta de bromas, coge de abajo, yo de arriba, y la subimos.

—Menos mal que, cuando se ha caído, no se ha golpeado con las cajas en la cabeza...

—Si no, serías tú quien cocinaría esta noche.

Con el tono afectado de un maître, el encargado anunció:

—¡Raviolis de bote con salsa de organismos genéticamente modificados y pan de molde en bolsa de plástico!

—A la de tres, la levantamos —ordenó Blake.

Ambos alzaron a Odile y tomaron laboriosamente el camino de la salida.

—Por lo menos, tiene las piernas bonitas —comentó Magnier.

—Ya veo que te interesa.

—Cállate y sigue en lugar de decir tonterías, que me duele la espalda.

—Piensa que estás rescatando a una princesa.

—Un rescate, dices —susurró Philippe—. En mi pueblo, cuando algo pesa tanto, decimos que pesa más que un burro.

—Mira, tiene gracia; en el mío, en Devon, decimos que pesa como una vaca preñada.

—Los estoy oyendo a los dos —masculló Odile—. Se van a enterar...

Quedaba menos de una hora antes de la llegada de los invitados. Manon se había pasado el día sacando brillo al salón de arriba abajo. Blake la había ayudado a pasar el aspirador y a limpiar la lámpara de araña. La mesa estaba puesta, sin desplegarla, ya que no había más que tres servicios. Mantel blanco bordado en el mismo tono planchado in situ, vajilla de porcelana, copas de Baccarat talladas a mano y plata de la más alta tradición francesa. La chica volvió a mullir un poco los cojines del sofá de esquina mientras Andrew comprobaba la alineación de las copas en relación con el respaldo de las sillas.

Más tarde, por la ventana, el mayordomo se aseguró de que Philippe seguía su programa al pie de la letra. Había anochecido ya. A petición de la señora, el encargado había abierto la puerta principal de la verja de manera excepcional. También habían marcado el camino de gravilla con antorchas y barrido las hojas secas que estorbaban el paso en la escalinata. Magnier se había encaramado a un escabel, bajo la marquesina, para cambiar una de las bombillas.

—Te dejo que acabes aquí —le dijo Andrew a Manon—. Voy a la cocina a ver qué tal va todo.

Cosa rarísima, la puerta del comedor estaba cerrada. Blake llamó y entró. Odile cortaba unas finas lonchas de buey.

—¿Cómo va de tiempo?

—Todavía estoy mareada, pero estará todo a punto. ¿Le importa encargarse de decantar el vino?

—No hay problema. Luego iré a cambiarme.

Sin dejar lo que estaba haciendo, la cocinera le preguntó:

—¿Qué piensa ponerse?

—Una camisa beis con mi chaqueta marrón, y puede que una pajarita. ¿Por qué?

—He visto que Philippe ha sacado las antorchas. ¡Usted es capaz de montar la del mayordomo del infierno! Ahórrese la pajarita.

—¿Por qué motivo?

—En Francia, se reserva más bien para los invitados.

—Entendido; así pues, corbata. ¿De qué color? Tengo una azul y una verde.

—Tiene también una bonita, de un burdeos muy oscuro, que le sentará mejor.

Blake abrió las tres botellas de Haut-Brion para dejar que se oxigenara y vertió despacio una de ellas en una jarra de base ancha. Se percató de que, a diferencia de lo que solía hacer cuando cocinaba, su colega no ponía nada en el plato de *Méphisto*.

—¿Cree que a su gato no le va a gustar?

—Se abalanzaría sobre ello, como sobre cualquier cosa que preparo desde hace algún tiempo, pero lo tengo a régimen. Por favor, no diga nada. Ya sé lo que piensa.

—Le está creciendo el pelaje de invierno, eso es lo que pienso...

—*Méphisto* es un gordinflón de cuidado, eso es todo. Ayer lo vi en el huerto. Agazapado detrás de una ramita, miraba a los pájaros con avidez. Daba la impresión de que estuviera a punto de saltar para atraparlos en pleno vuelo. Pero no sé en qué estará pensando. Con el pelo de angora que tiene, parecía un cojín. Como siga así, va a parecer un sofá entero...

—No quiero ni pensar lo que me habría hecho si yo hubiera hablado de *Méphisto* de esa manera.

Odile aumentó la potencia de la campana extractora y puso sus lonchas de buey a soasar en la parrilla.

—¿Las cocina ya?

—Es un pequeño secreto de fábrica —explicó—. Para que el plato tenga buen aspecto, hay que soasarlas unos segundos. Eso reseca un poco la carne, pero, luego, al absorber ligeramente el jugo de las uvas, recupera toda su blandura añadiéndole un sutil aroma.

—En Francia hacen menos la carne que en Inglaterra. En su país, todo se sirve crudo, poco hecho por dentro.

—En su país, es una suela de zapato. Son ustedes quienes tienen un problema con la carne. Siempre se les pasa. Es un defecto histórico. Miren lo que le hicieron a nuestra Juana de Arco. ¡La tostaron tanto que se les acabó quemando!

58

A pesar de la lluvia que había empezado a caer, las llamas de las antorchas aguantaban bien. En la mansión, todo el mundo estaba en pie de guerra. Con media hora de retraso, los faros del coche anunciaron la llegada de los invitados.

—Manon, sube a avisar a la señora de que están aquí. Avisa también a Odile.

El vehículo ascendió despacio por el camino de grava y luego bordeó el bosquecillo de castaños con una elegante curva para acabar deteniéndose al pie de la escalinata. Blake esperaba en lo alto de la escalera, paraguas en mano. Bajó a abrir la puerta del lado del acompañante para proteger la silueta femenina de la lluvia.

—Buenas noches, señora. Bienvenida a la finca Beauvillier.

Cuando vio a la mujer, lo primero que pensó fue que era una alucinación.

—¿Melissa?

—Buenas noches, Andrew. Siento no darte dos besos, pero se supone que no nos conocemos. Tienes buen aspecto.

Blake titubeó. Enseguida miró al lado del conductor. Richard Ward se bajó a su vez.

—¿No tengo derecho a paraguas?

—¿Qué haces aquí?

—Acompaño a mi mujer, quien visita a su corresponsal francesa.

Richard recogió un magnífico ramo de flores del asiento trasero y se apresuró a ponerse a resguardo bajo la marquesina.

—Tienes buen aspecto, hermano. Me alegro.

Blake no se recobraba de su sorpresa. Ward prosiguió:

—Si un día me hubieran dicho que serías mayordomo de una cena a la que iría como invitado, no lo habría creído. ¡Probablemente a esto se le llama la magia de la vida!

A Richard ya le hacía gracia la velada que iba a pasar.

—¿Eres consciente de la situación? —reaccionó Andrew.

—Perfectamente y, además, ésa es la razón por la que me alegra estar aquí. Porque, la verdad, a mí, si no, las amigas de mi mujer...

Richard Ward se dirigió hacia la entrada.

—Ahora, normalmente, tendrías que sujetarme la puerta con el meñique en la costura del pantalón.

—Richard...

—Señor Ward. No pertenecemos al mismo mundo —replicó sosteniéndole la mirada a su amigo, quien, por su parte, no se reía en absoluto.

Blake, aterrado, cerró la puerta al pasar. Richard se quitó el abrigo y se lo tendió al mayordomo.

—Gracias, amigo, es usted muy amable.

Blake creyó que iba a abalanzarse sobre él, como la vez en que Ward le hizo creer al rector de la universidad que Andrew se había acostado con su hija. La aparición de la señora Beauvillier lo paró en seco. Bajaba los últimos escalones, majestuosa, con un suntuoso vestido verde esmeralda entallado en la cintura. Peinada, maquillada, la señora estaba, simple y llanamente, impresionante.

—Nathalie, ¡qué alegría volver a verte!

—Melissa, qué feliz soy. Gracias por haber venido hasta aquí.

Ambas se abrazaron efusivamente.

—Seguramente no recuerdes a Richard, mi esposo.

Ward se inclinó para hacer un besamanos.

—Es un placer.

Le entregó el ramo.

—¡Son una maravilla! —exclamó Nathalie—. No hacía falta. Señor Blake, ¿le importaría buscarles un jarrón?

En cuanto la liberó de las flores, la señora cogió a su amiga de la mano.

—¡Estoy tan contenta de volver a veros! Las caras amigas ya no son tan numerosas. Pero entrad, estáis en vuestra casa.

Blake llegó al comedor como un robot. Tenía la cabeza en ebullición. Se había imaginado la velada en sus más mínimos detalles, pero nada lo había preparado para lo que estaba viviendo. Como factor agravante, no podía decirle nada a nadie. Abrió un armario y cogió de manera mecánica un florero grande, que fue a llenar de agua en el fregadero.

Por más atareada que estaba en todos los sentidos, Odile se dio cuenta de que su colega no se hallaba en su estado normal.

—¿Va todo bien, Andrew?

—Voy a servir el aperitivo. La señora está realmente guapa hoy.

Dubitativa, la cocinera lo miró salir de la habitación con el ramo.

El aperitivo fue servido en el salón pequeño. Melissa y Nathalie no habían tardado en zambullirse en sus recuerdos. Sentadas una al lado de la otra en el sofá, se reían al recordar su primer encuentro, ambas chapurreando la lengua de la otra. La señora parecía auténticamente feliz.

Ward se había instalado en un sillón. En cuanto podía, le guiñaba un ojo a Blake. Al servirle su copa, el mayordomo le soltó en secreto:

—Como sigas, cacho pervertido, presento una denuncia por acoso.

A Ward lo divertía mucho ver a su amigo atrapado en su papel.

Se inclinó para dejar su copa encima de la mesa baja y le dijo con disimulo:

—Tú piensa que estamos en un baile de disfraces en el que eres el único que va disfrazado...

—Me las pagarás.

—Mañana, tanto como quieras, pero esta noche, lo estoy disfrutando.

Las amigas estaban demasiado absortas para percatarse de los apartes de los hombres. Ward preguntó en voz más alta:

—Dígame, amigo, ¿podría echarme hielo?

«¿En el moscatel? ¡Menudo gañán!», se disponía a responder Blake, pero se contuvo justo a tiempo.

—Enseguida, señor...

Andrew casi se estampa contra la puerta al salir, y Ward se arrellanó profundamente satisfecho en su sillón con sonrisa de bobo.

59

Cuando Blake abrió solemnemente las puertas, la visión del salón grande los dejó impresionados.

—¡Nos recibes como a unos reyes! —exclamó Melissa.

—Como a gente a la que quiero... —Nathalie sonrió.

Blake sacó la silla de Melissa.

—Si no es molestia...

La señora Ward evitaba la mirada de Andrew. A diferencia de su marido, no parecía divertirse poniéndolo en apuros. El mayordomo acomodó luego al señor Ward. En el momento en que Richard tomó asiento, Andrew le pisó discretamente el pie mientras le sonreía. El invitado apretó los dientes y se lo agradeció con educación. Después Blake se ocupó de la señora, al tiempo que admiraba de paso su aspecto y sus gestos, a los cuales la alegría del reencuentro les había devuelto toda su gracia. Andrew se dio cuenta de que no llevaba ninguna joya, a excepción de su alianza. Sin embargo, un collar habría causado un efecto inmejorable en su escote. La señora Beauvillier anunció:

—Sé que, en Inglaterra, suele ser costumbre que la servidumbre desdoble las servilletas y las deposite encima de las rodillas, pero ese gesto es muy inusual en Francia... Aun así, si lo deseáis, el señor Blake podría...

Melissa y Richard se apresuraron a desdoblarlas ellos mismos. Ward comentó:

—Siempre me parece divertido constatar que nuestros países, a pesar de ser vecinos, tienen costumbres tan diferentes.

Melissa se echó a reír:

—¿Te acuerdas de esa profe que nos hizo trabajar con las palabras que cada país había tomado prestado del otro?

—¡Pues claro! —dijo Nathalie—. ¡La señora Sarenson! Una loca que se vestía como un espantapájaros.

—Decía que, sin los ingleses, ¡los franceses no podrían hablar de *parking*, de *beicon*, ni tampoco de *WC*, ni de *club*, ni de *sándwich*! No habría ni *hobbies*, ni *desodorantes*. Los gabachos no se pondrían tristes escuchando *blues*, ni habría *fair-play*, ¡se verían privados de *biquinis*, de *shows*, de *turismo* y de *bistecs*!

—Yo no sé si echaríamos en falta el *spam*, los *reality shows* y el *fast-food*, pero vuestra aportación en cuanto a *top models* y *sex-symbols* es incontestable.

—Hasta nos obligó a aprendernos un texto de su invención lleno de palabras que habíamos copiado de los franceses...

—Se me había olvidado.

—«La *mujer fatal*, *chic*, vestida con un *deshabillé* que no estaba *demodé*, cogió una pizca de *baguete*, mientras miraba el *menú* con aire *naíf*. Le dio *carta blanca* a su *galán*, quien, si bien un poco libertino, le había pedido un *tête-à-tête* para hablarle de su pisito en un *bulevar* de París. Muy *gallardo*, aquel burgués era una *marioneta* en manos de su protegida, quien le parecía que tenía mucho *glamour*. Por ella, *nobleza obliga*, llegaría incluso hasta el *crimen pasional*...» Luego trataba de *tour de force*, de *boutique*, de *déjà vu*, pero del resto ya no me acuerdo.

—*C'est la vie!*

Ward intervino:

—Me gusta mucho la cita que se atribuye a Robert Surcouf, vuestro corsario, aunque nos deja mal.

—¿Qué dijo?

—Una vez que se enfrentaba a nuestra flota, uno de nuestros almirantes intentó humillarlo. Le dijo: «¡Ustedes luchan por el dinero, nosotros por el honor!». A lo que el de Saint-Malo le respondió: «Cada uno lucha por lo que no tiene».

Blake esperó a que todos hubieran dejado de reírse para anunciar:

—De primero, nuestra consumada cocinera les ha preparado vieiras con muselina de naranja. *Bon appétit!*

La cena transcurrió de manera ideal para todo el mundo excepto para Blake. Aprovechaba su paso por el comedor para relajarse. Como un náufrago que se estuviera ahogando, se afanaba por coger una bocanada de aire fresco antes de volver a sumergirse. En dos ocasiones, había sentido la necesidad de pasarse agua fresca por la cara. Esa velada lo trastornaba. La presencia de Richard, con quien no podía hablar en condiciones a menos que se acercara mucho, y la distancia que mantenía Melissa, normalmente tan efusiva con él, lo obligaban a cuestionarse su lugar. El hecho de ver tan radiante a la señora Beauvillier también le hacía cuestionárselo.

Manon acababa de retirar los platos cuando Andrew se acercó de nuevo a la mesa con una servilleta perfectamente doblada en su antebrazo izquierdo.

—A continuación, les proponemos milhojas de buey con foie-gras y uvas, con una guarnición de patatas delfina de la casa con trufas.

La cena continuó sin notas discordantes. La señora y sus invitados mezclaban con alegría el francés y el inglés, uno haciendo una pregunta en una lengua y otro respondiendo en otra. En la cocina, Odile empezaba a relajarse. La ensalada y la bandeja de quesos estaban listas, y el postre no le preocupaba. Nunca le había salido mal una crema catalana.

—Andrew, ¿lo lleva bien?

—Es una velada extraña.

—En su opinión, ¿están satisfechos con mi cocina?

—Sus platos vuelven vacíos. No sé en Francia, pero, en Inglaterra, es un síntoma. Ha conquistado a la pareja, pero creo que la señora está incluso más impresionada de su talento.

Más tranquila, Odile se secó las manos tomándose su tiempo y se permitió una pausa de unos instantes.

Cuando Blake regresó al salón principal, la conversación había cambiado. La señora les confiaba:

—François necesitaba mi ayuda. No dudé en dejar mi carrera a un lado. Y, por otra parte, no lo lamento. Ningún trabajo me habría hecho más feliz que ese hombre.

—Los caminos que nos llevan a encontrar nuestro sitio en la vida son siempre sorprendentes —comentó Ward.

De pronto, se volvió hacia Blake y le preguntó:

—Por ejemplo, usted, señor; ¿por qué se hizo mayordomo?

Andrew se quedó estupefacto. La señora lo animó:

—No sea tímido, señor Blake. Cuéntenos.

La mente de Andrew se sumió en la más absoluta confusión. En posición de firmes delante de los invitados, miraba fijamente a su mejor amigo, a quien se suponía que no conocía, urgido a responder a una pregunta imposible hecha por la dueña de la casa en la que servía desde hacía meses.

—No lo sé... —balbució—. Nunca me he hecho esa pregunta.

¿Había respondido en francés o en inglés? Era incapaz de saberlo. Todas las miradas estaban clavadas en él. Superado su desconcierto, se le impuso una única respuesta:

—He ejercido muchos oficios. Si miro las cosas con perspectiva, debo admitir que, en cada ocasión, la profesión para mí tenía menos importancia que las personas con quienes debía practicarla. La cercanía, el diálogo, la ayuda mutua, el hecho de compartir un objetivo común... Todo lo que constituye la vida. Muy pronto, el trabajo en sí mismo se volvió secundario a beneficio de las relaciones humanas. Lo viví primero con mis padres, luego con la mayoría de las personas con las que me he cruzado. En el fondo, creo que me gusta cuidar de la gente. No sé si es un oficio, pero me habría gustado consagrar toda mi vida a ello.

Sus palabras acabaron con un silencio absoluto. Nathalie, Melissa y Richard las habían entendido cada uno a su manera, pero a todos les habían parecido mucho más intensas de lo que la naturaleza de la conversación permitía entrever.

Para mantener la compostura, Ward le dio un trago al vino. Todo el mundo esperaba que Blake retomara su actitud de mayordomo deferente. Se iba a reanudar la conversación entre los invitados. Sin embargo, contra todo pronóstico, Andrew añadió:

—El señor tiene razón. Los caminos que conducen a encontrar nuestro lugar en el mundo a menudo resultan sorprendentes. Recuerdo a un buen amigo que, cuando era muy joven, vivía cerca de una carretera principal en la campiña inglesa. Cada mañana, se desesperaba al encontrarse erizos muertos en el arcén. Lo vi llorar más de una vez por esas pequeñas criaturas, que enterraba en el fondo del jardín de sus padres. Muchos años después, cuando era ya un joven ingeniero, ya nunca hablaba de ellos. Sin embargo, ganó el concurso que lanzó su brillante carrera gracias a un estudio sobre unas cunetas especiales y túneles que protegían la fauna del campo. ¿Es el camino recorrido el que nos hace lo que somos o bien elegimos nuestro viaje en función de lo que nos emociona?

60

Era muy tarde cuando los invitados se despidieron. Caminando de cara al viento, Blake acompañó al coche hasta la puerta principal de la verja para volver a cerrar en cuanto se marcharan. Apenas habían traspasado los límites de la propiedad cuando Ward detuvo su vehículo. Melissa se bajó de inmediato.

—¡Menuda noche! Era tan raro verte encargándote de todo —dijo abrazando a su amigo—. Pero te pega. Al fin y al cabo, es lo que has hecho siempre con todos nosotros.

Ward salió también y exhortó a su mujer:

—Entra en el coche. Con tu vestido de *top model*, vas a coger frío.

Melissa volvió a darle un abrazo a Blake y se resguardó en el vehículo. Ward agarró a su amigo por los hombros.

—Tardaré en olvidar esta visita.

Lo estrechó entre sus brazos.

—Anda, y yo —replicó Blake—. Te has pasado la noche tomándome el pelo. Déjate de apretujones, como nos vean...

—Declararé que ha sido un flechazo.

Ward se puso serio un instante.

—¿Sabes, Andrew? Si no te conociera, esta noche habría tenido ganas de hacerme colega tuyo. Hicimos bien en conocernos hace cincuenta años.

—Todo para vernos a mí disfrazado de mayordomo y a ti disertando sobre la mejor forma de salir de un ascensor si se llega a un piso infestado de serpientes...

—Me alegro de haber vivido lo bastante como para verlo. Has estado a punto de hacerme llorar al contar la historia de los erizos. Ni siquiera Melissa estaba al corriente.

—¿Vas a decirle que hablaba de ti?

—Me ha visto la cara. Ya lo sabe.

Ward miró por encima del hombro de Blake a lo lejos, hacia la mansión.

—Se acerca alguien corriendo. Un hombre, creo.

Andrew se volvió.

—Es Magnier, el encargado. Muchas veces me recuerda a ti.

—Qué rápido lo reemplazan a uno...

—Eres irreemplazable.

Philippe llegó exhausto. Andrew fingió que les deseaba buen viaje a los invitados.

—Conduzca con cuidado, señor.

—¡Gracias otra vez, amigo! —soltó Ward mientras se metía la mano en el bolsillo.

Blake palideció. Su amigo sacó un billete, que le puso en la palma.

—Pedazo de enfermo —gruñó Andrew por lo bajo.

Ward respondió en voz alta:

—Insisto, insisto, que lo hago con gusto, ¡ha estado increíble! Se subió de nuevo al coche y arrancó.

—Parecían tremendamente simpáticos... —comentó Magnier.

—La señora sabe a quién invita.

—Te ayudaré a cerrar.

Mientras subían hacia la casa, ambos apagaron las antorchas.

—¿Philippe?

—¿Qué?

—Estoy muy contento de que estés aquí. Tú también eres irreemplazable.

61

A los transportistas les bastaron apenas dos horas para embalar y vaciar toda la colección de libros en cajas acolchadas. Blake se había quedado con ellos durante toda la operación. La señora se mantenía enclaustrada en sus habitaciones, probablemente muerta de pena. Hasta Odile tenía lágrimas en los ojos cuando había ido a proponerles algo de beber a los mozos de mudanza. El camión se había marchado. Con esa partida, la mansión había recobrado la calma, pero había perdido mucho también.

Blake contemplaba los muebles vacíos en los que los escasos objetos de decoración parecían fuera de lugar. En el supermercado, había comprado unas sábanas de color topo que desembaló una tras otra.

—¿Quiere ayuda? —le preguntó Manon, que estaba apoyada en el marco de la puerta.

—No te diré que no. Todo este vacío me deprime un poco.

—Es una buena idea, con las sábanas parecerá menos triste.

—No quiero que la señora vea la biblioteca así. Y, además, será también menos deprimente para mí.

—¿Las finanzas de la finca van tan mal como para esto?

—La señora busca soluciones...

—La semana pasada me pagó en efectivo. Es la primera vez.

Blake no estaba al corriente. Manon añadió:

—Espero que no se vea obligada a despedirnos. Para Odile y para Philippe sería una catástrofe. A usted, con sus recursos, no le costará mucho encontrar un puesto en una casa todavía más grande que ésta.

—¿Y tú, Manon? ¿Adónde vas a ir?

—Justin vuelve de viaje dentro de unos días. Todo depende de él. En el peor de los casos, regresaría a casa de mi madre.

—Espero que regreses allí por otros motivos que no sean la necesidad.

—Me ha enviado un mensaje: «¿Cómo estás?», con un emoticono que llora. No se ha herniado...

—No está mal, para empezar. ¿Has conseguido cobertura con tu móvil?

—Subí a la colina. Una auténtica expedición. Tenía la intuición de que Justin me había mandado un mensaje.

—Buena intuición. Con un errorcillo sobre el remitente, pero no deja de ser una excelente noticia después de todo. ¿Y esos repasos?

—Ahí sigo.

—Se te ha redondeado la barriga.

—El pequeño pesa cada vez más.

—Hablas de él como si fuera un chico...

—Otra intuición. Ya veremos si en ésta acierto.

La presencia de Manon le dio de repente una idea a Andrew.

—Que quede entre nosotros; ¿puedo preguntarte tu opinión sobre Odile y Philippe?

—Me caen bien los dos. Tienen un genio... Me alegra que se entiendan cada vez mejor.

—Tú también te has dado cuenta...

—De verdad, ha sido como del día a la noche, si se compara con lo que había cuando yo llegué.

—Manon, ¿aceptarías echarme una mano?

—¿En qué?

—En abrirles los ojos.

62

Ese mismo mediodía, cuando Andrew subió a ver a la señora Beau-villier, la dueña de la mansión le hizo una petición que lo dejó sin habla.

—¿Sabe dónde se encuentra el cementerio de la propiedad?

Andrew se la quedó mirando sin lograr decidir qué debía responder. ¿Tenía que saberlo o hacerse el inocente?

—¿Señor Blake?

—Estuve allí con Philippe.

—¿Podría acompañarme?

Como las hojas de los árboles habían desaparecido, el cielo resultaba visible en todas direcciones. Esa sensación de amplitud siempre había producido el mismo efecto en Andrew. Percibir la inmensidad, ver el horizonte o sentir en su rostro el viento que llegaba de lejos lo electrizaba. Cuando era muy joven, se ponía a correr con los brazos estirados hacia el cielo mientras gritaba. Más tarde, había aprendido a quedarse inmóvil, a la escucha, respirando a pleno pulmón, al tiempo que sentía cómo se le aceleraba el corazón y su imaginación echaba a volar. Con el tiempo, aunque ya no veía a los pájaros que gritaban a lo lejos de manera muy clara, la emoción interior seguía estando tan viva como antes. Esa tarde, en la finca, le sentaba bien el viento.

Blake caminaba junto a la señora Beauvillier. Envuelta en un abrigo cuyo cuello subido le tapaba la mitad de la cara, con la cabeza protegida por un fular, avanzaba con paso inseguro. En casi tres meses de servicio, Blake no la había visto nunca aventurarse fuera de la mansión. Era difícil saber por qué salía y si estaba contenta de hacerlo.

Dependiendo de la edad, no se camina con alguien de la misma forma. Andrew se había dado cuenta de ello gracias a lo que recordaba o había vivido en la mansión. Yanis tenía por costumbre correr delante de él y luego regresar para apremiarlo a seguirlo. Philippe se comportaba como *Youpla*, alejándose y luego volviendo, atraído sin cesar por cualquier tontería. Manon caminaba unas veces delante y otras detrás, rectificando sólo su posición en relación con su acompañante cuando no estaba absorta en sus pensamientos.

La señora y Blake andaban como suelen hacerlo las personas de cierta edad, ajustándose el uno al paso del otro. Quizá la vida les había enseñado el valor de avanzar en pareja, como si necesitaran disfrutar de su compañía hasta en el murmullo de los pasos que se acompasaban.

Blake no dudó sobre el camino que debía seguir. Sin embargo, cuando vio el inmenso roble que dominaba el cementerio, se sintió aliviado. Al divisar la verja a lo lejos, la señora se detuvo. Sin una palabra, se volvió para observar el camino que acababan de recorrer. Blake pensó que trataba de ver la mansión, pero estaba demasiado alejada. ¿Quizá quisiera tranquilizarse después de haberse aventurado tan lejos?

—Parece que caminar le sienta bien —comentó Andrew.

—Me gustaría estar convencida de ello.

Blake señaló el roble:

—¡Qué árbol tan magnífico!

—En efecto, François decía que era el más bonito de nuestra finca.

—Haber establecido este lugar de reposo eterno al pie de éste fue una gran elección.

—La altura del árbol no es el único motivo. Cuando François y yo adquirimos la finca, el antiguo propietario nos habló de este árbol. Según la leyenda, hace más de dos siglos, dos enamorados se citaban bajo sus ramas. Él era el hijo de una de las mayores fortunas de la región, y ella, la humilde hija de uno de sus aparceros. La historia cuenta que se querían, pero que la familia rica se había opuesto con vehemencia a esa unión. Cuando uno de los empleados del padre del joven descubrió que los tortolitos seguían viéndose, decidió apostarse en el bosque con un fusil para tratar de disuadir a la chica hiriéndola...

La señora y Blake habían llegado al pie del árbol. La mujer acarició su corteza y añadió:

—Apuntó mal y el disparo no hirió a la joven, sino que mató al chico. Desde entonces, ese romance trágico ha pasado de generación en generación y ningún leñador se atrevió a derribar este árbol, mientras que todos sus semejantes se convirtieron en armazones y muebles.

—¿Cree que la historia es auténtica?

—Es bonita. Con algo de Romeo y Julieta. Verdadera o no, no lo sé. Es frecuente que al amor le lleven la contraria, y aquí sigue el árbol.

—¿Su marido creía en ella?

—A François le gustaban las historias. Su colección de libros es... era el reflejo de ello. Según él, las historias son la mejor manera de elevar la vida por encima de la mediocridad del día a día.

La señora Beauvillier entró en el recinto de las tumbas. Se dirigió primero a la lápida de sus padres. Permaneció ensimismada largo rato. El viento movía los pocos cabellos que escapaban de su fular. Con los ojos abiertos, con los labios fruncidos, miraba fijamente los nombres. Aunque se había quedado en el exterior, Blake no se encontraba más que a unos metros de ella.

Luego, la mujer se situó delante de la tumba de su marido. Su comportamiento ya no era el mismo. Su mirada se alejaba a menudo del bloque de granito para perderse en el paisaje. Sus labios estaban menos crispados. ¿En qué pensaba? La señora le echó una ojeada a Blake. Éste tuvo la certeza de que no se alejaba todavía porque la estaban observando. Sola se habría quedado menos tiempo delante de los restos de su marido.

Por último, volvió la mirada hacia la tumba sin nombre, dio un paso en dirección a ésta, titubeó, y luego, finalmente, meditó un momento delante. No miraba la piedra; la evitaba. Había bajado el rostro. Delante de aquella tumba, parecía más pequeña, casi frágil, desgraciada.

Antes de salir, se dirigió a Blake a través de la verja. Lo hizo en un tono completamente normal, al margen de las convenciones del lugar:

—¿Le tiene miedo a la muerte, señor Blake?

—Creo que no. Pero me parece detestable el efecto que provoca en la vida de la gente.

A la señora Beauvillier se le escapó una risita.

—La muerte le arrebató a alguien... —dijo.

—Me separó, más bien.

La señora Beauvillier cerró de nuevo la portezuela al pasar y se volvió hacia las tumbas. Con las manos agarradas a la verja, confesó con brusquedad:

—A mí lo que me parece detestable es la vida. Es ella quien me ha separado de los míos. La muerte, al fin y al cabo, aliviará el juego. ¿Echa de menos a su mujer, señor Blake?

—Desconsoladamente.

—Yo también echo de menos a François. ¿Amaba a su esposa, señor Blake?

—No lo sé. Me he preguntado muchas veces qué quería decir *amar*. Sólo sé que mi vida era más bonita cuando estaba aquí. Me sentía bien con ella. Me gustaba lo que era y lo que hacía. Me impresionaba. Su rectitud, su corazón..., podría haber hecho feliz a cualquier hombre. Con ella, nunca me aburría. Cuando me sentía fuerte, ella era la razón por la que tenía ganas de cumplir. Cuando me sentía débil, gracias a ella lograba seguir avanzando.

—¿Nunca la engañó?

—Ni una vez.

—Parece usted provisto de una fuerza moral poco común.

—Desengáñese: sólo soy un hombre. El dominio de mí mismo no fue lo que hizo que evitara los deslices, sino el miedo a herirla. Para mí, la noción de *falta* es absolutamente subjetiva. Sólo cuentan las razones por las que las cometemos. El bien y el mal son nociones sin importancia. «Para quién» o «contra quién» definen mucho mejor lo que somos.

—Pero es necesario tener capacidad para elegir... Como buen observador que es, seguramente se esté preguntando usted por qué una de las losas no tiene ningún nombre.

—Hay una buena razón, a favor o en contra...

—Esa tumba es un compromiso, señor Blake. Usted era hombre de una sola mujer, pero François, no. Durante casi veinte años, vivió una historia de amor clandestina. Lo descubrí por casualidad, por un hijo. François lo significaba todo para mí, pero yo no era más que una parte de su vida. Cuando quiso reunir a la familia al pie de este árbol, ella acababa de morir. Sospecho incluso que había deseado crear este cementerio únicamente para tenerla cerca. Acepté, señor Blake. Toleré el insulto a condición de que no se escribiera su nombre.

—¿Cree que él no la amaba?

—¿Usted habría consentido ser la segunda opción de su amor? ¿Habría soportado la idea de que corriera los mayores riesgos de su existencia por algún otro? El hecho de que me engañara no es mi mayor drama. Lo que me hundió fue descubrir que no me quería tanto como lo quería yo. Podría haberme recuperado de una aventura, pero no me recuperé de su historia de amor. Aunque lo negara siempre, desde entonces tuve la impresión de que se había casado conmigo por el interés y de que la había amado con todo su corazón.

—¿Todavía está resentida con él?

—Para perdonar hace falta tiempo o mucha fortaleza. Seguramente ésta sea la última vez que vengo aquí.

La señora Beauvillier temblaba delante de las tumbas.

—Vamos, deberíamos volver.

—Un momento más, por favor. Seguramente sea la última vez que vengo aquí.

Se aferró a la verja, como una prisionera a sus barrotes.

—François fue mi felicidad y mi desgracia. Envidio su historia con su mujer. Me da tanta envidia que me pone celosa, y eso me lleva a creer que todo cuanto vivió no fue más que una ilusión. Pero, a pesar de todo, echo de menos a François. Querría que estuviera aquí. Con él, no le temía a nada.

—No habla de él como de alguien a quien se quiere.

—Si supiera todo lo que intenté para mantenerme cerca de él... Pero, al final, creo que siempre estuve sola.

Blake estrechó con su brazo los hombros de la señora Beauvillier. Ella se lo permitió. En el camino de regreso, no se atrevió a hablar de su hijo. Si, al ir, era un mayordomo que acompañaba a su señora, cuando volvieron, era un hombre que consolaba a una mujer, ambos consumidos por el peso de la ausencia y de la pena.

63

—Recibí su mensaje sin problemas, Heather, pero, discúlpeme, no he podido llamarla antes. ¿Cómo le va?

—Todo bien. Cuando tenga un poco de tiempo, sería necesario que le hablara de la fábrica.

—¿Hay problemas?

—No, la producción va bien, pero aquí Addinson se está pasando de la raya. Es un estúpido, un machista asqueroso, y de tanto pelear por mantener su pequeña parcela de influencia, le hace correr riesgos a todo el mundo. Si pudiera, lo despediría ahora mismo...

—Y ¿por qué se corta? Usted es la directora. Pero tenga cuidado, es un hipócrita. Necesita un motivo aceptable, y no le revele sus intenciones sin razones muy sólidas. Si lo ataca, no se contente con herirlo. Mátelo de la primera estocada; de lo contrario, se volverá temible...

—Así planeaba hacerlo. Entonces ¿tengo su acuerdo de principio?

—¡Tiene hasta mis ánimos, mi apoyo, si es necesario, y garantizada mi enhorabuena cuando haya acabado con él!

—Gracias, señor. En otro orden de cosas, por fin he conseguido reunir la información sobre la inmobiliaria Vandermel.

—¿Qué tenemos?

—Han desarrollado algunos proyectos en zonas urbanizadas repartidas por el conjunto del territorio francés. No han tenido mala reputación especialmente. Las casas que construyen presentan algunos defectos, pero nada fuera de lo común hoy en día, por lo que me han contado. El único punto incómodo se refiere a la forma en que adquieren los terrenos. Varios vendedores se han quejado de presiones y compras en el límite de la legalidad. ¿Tiene usted negocios con ellos?

—No de manera directa, pero ansían comprar una parcela a la que le tengo cierto apego.

—Entonces, estese atento. Le envío por e-mail todos los datos que he podido reunir sobre ellos.

—Gracias, Heather. Muchas gracias. La última vez le pareció que mi voz sonaba diferente, ahora también es su caso: se está afianzando. Me alegro mucho. Ese puesto estaba hecho para usted.

—Sigo teniendo el mismo miedo a hacer tonterías, pero estoy aprendiendo a no mostrarlo.

—Mi querida Heather, tengo una buena y una mala noticia para usted. La mala es que el miedo nunca la abandonará.

—¿Y la buena?

—Sin él, nunca se avanza. Mire a ese cretino de Addinson, no le tiene miedo a nada. Un beso.

64

—Francamente, Andrew, no estoy seguro de que sea una buena idea...

El encargado se paseaba arriba y abajo angustiado en su propia cocina a la espera de que Blake saliera de su habitación.

—Sé que tienes buenas intenciones —añadió—, y te lo agradezco, pero, de verdad...

Desde el otro lado de la puerta, Andrew respondió:

—Viniendo del hombre que juega a los fantasmas ciclistas, me permitirás que encuentre ese argumento capcioso... De todas formas, ya casi he terminado. ¿Has puesto la mesa?

Magnier obedeció refunfuñando.

—Hablando de Odile —comentó en voz alta—, desde hace unos días tengo un sueño muy raro.

—Cuéntame...

—Es siempre el mismo, con mucho detalle. Parece completamente real. Vuelo entre las nubes, todo está blanco a mi alrededor. De repente, la veo surgir delante de mí y, con mirada de loca, me arrea un golpazo en la frente. El sueño se detiene ahí, de pronto. Debe de ser una secuela de mi accidente.

—Seguramente... ¿Estás listo?

Magnier se plantó delante de la puerta de su habitación y Blake abrió. Al verlo, Philippe dio un brinco hacia atrás y soltó un pequeño grito:

—Ay, mi madre, ¿se supone que te pareces a Odile? ¡Si pareces un travelo que ha pisado una mina! ¡Hasta *Youpla* se le parece más que tú!

Blake se había emperifollado con una peluca y pintalabios. El resultado era estremecedor, pero no en lo referente al parecido.

—Escucha, Philippe, no estamos aquí para un concurso de dobles. Lo hago por ayudarte. Nos queda un cuarto de hora antes de la fase dos.

Magnier no lograba apartar la mirada del rostro ridículamente pintarrajeado de su compinche. Sin darse cuenta siquiera, iba retrocediendo despacio de tan incómodo que se sentía.

—Esto no va a poder ser —dijo negando con la cabeza—. Me das un miedo que te cagas. Creo que antes preferiría cenar con el mayordomo del infierno.

—¡Siéntate!

En otras circunstancias, Philippe habría llorado de risa, pero, en ese caso, ver a aquel hombre, siempre tan pulcro, con un kilo de maquillaje y con el peinado de un rastafari al que acabaran de irradiar lo dejaba desarmado.

—Mi madre decía que la gente siempre tiene una parte oscura, pero tú bates todos los récords. Hasta vuestras estrellas del rock, a tu lado, parecen monjes cistercienses...

—A la mesa. Empezaremos por la servilleta.

Philippe la desdobló y estiró el cuello para ponérsela allí.

—Así no. La coges de una esquina en el aire y dejas que la gravedad la desdoble.

—¿Es la gravedad quien me pone la servilleta?

—Luego la depositas encima de los muslos.

—Pero ahí no es donde me mancho más...

Magnier estaba estresado. Blake se situó delante de él.

—Philippe, respira.

—¡Me gustaría verte a ti! ¿Te has mirado en el espejo? Desde luego que no. Visto ese careto, te has maquillado a oscuras y con los pies. Y tu voz...

—¿Qué le pasa a mi voz?

—Pues... que es la misma de siempre, mientras que tu cara... Perturba a la fuerza.

—Pensaba que te ayudaría.

—Espero que no contaras con enseñarme a bailar esta noche, porque, como me toques, puedo vomitarte encima.

—Intenta mantenerte concentrado. Manon no tardará en llegar y, al menos, deberíamos haber visto para entonces la manera de sentarse a la mesa.

—¿Te va a ver así?

—¿Cuál es el problema?

—Dios mío, ¡pobre crío! Dará a luz de miedo en mi misma puerta.

—La puse sobre aviso de que iba a estar disfrazado y, a diferencia de ti, no hizo una montaña de ello. Vuelve a doblar tu servilleta y empecemos otra vez.

A pesar de todo, Magnier se estaba acostumbrando a la apariencia de su *coach*. De pronto, le tenía menos miedo. Incluso le empezaba a entrar una risa sincera.

—Philippe, que esto es serio.

—Bueno, mira, no hay más que verte la cara...

—Concéntrate en tu servilleta.

—Una esquina, la gravedad, y, tachán, encima de las rodillas.

—Mejor, pero acuérdate de no estirar más el cuello porque pareces un pollo viejo y psicópata.

—Tú no te has visto.

—Ahora, veamos tu manera de coger los cubiertos.

—¿Qué le pasa a mi manera de coger los cubiertos?

—Para empezar, pasa el momento en el que te apoderas de ellos. No es una carrera. Debes esperar a que te sirvan y a que todo el mundo esté listo para comer.

—Entendido. Me espero.

—Ahora, cógelos.

Philippe empuñó tenedor y cuchillo.

—Se diría que vas a apuñalar a alguien...

—Es algo así. Apuñalo a mi filete.

—¿Y a los guisantes?

—También los apuñalo. Uno a uno. Una auténtica masacre.

—Si haces el imbécil, no vamos a avanzar.

—Hace diez años que como solo. Y, en una noche, ¿quieres que entre en la corte de Austria haciéndome pasar por el vizconde de la nariz fruncida? No tengo remedio.

—No lo creo.

Blake se levantó y colocó él mismo los cubiertos en las manos de su amigo.

—Eso es. Mejor así.

—De cerca, tu cara es peor... Frankenstein a tu lado es la Gioconda.

Alguien llamó entonces a la puerta.

—Quizá debería ir a abrir yo, para no alterar al pequeño.

—Quédate sentado.

65

Efectivamente, Manon soltó un grito.

—¡Menos mal que la habías avisado! —se burló Magnier.

La joven entró sin quitarle ojo a Blake. Lo evitó ampliamente.

—¿Es éste su método para enseñarle a Philippe a comportarse delante de las damas?

Magnier se levantó para darle un beso.

—Buenas noches, Manon. Dígaselo usted... A usted a lo mejor la escucha. Imaginémonos que es un agente de las fuerzas especiales en un ejercicio en el que hay que disparar a siluetas de madera, acribillar a terroristas y salvar a mujeres y a niños... ¿Qué hace si aparece él?

—Está muerto.

—Gracias por el apoyo de ambos... —dijo Andrew—. Manon, si no te importa, toma asiento. Vamos a modificar ligeramente las reglas de la puesta en escena.

Blake se quitó la peluca y se desmaquilló burdamente bajo el grifo.

—Para dejarles la mayor libertad posible, me colocaré a un lado. Olvídense de mí.

—No es fácil, tu belleza me ha abrasado los ojos...

—No intervendré a menos que Philippe cometa un error.

Blake se dirigió al armario de la escoba y sacó una, con cuyo mango apuntó hacia Magnier.

—En caso de mal comportamiento, te daré un pequeño golpe

en las costillas, y veremos uno por uno los errores que hacen falta corregir.

A Manon le hacía mucha gracia la situación. Philippe y ella se sentaron uno enfrente de la otra. Andrew encendió la vela del centro de la mesa.

—¡Qué romántico! —exclamó la joven con amable ironía.

Magnier agregó:

—Tendrá que decírmelo cuando le ofrezca la albóndiga empujándola con el hocico.

—¿Están listos?

El encargado se inclinó hacia la sirvienta.

—Es muy amable por su parte haber aceptado. Quizá sea mejor entrenarme con una mujer de verdad, pero me siento tan estúpido... ¿Se da cuenta? Aprender a comer correctamente a mis años...

—No se preocupe, Philippe. Todos necesitamos ayuda, y la edad no cambia nada. Andrew también me ha ayudado a mí. Sólo que el método era un poco menos extraño...

—¿Podemos empezar?

Esquina de servilleta, gravedad, cubiertos cogidos con la mano: al principio, Philippe no cometió errores. Manon y él entablaron conversación comedidos. Parecía que estuvieran jugando a ni sí ni no.

—¿Le gustan las flores?

—Por supuesto.

—¿No es alérgica al marisco?

—No, que yo sepa...

En busca de un tema de conversación, Manon mencionó sus ganas de viajar por todo el mundo.

—¿A qué país sueña ir? —le preguntó a Magnier.

—No lo sé. Creo que me da miedo el avión y me mareo. Tendría que ser un país al que pudiera ir en tren.

Philippe se volvió hacia Blake:

—¿A las Bahamas se puede ir en tren?

Andrew miró al cielo y le clavó el mango de la escoba en el costado.

Poco a poco, el trío acabó encontrando una manera natural de funcionar en esa situación que no lo era.

Philippe le sirvió la bebida a Manon en plan bar mexicano, levantando la botella al echarla. Blake lo llamó al orden con un golpecito. Cuando el encargado le tiró la mitad del salero a su pareja, Andrew le molió las costillas. Magnier casi nunca había tenido ocasión de conversar con una mujer. Ese encuentro despertaba también su curiosidad. Philippe oscilaba entre comentarios completamente inapropiados y el pudor. Apenas se atrevía a mirar a la chica cuando le preguntó:

—¿Ha tenido ya una primera cita? Seguro que sí, con lo guapa que es...

Ella enrojeció.

—Tengo muy mal recuerdo de mi primera cita. Era un chico que había conocido en el instituto. Coqueteó conmigo, pero sólo deseaba una cosa... Era atractivo, parecía educado, pero no era más que fachada. Por lo menos, me enseñó a desconfiar del envoltorio.

—Pobre —comentó Philippe—. Yo también tuve una primera cita. Se llamaba Émilie. Todavía me acuerdo de sus bonitos ojos verdes. Cada vez que me miraban, me sentía como un conejo sorprendido por los faros de un coche. La invité docenas de veces, y un día, por fin, acabó diciéndome que sí. Escogí el mejor restaurante al que podía invitarla. Tenía unas flores, rosas blancas. Fui al restaurante, pero ella no vino. Me sentí tan preocupado... Todavía me acuerdo de la piedad en la mirada de los camareros cuando me fui con mis flores. No me atreví a llamarla. Tres días después, me crucé con Émilie: iba del brazo de un amigo. Cuando le pregunté qué había pasado, se rio en mi cara. Se le había olvidado, no tenía ninguna importancia para ella. Nunca más tuve una cita.

Aunque Magnier se había apoyado sin ningún estilo en ambos codos para contar su historia, Blake lo dejó tranquilo.

—Manon —añadió el encargado—, ha venido con Andrew a cuidarme, y no se imagina el honor que representa para mí, pero creo que se ha hecho muy tarde. No pierda más su tiempo con este viejo refunfuñón. Tiene que prepararse unas oposiciones. Va a ser mamá dentro de unos meses. Andrew me ha contado que espera a un chico que se ha ido al extranjero. ¿Cuándo tiene que volver?

66

—¿Le parece normal que todavía no haya dado señales de vida?

—Relájate, Manon. Son sólo las ocho de la mañana.

Sentada frente al escritorio de la biblioteca, la joven examinaba su buzón de entrada como un submarinista vigilaría su pantalla de sónar. Andrew se la había encontrado allí, mucho antes del amanecer, cuando iba a planchar el periódico. No se había movido desde entonces, salvo en dos ocasiones para ir al servicio, y le había pedido que se quedara de guardia por si acaso se aproximaba un torpedo.

—Te vas a estropear la vista mirando así la pantalla.

—Debería haber vuelto ya. ¿Qué está haciendo? A lo mejor no ha visto mi mensaje...

—¿Por qué no lo iba a ver?

—¿Y si se ha matado en el trayecto de vuelta? ¿Se imagina el drama? Atravesado por un rayo en plena juventud cuando iba a reencontrarse con la mujer de su vida, que lleva en su vientre a su bebé... ¿Y si no fuera la mujer de su vida?

—De verdad, tienes que calmarte. No vas a poder aguantar así todo el día. Ni yo tampoco, por otra parte...

—No sé lo que tengo. Me siento como una lavadora centrifugando, como si me agitaran por todos lados. Incapaz de quedarme quieta. Me doy perfecta cuenta de que no digo más que tonterías, pero, si no las digo, ¡se me quedan en la cabeza y se hinchan hasta hacerme estallar el cerebro!

—No debe de ser fácil ser una chica joven...

—Lo echo tanto de menos. Pienso en él todo el rato. ¿Sabe lo que echo más de menos? Seguramente me tome por una chiflada, pero me encanta escuchar cómo respira cuando duerme. A veces ronca, pero la mayor parte del tiempo respira despacio, profundamente. Tiene un ritmo propio, como una música. No me canso de decirme que está ahí, cerca de mí. Entonces, apoyo la cabeza en su hombro. ¡Ni siquiera se despierta! Siento el calor de su piel contra mi mejilla, su olor. Lo escucho, me impregno de los latidos de su corazón y me siento segura. Y pensar que es posible que no viva nunca más esos momentos...

—No empieces otra vez.

—Y usted, ¿qué es lo que más echa de menos de su mujer?

Manon fue consciente de inmediato de lo poco acertado de su pregunta. Justin podía volver. Diane, no.

—Perdóneme —se disculpó apurada—. Digo auténticas tonterías. No quería ponerlo triste...

—No pasa nada. Si hablar de Diane puede evitar que me estalle el cerebro...

Andrew recordó a su mujer. No era triste ni doloroso. A menudo pensaba en ella, de manera espontánea, como si se hubieran despedido el día anterior.

—Me gustaban muchas cosas y las echo de menos todas. Sobre todo, me encantaba que me dejara observar el fondo de sus ojos. Con frecuencia se dice que los ojos son las ventanas del alma. La gente se acaricia, se toca, pero hace falta mucha confianza para que alguien te deje mirarlo directamente a los ojos tanto tiempo como tengas ganas. En ese instante, no sólo se entiende lo que quiere decirte, ves lo que es realmente esa persona. Con Diane, eso podía pasarnos en cualquier sitio, durante una cena, en plena calle o por la noche, cuando estábamos solos. Entonces, el tiempo se detenía y nos veíamos suspendidos de ese vínculo. No he conocido nunca nada tan fuerte. La más ínfima oscilación de pupila me abría las puertas de su espíritu. Aunque no hubiera contacto físico, era más sensual incluso que el carnal. Ambos percibíamos el más mínimo sentimiento del otro. Ella lo sabía. Lo aceptaba. El hecho de tener su confianza era tan bonito como lo que veía de ella. Captaba su energía profunda, su esencia.

—Debían de quererse mucho. A mí nadie me ha mirado nunca así. A veces Justin me come con los ojos, pero no es igual. En su opinión, ¿enviará un e-mail o telefoneará?

—Ni idea.

—¿La señora no se opuso a que le diera su número?

—Espera casi tanto como tú que te llame pronto...

Odile asomó la cabeza por la puerta.

—¿No hay noticias todavía?

Blake levantó los brazos al cielo.

—¡Así que son tres las que esperan al príncipe azul! Estoy rodeado.

El rostro de la cocinera se ensombreció cuando les preguntó a continuación:

—No habrán visto a *Méphisto*... Llevo buscándolo desde ayer. No ha tocado su comida, y esta mañana sigo esperándolo para servirle la leche...

Manon y Blake negaron con la cabeza. Andrew intentó tranquilizarla:

—No tardará en regresar, sobre todo con el mal tiempo que hace fuera.

Manon suspiró:

—Estos machos que vuelven cuando les parece..., menudos problemas nos dan...

Blake iba a protestar cuando repicó la campana de la señora en el piso de arriba.

—¿Qué querrá? —preguntó el mayordomo.

—¡El teléfono! —exclamaron las dos mujeres al unísono saliendo disparadas al pasillo.

67

Blake tardó en olvidar la visión de Manon y de Odile mientras corrían escalera arriba como dos adolescentes desatadas y tomaban los giros de ésta agarrándose a la venerable barandilla, que crujía a su paso. La señora tampoco se encontraba en su estado de costumbre. Efectivamente, Justin se hallaba al otro lado de la línea.

Cuando llegó, con más calma, al recibidor de la dueña de la casa, Andrew descubrió a Manon aferrada al auricular. Se esforzaba porque no se reflejaran en su voz los gestos delirantes que animaban su cuerpo. La chica respondía con una voz sosegada, aun cuando su cuerpo en realidad no lo estaba. A su alrededor, la señora y Odile pataleaban de impaciencia, al tiempo que vivían con la joven cada una de las cumbres vertiginosas y de los abismos insondables por los que pasaba cada seis segundos. Cuando Manon colgó, las tres estaban agotadas. La conversación había durado menos de dos minutos, y Blake se preguntó por qué las mujeres de este mundo se ponían en ese estado por los hombres.

Justin había prometido pasar a buscar a Manon esa misma tarde, a las siete. Seguramente con la mejor de las intenciones, al joven le había parecido acertado decir «te quiero», lo que no tuvo como efecto tranquilizarla, al contrario. Para Manon y las dos mayores, esa declaración de amor constituyó incluso un factor sumamente agravante. Manon volvió a la vida con una energía que daba miedo. La tensión y las dudas de las últimas semanas se esfumaron con un torbellino que lo barría todo a su paso. La jefa y la cocinera seguían sin moderarse lo más mínimo. Al cabo de una hora, cuando habían representado ya por tercera vez la conversación mientras la comentaban más que si fuera un clásico de la literatura, Blake decidió que más le valía, por su salud mental, exiliarse a casa de Philippe, donde veía a *Youpla* y a Yanis..., nada más que a varones. Pensó también en sacar de allí a *Méphisto* en secreto para salvarlo, pero no lo encontró.

Cuando, al final de la tarde, Blake volvió a la mansión —acompañado de Philippe, que no quería perderse el regreso del hijo pródigo—, descubrió a las tres mujeres sentadas alrededor de la mesa de la cocina con una taza de té. Manon se reía a carcajadas con Odile y la señora. Andrew se quedó impresionado con la intensidad de lo que transmitían esas mujeres. Tres generaciones reunidas en torno a la más joven, cuya felicidad se trasladaba a todas. La señora Beauvillier, con la mirada viva y unos bonitos hoyuelos muy marcados, sonreía como nunca. Philippe estaba fascinado con Odile, que esa tarde había perdido la severidad de su apariencia en beneficio de una locuacidad contagiosa.

Blake rezó por que Justin llegara a la hora, puesto que se temía que, en cuanto hubiera pasado un solo segundo de las siete, las tres se volvieran completamente incontrolables. Al más mínimo retraso, Manon se imaginaría que *su* Justin habría sido raptado por horribles mafiosos, la señora se lamentaría de no tener con qué pagar el rescate, y Odile ya estaría preparándose para liberar al chico guapo a sartenazos.

A las 18.30, Manon daba vueltas por la cocina. Cogía cualquier objeto, lo miraba sin prestar atención, luego volvía a dejarlo en su sitio y pasaba al siguiente. En ocho minutos, había dado ya dos vueltas a la habitación toqueteándolo todo. A las 18.45, decidió, de repente, cambiarse con ayuda de Odile, porque la ropa que había tardado horas en elegir, sin embargo, ya no era apropiada para ese momento histórico. A las 18.50, estaba sentada en la banqueta de la entrada, con la cazadora ya puesta, mirando el videoportero como un perro que le echa el ojo a un filete en una carnicería, mientras la señora la tranquilizaba cogiéndole las manos.

Philippe y Andrew observaban esos tejemanejes cuidándose de mantenerse en un segundo plano. Magnier había intentado hacer un comentario, pero Blake había conseguido que se callara a tiempo. Lección número uno: no intervenir nunca o tratar de racionalizar cuando una mujer está enamorada. Lección número dos: admirar el espectáculo y rezar porque una de ellas, un día, haga lo mismo por uno.

A las 18.59, Manon montaba guardia delante del videoportero, lista para descolgar más rápido que un vaquero en un duelo a las puertas del *saloon* de Texas City. La señora y Odile se habían apostado en el rellano, y la cocinera vigilaba la verja de entrada con los gemelos de Blake. Ni siquiera le había pedido permiso para cogerlos.

—Si respondes tú cuando llame —le dejó caer Andrew a Manon—, sabrá que no has hecho más que esperar. Tienes un mayordomo, úsalo. Que espere.

—Tiene razón. Responda usted. Ya verá, es bastante sencillo, basta con apretar aquí...

Blake miró a la joven divertido.

—Perdón —se disculpó ella avergonzada—. Ya no sé ni dónde estoy.

En un tono muy agudo, Odile exclamó:

—¡Está parando un coche!

—¿De qué marca?

—Está demasiado oscuro para verlo, pero parece vagamente naranja...

—Cenicienta, ha llegado tu calabaza —bromeó Blake—. Respira. No es momento de desmayarse.

Manon se sujetaba el vientre, todavía en centrifugado, sin saber si debía reír o llorar. Blake le cogió la barbilla y la obligó a mirarlo a los ojos.

—Manon, el día en que tu hombre se comporte de manera torpe, el día en que actúe como un estúpido como sólo nosotros sabemos serlo, acuérdate de estos momentos y perdónalo.

La chica le dio un beso. Sonó el telefonillo, lo que hizo que las tres mujeres se sobresaltaran.

—Mansión de Beauvillier, buenas tardes —dijo Andrew con su tono más profesional.

—Me llamo Justin Barrier. Tengo una cita con Manon...

—Le abro.

Blake encendió las luces del porche y de la escalinata. Desde el rellano, Odile empezó a repetir:

—¡Una cita! ¡Ha dicho que tenía una cita! ¡Qué romántico!

Blake y Magnier intercambiaron una mirada de estupefacción. Manon revisó su vestido y observó su vientre.

—Le va a parecer que estoy enorme.

—Estás magnífica. No te preocupes. Y, te lo ruego, deja que hable.

—Tiene razón. Punto en boca.

—Ha entrado, ¡sube por el camino! —comentó Odile en directo.

—Avísenos cuando haya pasado el bosquecillo —le pidió Blake.

—Camina de manera decidida. Oye, Manon, pues es verdad que es mono...

Philippe abrió mucho los ojos. Al echarle una ojeada a Odile, Blake se dio cuenta de que la señora le cogía los gemelos para observar ella también. Suspiró.

—Ha pasado los castaños —anunció la jefa.

Andrew puso la mano en la manija de la entrada.

—Manon, ha llegado el momento de que entres en escena.

La joven parecía frágil, y, no obstante, emanaba de ella la nobleza y la pureza de una reina. ¿Por qué las mujeres les causan ese efecto a todos los hombres del mundo? Manon cogió aire y cruzó el umbral como si se zambullera en las olas del océano desde un acantilado. Blake cerró cuando pasó.

Philippe y Andrew se apostaron con discreción en una de las ventanas del salón principal mientras la señora y Odile seguían el reencuentro desde su atalaya.

Manon bajó la escalinata en dirección a Justin. El joven la abrazó y la estrechó contra sí; que se aguantara el bebé. La miró fijamente, le acarició un mechón de cabello y luego le murmuró unas palabras que la hicieron reír. Agarrados el uno a la otra, vagaron por el camino de la entrada. El frío no les importaba. Vivían en el país del eterno verano. Él volvió a abrazarla. Blake tuvo la impresión de que sólo hablaba Justin. Ambos jóvenes estaban tan felices que resplandecían. Experimentaban la energía con la que todo el mundo sueña, la que vuelve invencible, la que anula el tiempo, la que lo eleva a uno y le hace olvidar que estaba solo.

—Ay, mi madre, Philippe, pero si estás llorando...

—Qué tontería. Tengo una cosa en el ojo.

—Ah, bueno. Peor para ti. ¿Cómo puedes permanecer impasible? Yo estoy a punto de llorar.

—¿En serio?

Manon y Justin permanecieron largo rato hablando, riéndose y, luego, arrastrándolo a él de la mano, la chica volvió hacia la mansión. Blake los recibió en la escalinata.

—Justin me invita a cenar —anunció Manon con la mirada rebosante de felicidad.

—De acuerdo, señorita.

—Pero estaré aquí mañana, a lo mejor llego un poco tarde...

—Tómese su tiempo —intervino la señora, que había salido con Odile y Philippe.

Justin subió los pocos escalones que había y les estrechó la mano a todos. Empezó por las damas, a las que agradeció haber cuidado de Manon, y luego le llegó el turno a Andrew.

—Gracias, señor Blake.

—Que pasen una buena noche. Sean felices.

Los dos jóvenes retrocedieron, apretados el uno contra la otra. Manon saludó a todo el mundo. Magnier le respondió agitando el brazo, muy estirado, como si se despidiera de un buque en el horizonte, aunque la chica estuviera a sólo tres metros.

Se alejaron. De repente, Manon soltó la mano de su hombre y volvió a la escalinata corriendo. La subió hasta donde estaba Andrew, a quien besó efusivamente.

—Gracias —le susurró—. Sin usted, me habría vuelto loca.

—Debo de haberme perdido algo, porque por lo menos lo estás un poco —bromeó Blake para evitar que lo desbordara la emoción.

—Es raro, hace un momento, he tenido la impresión de que Justin lo conocía...

—Otra de tus intuiciones. Acuérdate de que no siempre aciertas...

Dejándose llevar por un arrebato, Manon le dio un beso a la señora, luego a Odile, a quien abrazó, y a Philippe, el cual la abrazó a su vez. Antes de marcharse, le murmuró a Andrew:

—Su hija tiene mucha suerte. Tener un padre que hace tanto por una como usted es un regalo del cielo. Hasta mañana.

68

La lluvia caía sin cesar desde que empezó la mañana. Resguardado bajo el tejadillo de la casita, Andrew se mecía en una silla. Escuchaba las grandes gotas que golpeaban rítmicamente la mesa de jardín metálica.

—¡Hace un día de perros! —comentó el encargado cuando se unió a él.

—Llega el invierno. Tengo frío todo el rato.

Por mucho que Philippe estuviera acostumbrado a oír cómo su camarada refunfuñaba sobre cualquier cosa, nunca lo había oído compadecerse de sí mismo.

—Te veo muy taciturno. ¿Algún problema?

—Ninguno.

Magnier se percató de la poca convicción que puso en la respuesta.

—Me fastidia pedirte esto, Andrew, pero seguramente voy a necesitar que me eches una mano para un berenjenal...

—Explícate.

—Los canalones de la mansión no logran evacuar el agua. Es probable que haya hojas secas obstruyendo las rejillas de las bajantes. Pasa siempre al acabar el otoño. De repente, se desborda el agua por los hastiales y chorrea...

—¿Hay que subir ahí arriba?

—A la mayoría de los canales podemos acceder mediante un sistema de cuerdas que pasa por las aberturas de los tejados, pero hay tres a los que sólo se puede acceder con una escalera grande. Bajar haciendo rápel por los tejados, mientras no mire el suelo, todavía, pero la escalera de bombero... Confieso que no las tengo todas conmigo.

—¿Cuándo hay que ocuparse de eso?

—Cuanto antes, mejor. Con el frío que se está asentando, nos arriesgamos a que haya una helada, y eso sería peligroso.

—Solucionémoslo hoy mismo.

Magnier levantó el tragaluz y sacó la cabeza al exterior. Aunque el viento hubiera secado las tejas, aventurarse por los tejados de la mansión seguía siendo una operación peligrosa. Equipado con un arnés y un gancho largo, el encargado se aupó afuera y le indicó con una seña a Andrew que se quedara en el desván, junto al ingenioso sistema de poleas concebido para las operaciones en la cubierta.

—Todo cuanto tienes que hacer es aflojar la cuerda. Afloja cuando te lo pida y, aunque el aparejo hace la mayor parte del trabajo, estate preparado para sujetarme. Si me despeño, mi vida está en tus manos...

—Cuenta conmigo.

En circunstancias normales, Blake habría bromeado. Le habría hecho notar, por ejemplo, que no era prudente para un francés confiarle la vida a un inglés bellaco y traidor. Pero Andrew no comentó nada y se limitó a asegurar la cuerda.

Como un alpinista haciendo rápel, Magnier avanzó de una parte del tejado a otra. De manera prudente, bajó hacia los canalones tal y como lo hacen los escaladores de cordada. Con la ayuda del gancho y el brazo estirado al máximo, rascó las hojas muertas atascadas y extrajo el tapón podrido que obstruía el primer filtro de la bajante. Repitió la maniobra en la otra vertiente, mientras evitaba mirar hacia abajo.

—¿Sigues sujetando?

No hubo respuesta.

—Andrew, no hagas el imbécil. ¡Que me estoy jugando el pellejo! ¿Sigues ahí?

—¡No estoy haciendo el imbécil! No te había oído. Tranquilízate, que estoy aquí.

A Magnier le habría parecido menos inquietante una broma tonta que esa seriedad que no era propia de Blake. Se aventuró hasta el extremo de los tejados probando cada poco tiempo la tirantez de la cuerda.

Cuando sacó las hojas del último tapón, suspiró aliviado. Contentísimo de haber terminado, volvió a subir como una oruga hacia el tragaluz. Blake enrollaba la cuerda sin pensar.

—Una cosa menos —afirmó Magnier.

—Queda la escalera.

—No tienes por qué hacerlo.

—Ningún problema. Ya te lo he dicho: no tengo vértigo.

Ambos apoyaron la escalera grande en el hastial oeste.

—Pesa lo suyo —susurró Blake conteniendo la respiración.

Magnier tiró de la cuerda de elevación para desplegarla.

—Andrew, no tenemos por qué hacerlo hoy...

Estirada al máximo, el extremo de los largueros descansaba por los pelos en los rebordes de los tejados.

—Dame tu gancho.

Philippe le tendió la herramienta. Una extraña sensación se apoderó de él. El tiempo vacilaba entre el viento y la lluvia. Andrew se comportaba de forma curiosa, como si no estuviera atento realmente a lo que estaba haciendo. Por otra parte, eso sucedía ya desde hacía unos días. Por eso, seguramente, Philippe le había ganado por primera vez una de sus partidas de ajedrez. Magnier dudó si disuadirlo de subir, pero el mayordomo ascendía ya por la escalera.

Blake sobrepasó el primer piso e hizo una pausa. Levantando la voz para que Magnier lo oyera, le confió:

—Cuando éramos críos, en mi pueblo, había una iglesia antigua. En cuanto el vicario nos daba la espalda, nos encantaba escalarla sólo con las manos desnudas. Se trataba de ver quién subía más rápido para quitar los nidos de urracas del campanario.

—Sé prudente, Andrew.

Blake retomó su ascensión hasta las ventanas del segundo piso. Se puso a silbar. Magnier sujetaba la escalera sin quitarle ojo de encima. Tenía tanto miedo como si él mismo hubiera estado en lo alto. Andrew acabó por llegar al tejado. Contorsionándose, pasó el brazo por encima del canalón y rascó el interior. Por encima del cinc, pasaron puñados de hojas muertas aglomeradas. Blake siguió con la limpieza hasta que ya no se oyó más que el ruido del gancho contra el metal. Afirmó:

—¡Ésta ya está!

—Entonces, vuelve. Tómatelo con calma.

El mayordomo se recolocó en la escalera e inició el descenso. Hizo una pausa en el segundo piso; silbó de nuevo. Magnier se sintió más aliviado al ver cómo se acercaba.

—En cualquier caso, esto está alto —concedió Blake, que había llegado a la mitad de la fachada—. Te veo muy pequeño, pareces un duende.

—¿Sabes lo que te dice el duende? —respondió Philippe, que comenzaba a relajarse.

El encargado se prometió para sí no tentar más a la suerte por ese día. Acabado. Además, era probable que la lluvia no tardara en volver. La escalera iba a regresar al granero, y él iría a beberse una copa con su compañero de batallas. Para los dos canalones que todavía estaban obstruidos, el encargado le pediría ayuda a Hakim. Esa idea lo dejó más tranquilo.

Blake ya no estaba más que a unos metros de tierra firme. En ese momento, erró el travesaño en el cual trataba de apoyar el pie.

314

Magnier vio cómo patinaba. El mayordomo casi consiguió sujetarse, pero arrastrado por el impulso, no le dio tiempo a agarrarse con la mano. Andrew Blake sufrió una caída de más de cinco metros, por lo que cayó como una piedra.

Magnier se precipitó hacia su amigo dando gritos. Iba ya maldiciéndose a sí mismo. Se había temido ese drama. Lo había presentido. Debería haberlo evitado, no pedirle nada. Blake estaba tendido sobre su costado, entre el barro y las piedras, inmóvil. La sangre le corría ya por las manos y el rostro. De rodillas junto a él, Philippe no se atrevía a tocarlo.

—Andrew, por favor, ¡háblame!

Blake tenía los ojos entornados. No lograba articular ni una palabra.

—Vivo...

—¿Qué dices? —le preguntó Magnier inclinándose hacia él.

—Estoy vivo. Has fallado, malvado comedor de ranas.

Blake se debilitaba a ojos vistas, estaba a punto de perder el conocimiento.

—Andrew, quédate conmigo. Te lo ruego.

—Cuando veas a mi pequeña Sarah, dile que la quiero y que me arrepiento de todo lo que no he sabido hacer por ella.

—El mejor amigo que haya tenido nunca me enseñó una cosa: si tienes un problema con un niño, si te arrepientes de algo, te toca a ti decírselo. Vivirás para hacerlo.

Mientras los bomberos se llevaban al desmayado mayordomo, ninguno de los médicos de urgencias quiso pronunciarse sobre sus posibilidades. La señora y Magnier no se apartaron de su lado. Justo antes de que el camión se marchara, con las luces de emergencia encendidas, llegó corriendo Odile. En la camilla, junto al rostro magullado de Blake, colocó a *Jerry*, el pequeño canguro de peluche. Al borde de las lágrimas, alzó la mirada hacia los médicos.

—Procuren que esté siempre cerca de él, por favor.

69

Primero, un trueno lejano surgido de un mal sueño. Luego, el martilleo sordo de una cabalgada, como la de cientos de caballos salvajes que descendieran por las pendientes herbosas de las colinas de Windermere. Una inspiración violenta, una onda de choque que le recorrió el pecho, como en su primer grito. Por último, la luz. Una abertura cegadora de contornos imprecisos. Una sensación agobiante, como si el cuerpo se llenara con un metal ardiente y líquido que se transformara en un agua tibia cuyo torrente impetuoso acabara apaciguándose mediante su transformación en un lago.

—Se está despertando, avise al doctor.

La noche de nuevo. No ser más que una forma inmensa y oscura que se desliza por el lago. Nadar con fluidez, hacia el fondo. El tiempo ya no existe.

A través de los párpados entreabiertos, Blake percibió una silueta borrosa. Diane.

—Abra completamente los ojos. Si me entiende, abra los ojos.

Un hombre y una mujer aureolados de blanco, inclinados sobre él. Los entiende, pero la lengua que hablan es extraña.

—Muy bien —dijo la mujer—. Tómese su tiempo, no se fuerce.

—¿Cómo se llama? —le preguntó el doctor.

La mente de Blake captó la pregunta y empezó a buscar una respuesta en el desbarajuste de informaciones que intentaba organizar. La primera respuesta que le vino a la cabeza fue «Andy», el diminutivo de su nombre. Dudó.

—Andrew —respondió con dificultad.

—Perfecto.

Poco a poco, Blake comenzó a volver en sí. De hora en hora, nadaba cada vez con menos frecuencia en el lago. Le pidieron que moviera las manos, todos los dedos, las piernas. Le pusieron inyecciones. Aunque las odiara, no tenía fuerzas para protestar.

—¿Qué me ha pasado?

—Sufrió una caída. Seria. Ha tenido suerte.

—¿Cuándo?

—Hace diez días.

Blake se llevó la mano a la cabeza.

—Tengo que ir a buscar a mi hija al colegio.

La enfermera estaba acostumbrada a gestionar esa clase de confusión.

—No se preocupe, ya se están encargando de eso.

Blake tomó consciencia de la habitación en la que se encontraba. Unas paredes verde claro, una ventana con los estores bajados, un extraño bip que no tardaría en irritarlo.

Sobre la mesilla, vio un peluche pequeño. El animal despertó algo en él. Algo muy potente. Con muchas dificultades, logró cogerlo. El olor del pequeño canguro también lo hizo reaccionar. Unas imágenes se entremezclaron en su mente. Una habitación. Una cama vacía con unos libros en el borde. Un rostro.

—¿Le dice algo el nombre de Richard Ward?

—¿Es mi hermano?

—No lo creo. Trate de acordarse. Es por su bien.

De repente, en la mente de Blake se formó la imagen del rostro de su amigo.

—Sí, me acuerdo de él. ¿Está aquí?

—No, pero llama por teléfono tres veces al día desde Inglaterra. Le manda un abrazo. Ha venido mucha gente a visitarlo desde que se quedó en coma. Dos mujeres y hasta un chaval que ha dejado un sobre para usted.

La enfermera puso una carta encima de la cama.

—Abrirla seguramente le sirva de estímulo. ¿Quiere que lo ayude?

Andrew asintió con la cabeza. La enfermera rasgó el sobre. Sacó de él un control de mates en el que había escrito en grande «6,5, muy buen trabajo», y una carta.

Le mostró los documentos a su paciente. Blake no reaccionó.

—No consigo leerlo —se disculpó.

—Yo lo haré por usted: «Hola, usted. Espero que esté bien y que vuelva pronto. ¡He tenido la mejor nota de mi vida en mates! La señora Crémieux me dijo que había copiado, así que me dio otros ejercicios para vigilarme y los hice bien. ¡Me quedé con ella! He venido con mi madre todos los días, pero no me dejan ir a su área. Espero que no la palme. Ya he visto cómo la palma alguien. El hurón de Kevin. Fue horrible. Al final ni venía cuando lo llamabas. Estoy superimpaciente por volver a verlo, aunque sea para hacer mates. Un beso

»Firmado, Yanis.

»P. D.: Vaya pensando en pagarle la tele a mi madre».

La enfermera añadió:

—Debajo, el chico ha dibujado un monstruo con cuernos apuntando hacia abajo y, al lado, ha señalado «*Youpla*». Los dibujos animados japoneses esos les envenenan el cerebro.

—Yanis... —repitió Blake lentamente.

—¿Este niño es algo suyo? Piense, haga ese esfuerzo. Sé que es difícil.

Blake no halló la respuesta de inmediato. Se sumió de nuevo en el lago donde era tan agradable nadar.

70

En los siguientes días, Andrew volvió en sí y recuperó fuerzas. Los análisis neurológicos no habían detectado nada grave, salvo los problemas observables habitualmente en esa clase de traumatismos.

Cuando subió del escáner, lo estaban esperando Manon y Justin en su habitación.

—Entonces, jóvenes, ¿cómo estáis?

—Tiene mucha mejor cara. Hemos venido por una ecografía, así que hemos aprovechado.

—Me alegra mucho veros. Me siento capaz de caminar, pero me obligan a quedarme todo el rato en la cama o en un sillón. Tengo derecho a diez minutos de libertad al día. Soy un esclavo.

Manon se acercó.

—Nos han dicho que el bebé va a ser chico.

—Luego tu intuición era correcta.

—Lo vamos a llamar Théo.

—Muy bonito.

La chica añadió:

—De segundo nombre le vamos a poner Andrew.

Blake al principio no lo entendió.

—Théo está bien...

Se calló de repente.

—¿Andrew?

Blake sintió cómo lo asaltaba un extraño sentimiento.

—No deberíais infligirle emociones así a un anciano. Muchas

gracias. Ven aquí, que te dé un beso. No os imagináis lo mucho que me ha emocionado.

—Nos alegra mucho —intervino Justin.

—Me hacéis un gran honor. ¡Pobrecillo! En el colegio le tirarán piedras cuando se enteren de que tiene un segundo nombre inglés.

—Sin usted en la mansión, ya nada es igual —añadió Manon—. Odile y la señora están perdidas.

—Si la hubiese dejado, Odile me habría traído el desayuno, la comida y la cena. He de decir que, cuando veo llegar las bandejas de comida, sueño con esos platillos suyos...

—La señora también está esperando que regrese.

—Hablando de regresos, ¿se sabe algo de *Méphisto*?

—Todavía no. Odile está convencida de que lo han atropellado.

—Pobre pequeña bola de pelo. Sería una cosa muy triste.

Manon vio que había aparecido Magnier en la puerta de la habitación. Lo saludó y dijo:

—Los dejamos solos. De todas formas, tenemos que irnos. —Y añadió dirigiéndose a Blake—: Si podemos, nos pasamos mañana.

—Gracias otra vez por lo del pequeño.

Manon lo obsequió con una gran sonrisa, y luego Justin y ella se esfumaron. En el umbral, sin atreverse casi ni a moverse, Magnier observaba a su compañero de batallas evitando su mirada.

—¿Me reconoces? —preguntó con timidez.

—Perfectamente. Es usted el vizconde de la nariz fruncida. ¿Qué haces ahí en la puerta? Anda, entra.

—¿Cómo te encuentras?

—Voy recuperándome. Qué alegría verte. Deberías haberte traído el ajedrez, me habría tomado la revancha. Coge la silla, te quedarás cinco minutos por lo menos, ¿no?

Magnier no se hizo de rogar. Ahora miraba a Andrew fijamente. Blake señaló la venda que tenía en la frente.

—¿Has visto? Llevo la misma venda que tú cuando te comiste el árbol. Espero no delirar tanto como tú...

—He pasado tanto miedo —le confesó Magnier—. Creí de verdad que habías muerto. Me habría odiado hasta el fin de mis días.

—No salió bien. ¿Es ésa la razón por la que has tardado tanto en venir a hacerme una visita? Hasta la señora ha salido de su agujero.

—No me atrevía. Me daba mucha vergüenza.

—Fue un accidente, Philippe. La palabra es la misma en francés y en inglés. Nadie me obligó a hacerlo.

—Los médicos dicen que, en cuanto se te suelde la costilla, todo volverá a ser como antes.

—No del todo, Philippe.

Magnier se asustó.

—¿Qué quieres decir?

—Me acuerdo muy bien de lo que te pedí cuando creí que había llegado mi hora.

—¿Lo relacionado con tu hija?

—Amigo, la vida es extraña. Unos días antes de mi caída, un comentario de Manon me dejó hecho trizas. Me dijo que, para mi hija, tener un padre que hacía tanto como yo por ella era un regalo del cielo. Si hubiera sido un castillo, me habría desmoronado de golpe al oír eso. Es horrible. No he hecho nada por mi hija. Desde hace años, me preocupo por todo el mundo excepto por ella. Se me hizo evidente en el mismo momento en que me dijo eso. Estaba desolado. El otro electrochoque me lo administraste tú cuando me recordaste que me tocaba a mí decirle que me arrepentía...

—Siento haberte herido.

—No me heriste. De hecho, creo que fue gracias a ese comentario que todavía me siento vivo. ¿Sabes, Philippe? Antes morirme no me daba miedo. Tenía la sensación de no tener ya nada que hacer en este mundo. Pero, ahora, no veo las cosas de la misma manera. La muerte no me va a pillar antes de que haya acabado lo que debe ser acabado.

Magnier cogió el brazo de su amigo y soltó:

—Me alegra mucho verte de nuevo con tu carácter de perros y tus grandes ideas. Perdóname, debería haber venido a verte antes.

—Yo, si un día caes en coma, no te abandonaré, crápula infame. Estaré ahí desde el primer día. Te pondré una peluca, te maquillaré y haré que te pongan implantes de pecho. Cuando te despiertes, no te acordarás de nada, como yo, y, entonces, te contaré que eres Angelina Jolie. Incluso podré ponerte tus propias películas.

—¡Eres un enfermo!

71

—Puedo subir la calefacción si tiene frío...

—Gracias, Justin, está bien así. Cuidado con el hielo, no han echado sal en todas partes.

Blake apenas reconocía el paisaje del camino de regreso a la finca. Después de tres días de nieve con grandes copos, hasta los sotobosques estaban blancos. Las ramas se doblaban por el peso del espeso manto algodonoso que lo cubría todo. Philippe había abierto la puerta principal de la verja para permitir que el vehículo pasara. Justin redujo la velocidad antes de meterse por el camino de entrada.

El jardín estaba espléndido, pero la mansión resultaba todavía más impresionante. Como en un cuento de hadas, los tejados, los balcones y todos los bosquecillos estaban cubiertos por una capa inmaculada de formas suaves. La luz se tornaba cegadora a pesar del cielo nublado.

En cuanto Justin hubo aparcado al pie de la escalinata, Odile, Manon, Philippe e incluso la señora Beauvillier hicieron su aparición.

—¡Menudo comité de bienvenida! —exclamó Andrew saliendo a duras penas del vehículo.

Philippe le ofreció su ayuda para subir los escalones, pero Blake, por pundonor, probó que no la necesitaba aunque cojeara. Bromeó diciendo:

—¿Desde cuándo vigilan la entrada a la finca para verme llegar?

Con mis gemelos, me imagino... Me alegro mucho de volver a verlos a todos.

El pequeño grupo arrastró al superviviente hasta el interior. Odile le quitó el abrigo con delicadeza. Manon lo liberó de su bufanda mientras Philippe se encargaba de su bolsa. La señora Beauvillier miraba cómo lo hacían, satisfecha de ver a Andrew de vuelta en su casa.

—Esas gafas nuevas le sientan bien —comentó Odile.

—Dado el estado de las otras, era el momento de cambiarlas.

La señora cortó la conversación:

—¿Podemos ir pensando en abrir el correo? Llevamos más de una hora de retraso...

Al ver la sonrisa maliciosa que mostraba, Blake comprendió que se trataba más de ganas de retomar sus costumbres que de hacerle un reproche. Odile le confió el mazo de sobres a Andrew, quien subió con la señora.

La señora y Blake, cada uno desde su lado del escritorio, repitieron los gestos que habían realizado tantas veces. Parecían, más que nunca, dos niños jugando a algún juego. Él miraba cómo abría las cartas, una tras otra, con su abrecartas en forma de espada. Ella le devolvía algunas con instrucciones para responder. Sin embargo, esa mañana, no eran los sobres lo que concentraba toda la atención de la señora, sino Blake.

—La última vez que lo vi —le dijo—, creí que era la última...

La señora Beauvillier se dio cuenta de lo extraña que resultaba su frase. Andrew asintió con la cabeza.

—La entiendo. A veces hay que desconfiar de lo que tomamos por últimas veces...

Ella dio vueltas a su espada en miniatura y le preguntó:

—¿Piensa cogerse vacaciones para las fiestas?

—No.

—¿Nadie a quien ver?

—Mejor en enero. Si me lo permite, preferiría quedarme en su casa hasta que termine mi período de prueba. Luego, por lo que me ha dado a entender, es posible que tenga tiempo...

—Puede que haya encontrado una solución. Si se restablecen mis finanzas, podremos plantearnos el futuro de la finca con mejores perspectivas...

A pesar de ese anuncio positivo, Blake se sintió preocupado de inmediato. Habría querido saber más, pero no podía permitirse hacerle preguntas.

Esa mañana, la sesión de correo fue especial. Ni la señora Beauvillier ni Andrew le concedían verdadera importancia a lo que hacían, ya que sus gestos rutinarios sólo les servían de pretexto para volver a encontrarse el uno junto a la otra. Se espiaban por turnos, evitando que se encontraran sus miradas. Aunque no querían reconocérselo, apreciaban esos momentos juntos.

Al descartar un envío publicitario, la señora Beauvillier descubrió un nuevo sobre verde cuya dirección estaba escrita a mano. Se inclinó para poner la trituradora en funcionamiento. Blake se vio ante un caso de conciencia. La señora se disponía a deslizar la carta por la ranura que la destruiría cuando preguntó:

—¿Me permite que le haga un comentario?

Ella detuvo su gesto. La carta se encontraba a unos pocos centímetros solamente de las cuchillas. En la habitación, de repente, no se oyó otro ruido más que el de la máquina a la espera.

—No la destruya, por favor.

—Conque ha recuperado todas sus facultades... Incluida la de meterse en lo que no le concierne.

—También he ganado algunas más. No sé si es por el hecho de haber estado cerca de la muerte, pero ahora estoy todavía más convencido de que no hay nada más valioso que estar en paz. Hay que hacer las paces mientras sea posible. Los disgustos no valen para nada. Los rencores tampoco. Sólo cuentan el presente y el futuro.

Somos tan frágiles... Como usted, hay gente a la que echo de menos. Como usted, vivo a la sombra de su ausencia. Creo que usted y yo hemos seguido muy cerca de aquellos que nos han dejado, pero hay otros que todavía están aquí, y nos necesitan...

Andrew temía haber hablado de más. La señora Beauvillier agitó la carta, como para calcular el contenido, y luego la dejó delante de ella. La trituradora de papel seguía en marcha.

—¿Qué le habría dicho su mujer? —le preguntó con sorprendente aplomo.

—¿Qué le diría su marido? —le respondió él al quite.

72

—Odile, se lo ruego, fíese de mí y responda: ¿ha recibido la señora a gente de la inmobiliaria Vandermel?

—Ha tenido sus reuniones. Varias. Pero de ahí a saber de qué se trataba en concreto...

—¿No ha notado nada? ¿No ha firmado nada que usted sepa?

—Andrew, me pone en un aprieto...

—Lo siento mucho, pero es importante.

—Lo único de lo que estoy segura es de que el banco de la señora la convocó a una reunión. Tres días después de su accidente. Cuando salió de la sucursal, no me dijo nada, pero estaba lívida.

Odile recogió el plato intacto de *Méphisto* y lo vació a conciencia en el cubo de compostaje.

—¿Todavía no se sabe nada de su gato?

—Va a hacer tres semanas... Algunas mañanas tengo la impresión de que ha venido a comer un poco. Otras veces, me parece oír la puerta de la gatera en plena noche. El domingo pasado, incluso bajé, pero no estaba. Debe de pensar usted que soy una estúpida por preocuparme tanto por un gato. Deben de haberlo atropellado, eso es todo. Pasa todos los días, pero no es la primera noticia de los telediarios...

Blake se acercó para consolar a Odile, pero ella volvió la cabeza.

—Como una niña ingenua, le sigo preparando su plato... Pero me he prometido dejar de hacerlo en Navidad.

La cocinera lavó el recipiente y lo devolvió a su lugar delicadamente junto al cojín del animal. Estaba a punto de llorar.

—Con lo que le gustaba estar calentito, espero que no pase demasiado frío allá donde esté...

Sollozó, se secó las manos y trató de calmarse.

—¿La señora le ha hablado de sus planes para Navidad?

—Todavía no, teníamos muchas cosas que ver...

—Quiere organizar una comida con todos nosotros: Manon, Philippe, usted y yo. Creo que tiene en mente invitar también a Justin.

—Ha dicho usted «Philippe»...

Odile se puso roja como un tomate.

—¿Y qué? ¡Como que no lo llamo a usted Andrew! Y, en cuanto a esa comida, el señor Magnier me ha dicho que era ya una tradición en los tiempos en que el marido de la señora todavía se hallaba entre nosotros.

—¿El «señor Magnier»?

—Que pare —lo regañó Odile—. ¿No le parece que he tenido ya bastantes desgracias? Lo creíamos a usted muerto y he perdido a mi gato. He llorado horas y horas. Y usted, nada más volver, ya empieza otra vez a machacarme...

—Yo también la he echado mucho de menos, Odile. Tremendamente, incluso. Y le prometo que, aunque haya soñado con su cocina en cada comida, no es eso lo que más he echado en falta. Descubrir a *Jerry* a mi lado me emocionó de tal manera que no puede ni imaginárselo. Porque estuviera allí y también porque sólo usted habría tenido un detalle tan bonito.

Andrew se acercó a ella y le dio un beso en la frente.

—Gracias.

73

En cuanto hubo cerrado las puertas del salón pequeño al salir, Odile resopló para aliviar la tensión. Estaba colorada, con las manos crispadas en su bandeja. Andrew nunca la había visto tan cerca de estallar. Cojeando ligeramente, la siguió hasta el comedor.

—A juzgar por su estado, la señora Berliner está claramente en perfecta forma... —dijo irónico—. ¿Quién es esta vez la víctima de su lengua viperina?

—¡Qué vergüenza! —estalló la cocinera sublevada—. Esa mala mujer tiene la cara de venir con una sortija que la señora le vendió hará apenas dos semanas. Pero si se dio perfecta cuenta de que separarse de ella le estaba partiendo el corazón, lo que no le impidió hacerle un buen precio. Y hoy se presenta aquí exhibiéndose... ¿Se da cuenta? ¡Y va dando lecciones! ¡Y se las da de la alta sociedad!

—¿Está usted segura de lo que afirma?

—Absolutamente. Es una esmeralda de las grandes que le regaló el señor François. La he limpiado varias veces. Pobre señora... Me indigna. Hizo bien en electrocutar al vejestorio ese.

—Retomaré el servicio.

—Es inútil. No se preocupe, sé contenerme. Los médicos dijeron que debía tener la pierna en reposo.

—Un poco de ejercicio no me hará daño...

Cuando Andrew entró en el salón con el café caliente y otros pastelitos, ni la invitada ni la señora se dieron cuenta de que había ocupado el puesto de Odile. Una estaba demasiada ocupada en soltar sus opiniones lapidarias y la otra estaba estupefacta, incapaz de replicarle.

—Permíteme que me ría. Me sorprende que te hayas dejado enternecer por una historia de amor anodina entre una criada y un subalterno de fábrica. Parece un telefilme malo para amas de casa...

Blake depositó la bandeja en la mesa baja. Al reconocerlo, la señora Berliner reaccionó:

—¡Menuda sorpresa! Creía que estaba usted indispuesto. Me enteré de su accidente. Debe tener cuidado con dónde pone el pie, amigo mío, sobre todo a su edad...

Andrew no se inmutó.

—¿Desea un poco más de café? —le preguntó con deferencia.

Blake siempre había procedido así con la gente peligrosa. Dejaba que se acercaran, se abrieran, creyeran que habían ganado. Se cuidaba de no dejarse llevar por sus provocaciones. Los evaluaba sin subestimarlos nunca. La vida le había enseñado que no hay adversarios pequeños y que el que se cree más fuerte es a menudo el que pierde.

—Dicho esto —añadió la señora Berliner—, no me disgusta que haya reemplazado a la otra, porque da muestras de muy poca gracia sirviendo...

Mientras le servía el café a la señora Berliner, Blake miraba fijamente la sortija. Era sobria, elegante, resplandeciente, todo lo que no era quien la llevaba ese día. La mujer hizo un gesto para indicar que tenía bastante. Engulló un pastelillo y prosiguió:

—Volviendo a tu criada, no te fíes. Con todos sus mareos de descerebrada, existe la posibilidad de que se muestre menos enérgica con sus tareas. Por otra parte, cada vez es más difícil encontrar un buen servicio. ¡Todo por una historia vulgar que rezuma buenas intenciones y que, por falta de ingresos, ni siquiera acabará en un abogado! Y, cuando hay niños de por medio, ¡somos nosotros quienes pagamos las prestaciones sociales que tanto les gustan!

Blake intercambió una mirada con la señora Beauvillier. Como probablemente había adivinado las intenciones de Andrew y la pregunta que le estaba haciendo de manera implícita, ella le dio su consentimiento con un ligero movimiento de barbilla.

El mayordomo volvió a dejar la cafetera con calculados gestos y miró fijamente a la señora Berliner hasta que ella ya no pudo ningunearlo.

—¿Por qué me mira usted así?

—Porque es bastante raro ver a alguien tan sumamente...

—Explíquese.

—¿Quién se cree que es? —le preguntó Blake en un tono asombrosamente tranquilo.

—¿Cómo?

— ¿No entiende su propio idioma?

La señora Berliner le lanzó una mirada conmocionada a la dueña de la casa, que seguía saboreando su café como si nada.

—No sé en su país, amigo mío —dijo la mujer arrugando la nariz—, pero, en Francia, el personal doméstico...

—No soy su amigo. La oigo despreciar, condenar, y me pregunto quién es usted para permitírselo. ¿Es la única manera que ha encontrado para darse importancia? Tiene una opinión sobre cualquier cosa y siempre negativa. Nadie cuenta con su aprobación. ¿Qué es usted capaz de defender y de promover, aparte de su vanidad y de su orgullo? Para la gente como usted, el amor es una cursilada; la amabilidad, una prueba de debilidad, y decir cosas sencillas es una falta de cultura.

—Esto es un escándalo. ¡Nadie me había hablado nunca así!

—Y ése es sin duda su drama. Algunas leccioncillas le habrían abierto la mente y relajado su real trasero.

—¿Cómo? Nathalie, ¡di algo!

La señora Beauvillier adoptó una expresión compasiva.

—Cuando se pone así, prefiero callarme. Me da miedo...

Blake se inclinó hacia la señora Berliner, que dio un respingo hacia atrás. Se acercó más, hasta forzarla a hundirse en los cojines del sofá.

—¿Y bien? ¿Ya no hay ningún comentario venenoso? ¿Ninguna ocurrencia malintencionada? ¿Dónde están sus juicios categóricos? ¿De qué le sirve su cinismo? Normalmente, sale del paso porque nadie se atreve a replicarle. Pero eso no significa que nadie piense en hacerlo... Incluso el personal doméstico puede hurgar en la herida. En el fondo, la compadezco, porque debe de tener una vida a su imagen y semejanza: fría, llena de acritud y estúpida. Pasa su tiempo destruyendo, denigrando, ensuciando todo lo que no puede entender. Tendría que haber visto a la «criada» y al «subalterno de fábrica»: resplandecían. Atesoraban algo que usted nunca tendrá mientras se comporte como lo hace. Para usted, las personas con corazón son ingenuas, y se regodea hiriéndolas para sentirse superior. Es usted un parásito que se mantiene con vida a costa de los sentimientos y de las esperanzas de los demás. No es usted más que una sucia garrapata que envenena la sangre de aquellos a los cuales se engancha.

Blake hablaba despacio, pero recalcaba cada palabra. No estaba más que a unos centímetros de su interlocutora, quien balbuceó:

—Siempre he tratado de ayudar a esta casa y, como recompensa, se me insulta...

—Como ya no domina la situación, se hace la víctima. Lo que no me sorprende. En general, la cobardía se muestra en forma de estupidez. En cuanto a su noción de lo que representa una ayuda, va a necesitar revisar sus estándares. De todas formas, ya no hay nada que negociar aquí. Ahora le pido que se vaya. No se lo exige el lacayo, sino el hombre. Dejémonos de jueguecitos de sociedad, de códigos que tanto le convienen, y volvamos a lo más básico. ¿Qué perversión de nuestra época la sitúa por encima de personas que, como Odile, valen cien veces más que usted? Fuera. Ya conoce el camino. No vuelva a poner nunca los pies en esta casa.

La señora Berliner se levantó de un salto y salió pitando.

—Un último consejo —le espetó Andrew—: cuidado al tocar la verja y no resbale con el hielo. A su edad, esas cosas no perdonan...

Después de contestar a los últimos correos de Richard y Heather, Blake subió, por fin, a acostarse. En su planta, se encontró con la puerta de la habitación de Manon abierta de par en par. La joven leía echada en la cama.

—¿No duermes?

—No puedo. Tengo la impresión de que noto cómo el bebé empieza a moverse.

—Quizá también estés inquieta por las notas de la oposición...

—Desde luego.

—¿Cuándo las sabrás?

—La semana que viene, el día de Nochebuena.

—¿Tu intuición?

—Me da miedo, pero me gustaría que fueran buenas. Sería un bonito regalo...

—Siempre puedes pedírselo a los duendecillos de Papá Noel, pero no van a poder hacer nada.

—Dígame, ¿es verdad lo que me ha contado Odile en secreto? ¿La señora va a poder mantener su puesto?

—Ya sabes más que yo. Hasta ahora no me ha dicho nada. Pero, ya que estamos con secretos, ¿puedo pedirte otro favor «un poco especial»?

—Todo lo que quiera.

Blake comprobó que no había nadie en el pasillo y bajó la voz:

—Cuando cenemos todos juntos el martes que viene, me gustaría que fingieras algo.

—¿El qué?

—Un buen mareo.

—¿Para qué iba a hacerlo?

—Porque, dado que soy el único que tiene carnet, sería yo quien te llevaría al hospital a que te examinaran.

—¿No le apetece cenar con todo el mundo?

—Por supuesto que sí, pero, ante todo, me gustaría que Odile y Philippe se quedaran a solas, por la cosa de ayudar un poco al destino...

Manon lo entendió enseguida.

—¿Y si la señora baja?

—Está de acuerdo en no salir de sus habitaciones.

—¿Ha accedido a eso?

—Completamente.

—Y ¿le ha dicho por qué?

—¡Pues claro!

Manon movió el índice como para reñir a un niño.

—Menudo está usted hecho, señor Blake. Pero puede contar conmigo. Va a ser un mareo de campeonato...

—Tampoco les quites las ganas de comer...

Adoptando una voz grave impostada, Manon afirmó:

—Si, durante el transcurso de esta misión, usted o uno de sus cómplices es capturado, negaremos tener conocimiento de sus movimientos, y Odile les arreará un buen sartenazo por incitación al desenfreno...

Esa noche, en su habitación, Blake no lograba conciliar el sueño. Contemplaba por la ventana el jardín nevado. El paisaje se encontraba bañado por un claro de luna azulado que recordaba a esas tarjetas navideñas que su madre lo obligaba a mandarle a toda la familia. La nieve de las ilustraciones pasadas de moda estaba decorada con purpurina que se pegaba por todas partes y de la que el niño tardaba días en deshacerse.

Blake se sentó en la cama. Cogió la foto de su mesilla. ¿Cuánto tiempo hacía que no veía a su hija? ¿Desde cuándo la evitaba? ¿Por qué, paradójicamente, nos privamos de aquellos a los que más queremos? Seguramente, por culpa de los peores sufrimientos de todos, aquellos que nos infligimos a nosotros mismos... Desde que, a consecuencia de su accidente, había tomado la decisión de hablar con ella, Andrew contaba los días. Hacía muchísimo tiempo que no estaba tan impaciente. Heather le había reservado ya un billete de avión. Pensaba aprovechar la Navidad para llamar a Sarah y anunciarle su llegada. ¿Cómo iba a plantearle el tema? ¿Qué iba a decirle? ¿Llegaba a tiempo? ¿Y si se negaba?

En mitad de la noche, cuando en la confusión de su mente flotaban lentamente sueños y cuestiones de intendencia, un ruido sacó a Blake de su duermevela. Le pareció haber oído una fricción. Al principio, creyó que sus facultades auditivas le estaban jugando una mala pasada, pero el fenómeno se repitió.

«Termitas. Luego esta mansión está maldita de verdad...»

Aguzó el oído con el fin de intentar localizar el origen del sonido misterioso. Se puso de pie en su cama, luego en su silla, e incluso en la mesa para comprobar si esa especie de rascadura provenía del armazón del techo. Con la cabeza pegada a la pared, recorrió luego los tabiques de la habitación. El ruido cesaba. Luego volvía. Paraba, indefectiblemente, tan pronto como Andrew se acercaba demasiado. Volvió a acostarse, intentó dormir, y, como un espíritu bromista que no esperara más que eso, el ruido volvió a comenzar. Al cabo de una hora, Blake se sentó irritado en la cama. Ahora estaba completamente despierto. No descansaría hasta haber resuelto el enigma. Se levantó otra vez y, como un cazador al acecho, aguardó. El ruidillo no se hizo esperar. Blake retomó el rastreo. Lo condujo rápidamente al pasillo, donde, de puntillas, linterna en mano, comenzó a inspeccionar. Bien podrían haber anidado los ratones en los trasteros del fondo, llenos de cosas viejas y muebles desechados. Blake sabía que, al más mínimo ruido, era probable que los roedores no se movieran ya hasta la noche siguiente. Se imaginó la cara de Odile como se enterara de que su fobia había elegido alojarse tan cerca de su habitación... Blake se la figuró huyendo a la carrera por la nieve, descalza, en camisón, al tiempo que chillaba con los brazos tendidos al cielo...

Los ruidos de fricción se hacían cada vez más claros. Se acercaba a su destino. El sonido procedía, claramente, de uno de los trasteros, cuya puerta se encontraba entreabierta. Andrew tapó la luz de su linterna y empujó la puerta. Sin duda, algo se movía. Fue iluminando la habitación muy poco a poco. A pesar de todo lo que había visto ya en su vida, esa noche, Andrew Blake se quedó patidifuso.

75

—¡Odile, despierte! —repitió Blake en voz baja llamando con suavidad a la puerta.

La cocinera acabó abriendo, muy adormilada.

—¿Qué pasa?

—Muy chulo, el camisón...

—¿Para decirme eso me ha sacado de la cama? ¿Ha bebido?

—Tengo una buena y una mala noticia para usted.

—Sinceramente, Andrew, son las tres de la mañana; espero que tenga una buen razón para despertarme... ¿La señora está enferma?

—La buena noticia es que va a volver a ver, por fin, a su gato. La mala es que es transexual...

El trastero era una leonera de muebles y equipajes amontonados. Por sí sola, esa habitación podría haber constituido un museo de la maleta. Había de todos los tamaños, de cartón, de plástico, de cuero o con ruedas. Había incluso baúles. Delante de Odile, Blake pasaba el haz de su linterna como si fuera un foco en el recinto de una prisión, en busca de fugitivos...

—Hay que evitar asustarlos —le aconsejó Andrew.

—Como sea una broma...

—Lo es, pero no mía. Tendrá que vérselas con su «gato»...

Entre dos maletas, el rayo de luz atrajo unos ojos pequeños que desaparecieron de inmediato. Cuando la luz desveló lo que se encontraba en el suelo, Odile abrió unos ojos como platos y lanzó un grito.

—¡Dios mío, *Méphisto*!

El animal estaba voluptuosamente tumbado en mitad de un nido mullido hecho con calcetines y una chaqueta de muaré. Había dos gatitos mamando.

Blake dijo con ironía:

—El que le dijo que era un gato le mintió.

—Pero ¿y yo qué sabía? No soy una experta. Además, con los de angora, para comprobarlo... ¡No le iba a poner un microscopio en las nalgas!

—¿Ya sabe qué nombre va a ponerles a los pequeños?

—No se ría de mí. ¿Qué vamos a hacer con este zoo? Y, lo primero, ¿cuántos son?

—He contado cuatro, pero en este laberinto... Siempre puede abrir un circo, pequeñito, con minitigres. Mire ése, con la boca llena de leche, el que enseña los colmillitos creyendo que nos da miedo...

—Después de todo, no había engordado. Sólo estaba *encinta*.

—Además, sigue siendo tan *bonita*..., y lo que se suponía que era su pelaje de invierno corre de costado jugando con cualquier cosa que cuelga...

Odile se acercó con precaución a *Méphisto*. Los pequeños salieron pitando de inmediato. La cocinera se arrodilló y acarició al animal, que levantó la cabeza hacia ella.

—A pesar de todo, estoy tremendamente contenta de volver a verte, pequeño... pequeña mía. Estaba preocupada, ¿sabes?

Méphisto maulló y empezó a ronronear.

—¿Así que has tenido cachorritos? Pero si no es época...

—¡Y pensar que acusó usted a *Youpla* de haberlo devorado!

—Estaba desesperada.

—Bueno, pues ya no lo esté. Sólo espero que el dicho sea falso...

—¿Qué dicho?

—No hay dos sin tres, ni cinco sin seis.

76

—¡Justito! —exclamó Magnier al constatar que la punta del gran abeto rozaba el techo del salón.

—¡Es más alto que el del colegio! —dijo entusiasmado Yanis.

El chaval había ayudado a Blake y al encargado a cortar el árbol en los bosques de la finca y a llevarlo hasta la mansión. Se volvió hacia Andrew.

—Entonces ¿seguro que voy a poder regalarle una supertele a mi madre por Navidad?

—Somos gente de palabra, hijo —le respondió el mayordomo—. Siendo tus resultados los que son, te la has ganado.

—Pero, ojo —añadió Magnier—, como baje tu media, nos la llevamos.

—No es verdad, ¡no van a hacer eso!

—No, por supuesto, sólo te castigaremos sin ver a *Youpla*.

Blake retrocedió para contemplar el árbol. Su aroma ya perfumaba la habitación. Philippe y él aseguraron el pie fijándolo a un leño grueso agujereado. Manon llegó con dos cajas de cartón que depositó en el suelo.

—He encontrado cosas para decorarlo. Hay de todo: bolas, espumillón...

Yanis se lanzó emocionado hacia las cajas para hurgar entre los adornos multicolores y preguntó:

—Cuando hayamos terminado, ¿puedo ir a ver a los gatitos?

—Odile te llevará luego arriba—respondió Manon—. Ahora mismo está ocupada.

—¿Ocupada hasta el punto de no venir a ver el abeto? —preguntó sorprendido Blake.

—Está con la señora... —contestó Manon evasiva.

La incomodidad de la chica puso en alerta a Andrew, quien insistió:

—¿Tienes idea de lo que están haciendo?

—No lo sé...

—Al menos, ¡no estarán reunidas!

—Si la señora se entera de que se lo he contado, me odiará a muerte.

—¿Cuándo han llegado?

—Justo después de que se fuera a casa de Philippe para elegir el abeto.

Blake confirmó la hora en su reloj.

—Luego, llevan ahí desde hace mucho más de una hora. ¿Son dos?

—Andrew, por favor, no me obligue a...

—Con traje oscuro.

—Ni siquiera se han quitado el abrigo, han ido con la señora y con Odile al jardín.

Blake montó en cólera.

—¡Han venido para hacerla firmar!

Andrew se volvió hacia Philippe:

—Por favor, baja a tu casa a coger tu escopeta y reúnete conmigo en la puerta de entrada de la verja. No deben irse de aquí con el compromiso de venta.

—Vale. Comprendido. Si quieres, yo hago de poli malo y tú de poli bueno.

—¿Qué quieres decir?

—Yo voy de malote, tú permaneces sereno, así estarán más dispuestos a negociar contigo.

—*Why not?*

El coche de los visitantes seguía aparcado delante de la entrada de la finca. Por detrás de la verja, Andrew lo miraba dando vueltas como un león enjaulado. Philippe llegó corriendo, con la escopeta en bandolera y con *Youpla*, que hacía tonterías en la nieve.

—¿Por qué has traído al perro?

—Me he dicho que sería más impresionante.

—¿Le has puesto un bozal?

—Así parece un perro guardián. De lo contrario, habría sido capaz de llevarles un palo o de intentar lamerles la cara...

Blake dirigió la mirada hacia los jardines.

—Sospechaba que preparaba una jugada de este tipo.

—¿Crees que la señora les ha vendido la parcela para la urbanización?

—¿Qué, si no? Ya no habla de sus problemas de dinero. Incluso se ha planteado rehacer los baños.

—¿Es malo?

—Me he informado sobre ellos. Dados sus métodos y la necesidad urgente que tenía de dinero, te apuesto lo que quieras a que han abusado de su situación. Y, como lo ha gestionado todo sola en su rincón, deben de haberla estafado admirablemente.

—Pero, si no vende, ¿no caerá en la miseria?

—Encontraremos una solución. No hay duda de que existen maneras diferentes de las de este timo. Me pregunto si el banco no ha tenido un papel en esto y por eso la ha presionado...

—¿De verdad lo crees?

—No te imaginas de lo que son capaces algunos por tanto dinero... De momento, impediremos que esos tiburones se coman a Nathalie. ¿Está cargada la escopeta?

Philippe se pasó la bandolera por encima de la cabeza y empuñó el arma.

—Me he dicho que, si se ponían las cosas feas, siempre podríamos disparar al aire para asustarlos.

—No corras riesgos. Recuperamos los documentos y no matamos a nadie.

—La verdad es que eres un tipo muy raro, Andrew...

—¿Cómo me tomo eso?

—Bien, pero vaya... Te informas acerca de las sociedades, sabes más que yo sobre la señora, aunque haya llegado años antes que tú... Dime..., ¿has sido siempre mayordomo?

—A ti puedo confesártelo: he sido también primera bailarina de ballet y pescadera. Estate preparado, ya vienen.

77

A lo lejos, en los jardines nevados, el cuarteto se había dividido. La señora y Odile se habían encaminado hacia la mansión, mientras que los dos hombres volvían riéndose a su coche. Se acercaban a la valla cuando Blake y Magnier irrumpieron salidos de detrás de un macizo de tuyas. El encargado sujetaba su escopeta de manera visible y agitaba la correa para animar a *Youpla*, que así parecía querer abalanzarse, aunque al pobre animal no estaba sino sacudiéndolo.

—Buenos días, señores —dijo Blake con voz grave.

Sorprendidos, ambos ralentizaron el paso.

—Teníamos una reunión con la propietaria, la señora Beauvillier. ¿Son ustedes los guardas de caza?

—Se puede decir así.

Uno de los agentes inmobiliarios señaló la lujosa berlina aparcada en el exterior de la verja de entrada.

—Si los hemos molestado, lo sentimos. Nos vamos enseguida.

Trató de abrir la puerta pequeña, pero estaba cerrada con llave. Dio un paso atrás. Blake pasó a la ofensiva.

—Si la señora Beauvillier les ha firmado algún documento, voy a pedirles que me los devuelvan.

Ambos se miraron, tan divertidos como desconcertados.

—Eso no les concierne —respondió el de más edad con aire despectivo—. Que tengan un buen día.

—Se lo repito, señores, si la señora les ha firmado algún documento, les agradezco que me lo den. No va a salir nadie de aquí antes de hacerlo.

Magnier agitó un poco más a *Youpla* e hizo tintinear el gatillo de su arma.

—¿Es una amenaza? —preguntó uno de los comerciales.

—Es una promesa —replicó Andrew.

El de más edad se echó a reír. El más joven empezaba a inquietarse.

—Ni siquiera sabemos quiénes son ustedes —les espetó—. Si no quieren tener problemas, les aconsejo que nos dejen ir sin follones.

—No lo han entendido —contestó Blake—. Son ustedes lo que van a tener problemas si no me dan lo que les pido. Devuélvanme los papeles y podrán irse de aquí tranquilos, libres para ir a hacer sus negocietes a otra parte.

—Nuestros «negocietes» son sólo asunto nuestro. Déjennos pasar o los denuncio, además de hacer que los despidan.

Los dos agentes inmobiliarios no estaban dispuestos a dejarse impresionar. Dado el acuerdo que seguramente habían cerrado, tenían motivos.

—Basta de bromas, abran esa verja ahora.

Blake se acercó despacio.

—Conocemos a la perfección sus métodos —dijo mirando al de más edad directamente a los ojos—. No vamos a dejar que abusen de la debilidad de la señora.

El hombre le dio una palmada de complicidad a su joven colega.

—¿Has visto? El guarda también es espía internacional. Normal, tiene acento inglés.

Luego se volvió hacia Blake y añadió burlón:

—Permítame decirte una cosita: la propietaria ha firmado y, te guste o no, lo que nos ha vendido es desde este momento *nuestra* propiedad. Vas a tener que hacerte a ello, colega. Vas a tener que poner tus lazos en otro bosque. Sin rencores.

Esta vez fue Magnier quien dio un paso adelante. *Youpla* debía de haber sentido cómo evolucionaba el ambiente, puesto que ahora miraba a los dos visitantes gruñendo.

Con una sonrisa provocadora, el de más edad señaló hacia el oeste de la finca.

—Disfruta a fondo de tu paisaje nevado, compañero, porque, en cuanto se deshiele, verás pasar las excavadoras y, dentro de seis meses, tendréis nuevos vecinos.

—Están contentos con su jugada —les reprochó Blake—. Han hecho el negocio del siglo.

—No nos quejamos —respondió el otro riéndose.

—Su trabajo consiste en estafar a aquellos a quienes les compran algo para luego estafar a aquellos a quienes se lo venden.

—No tengo ninguna obligación de hablar contigo. Abre esa asquerosa verja.

—¿Para qué sirven? ¿A quién le resulta útil?

—No filosofo con empleadillos, sobre todo cuando tienen mal perder...

Antes incluso de que los comerciales hubieran tratado de abrir la verja, Blake le arrancó la escopeta de las manos a Magnier y se la clavó bajo la garganta al más viejo.

—Deme ese contrato ahora, ¡tonto del ano!

Magnier intervino:

—Andrew, cálmate, está cargada. Y, además, en francés, decimos más bien *tonto del culo*. *Ano* es demasiado fino. Por cierto, se suponía que era yo quien debía hacer de poli malo...

El agente inmobiliario ya no se movía. Le sostenía la mirada a Blake, y le susurró:

—¿Te crees que estás en el Oeste americano, paleto? Te va a costar todo lo que tienes.

Con una sorprendente rapidez, Blake amartilló el arma y disparó hacia el coche. Los cristales volaron en pedazos y las puertas quedaron acribilladas con los impactos. La detonación retumbó en los alrededores, atronando en las colinas.

—¿Crees que matar a un parásito de tu especie me supone un problema? Piénsalo bien. ¿Por qué limitar la libre empresa a lo que os conviene? Te meto un tiro y luego te corto el cuerpo en rombos pequeños y se los doy de comer al perro... Mira tu buga, pobre cretino, a eso es a lo que se va a parecer tu cara de rata si no me das lo que te he pedido.

Blake volvió a amartillar la escopeta. El hombre tragó saliva.

—Andrew —le dijo preocupado Magnier—, estás muy rojo. Te lo cargarás, ¿no? Mira, conozco un sitio en donde podemos enterrar los cadáveres. Ni siquiera las excavadoras los encontrarían.

Al más joven le entró pánico de repente y se dio a la fuga a través de la extensión nevada, abandonando a su colega y el maletín.

—Podemos hablarlo... —probó a decir el hombre con la voz deformada por el cañón, que le hundía la mandíbula.

—¿Crees que puedes comprarme?

—¿Cuánto quieres?

—El contrato al completo. Luego desapareces.

Magnier intervino:

—Quiere decir que sueltes los papeles cagando leches y luego te abras, pringado.

—Y, si le cuentas cualquier cosa a la señora Beauvillier, te juro que te encontraré y me las pagarás, ¿entendido?

Magnier estaba muy excitado.

—Quiere decir que, si le largas la más mínima movida a la jefa, daremos contigo y te reventaremos la cabeza, ¿lo pillas?

Ahora el hombre estaba verdaderamente asustado.

—Está totalmente pirado —respondió con voz temblorosa—. Esto no es una negociación, es un robo.

—Viniendo de un especialista, es todo un cumplido. Gracias. Dame los contratos. Si no, vas a tener una cabeza descapotable como el deportivo que seguro que sueñas con comprar.

El hombre tiró el maletín a la nieve. Magnier lo recogió enseguida y lo abrió. Prudente, Blake cacheó al tipo.

—¿Me permites?

El comercial levantó las manos.

—Tengo el compromiso de venta —dijo triunfal Magnier—. Y un contrato de cesión. ¡Bingo! ¡Tenías razón!

Blake bajó la escopeta.

—Dile a tu valiente cómplice que esta clase de arma no tiene más que dos cartuchos. Pero quizá no sepa contar hasta dos. Tú habrías muerto, pero él no.

Cuando el coche de los agentes inmobiliarios salió a toda pastilla, Magnier y Blake les hicieron un saludo con la mano como si despidieran a unos amigos.

—Creo que se lo ha hecho encima —comentó Philippe—. Por un momento, he creído que le ibas a reventar la cabeza de verdad.

—O me daba esos papeles o los cogía por encima de su cadáver. Ni una palabra a la señora, y acuérdate: si se planta aquí la policía, lo negamos todo de plano.

Ambos tomaron el camino de vuelta. La nieve amortiguaba el ruido de sus pasos. Hacía bueno, como si el invierno se portara bien para no entorpecer los últimos preparativos de Navidad. Era probable que los copos no tardaran en caer de nuevo.

—¿Philippe?

—Sí.

—¿Qué quiere decir *totalmente pirado*?

78

Sentados todos juntos en el sofá, en silencio, Odile, Manon, Andrew y Philippe miraban cómo el abeto parpadeaba en la oscuridad. Las guirnaldas alumbraban sus rostros con luces multicolores cambiantes. Estaban fascinados por el árbol que se redibujaba una y otra vez a merced de la iluminación. Escondidos en los huecos de las ramas decoradas, aparecían innumerables mundos maravillosos al ritmo de las bombillas, que despertaban la imaginación o reavivaban recuerdos puros de la infancia. Jugando bajo las ramas inferiores, un gatito intentaba atrapar una bola roja, mientras dos de sus hermanos se divertían al otro lado con un espumillón dorado. El zoo había adoptado la habitación como parque infantil. Con cuidado, Philippe soltó una a una las uñas de un bonito felino atigrado que tenía demasiado interés por su jersey preferido. Aprovechando el momento de respiro, *Méphisto* dormía acurrucada en el regazo de Odile.

—Yo —murmuró Manon—, si me encontrara a Papá Noel, le pediría una habitación para el bebé, una boda con Justin y también poder quedarme a trabajar aquí, con todos ustedes...

Odile le siguió el juego.

—Yo le pediría diez años menos y valor, pero no creo que tenga de eso en su saco...

Philippe tomó la palabra:

—Yo, por mi parte, pediría una última comida con mi padre y mi madre. Solamente una. Hablaríamos mucho. Tengo tantas cosas que decirles... Y luego también una reunión como ésa con mis hijos, si los tengo...

Blake no sabía qué decir. Deseaba demasiadas cosas que, en su mayoría, no se compraban o no cabían por la chimenea.

La señora entró en el salón. Todavía convencida de tener la solución a sus problemas, se encontraba de buen humor.

—¿Qué hacen todos así en la oscuridad?

—Hablamos de Papá Noel —respondió Philippe.

—Ya sólo quedan dos días, siempre que hayan sido muy buenos... ¿No cenan esta noche todos juntos?

—Exacto —respondió Odile al tiempo que se levantaba—. Por cierto, tengo que ir a terminar de preparar la comida. ¿Está segura de que no quiere cenar con nosotros?

—Son muy amables, pero ha sido un día agotador. Prefiero acostarme pronto.

Señaló a dos gatitos que se perseguían dando saltos por la alfombra.

—Sus pequeños amigos se darán el gusto de devorar mi parte. Hace tan sólo un momento estaban jugando delante de mi puerta. ¡Menuda animación! Así que les deseo que pasen una magnífica velada. Gracias por lo que aportan a esta casa. Es también gracias a ustedes por lo que me siento bien.

La señora iba a volver a subir cuando Manon se levantó del sofá. Soltó un gritito al tiempo que se agarraba el vientre. Odile corrió hacia ella.

—¿Qué es lo que tienes?

—No lo sé, un dolor...

Philippe se acercó con un gatito colgado de la manga del jersey.

—¿Quiere que llamemos a un médico?

Blake intervino:

—Seguramente no sea nada...

—¿Cómo que nada? —replicó Odile—. ¡Típica reflexión masculina! ¡Cómo se nota que no son ustedes quienes tienen a los niños!

—¡Es verdad! —agregó Philippe—. Un embarazo es, como poco, una cosa importante. ¡Es todo un misterio, un prodigio!

Agitaba los brazos con el gatito, que se balanceaba al tiempo que maullaba pidiendo socorro.

—Déjenme acabar —retomó la palabra Blake con firmeza—. Iba a proponer llevar a Manon al hospital para no correr ningún riesgo.

—¿Al hospital? ¿Por qué al hospital? —inquirió Odile.

—Porque, si hay el más mínimo problema, allí tendrán todo el equipo necesario para tratarla.

—¿Y nuestra cena? —preguntó Philippe.

Manon fingió que se tambaleaba y se llevó la mano a la frente.

—Se me nubla la vista, veo luces bailando...

—¡No vaya a la luz! —exclamó Philippe.

Esa vez, el gatito no aguantó el movimiento excesivamente vivaz del brazo y fue a parar al sofá, contra el que se estampó.

Con un gesto teatral, Blake cogió a Manon en brazos.

—Vístanla. Voy a buscar mi coche. Ya he vivido esta clase de mareos de las mujeres encintas. Vamos a comprobar que va todo bien. No se preocupen. Empiecen a cenar tranquilamente, nos uniremos luego.

79

En plenas fiestas, la ciudad resplandecía de adornos. La gente se apresuraba en las tiendas a hacer sus últimas compras. Blake aparcó el coche cerca de un restaurante del centro.

—¿Estás segura de que prefieres cenar aquí? ¿No te apetece esperar a que volvamos a la mansión?

—Tengo mucha hambre. No aguantaré dos horas. ¡Así que cabe la posibilidad de que me maree de verdad! Además, ya lo verá, es un restaurante chulo.

—Donde hay patrón... Pero, antes, ¿te importa que te deje unos minutos para hacer una llamada mientras tengo cobertura?

—Tranquilo, yo reservaré la mesa y arrasaré con el pan...

Blake marcó el número delante de una tienda de objetos de decoración con colores navideños. En la acera de enfrente, a través de las ventanas de cristales pequeños orladas con escarcha falsa, vio cómo Manon se instalaba en la mesa.

—Buenas noches, Richard.

—¡Qué sorpresa! ¿No irás a decirme que estás en tu colina perdido con tu pata coja?

—Estoy en la ciudad y tengo la pierna mejor.

—¿En la ciudad? Mowgli sale por fin de su jungla...

—Mowgli siente mucho molestar a Baloo, pero necesita un consejo...

—¿Un consejo? Y ¿piensas seguirlo o hacer lo mismo que con los demás?

—No prometo nada, pero me gustaría tener tu opinión. Allá voy: he conseguido impedir que la señora Beauvillier venda sus tierras.

—¿Cómo lo has hecho?

—He sido todo sutileza y diplomacia: con un perro, un loco y unos cartuchos. Ya te contaré. El problema es que ella contaba con la venta para sacar a flote la finca y, de repente, no va a tener ese dinero. Podría comprarle esa parcela, pero, para ello, tendría que confesarle quién soy realmente...

—¿Dudas?

—Es más que una duda. Es un riesgo.

—Consideremos las cosas con pragmatismo. Si compras sus tierras, tendréis un vínculo. ¿Ese punto te supone un problema?

—La verdad es que no.

—Si lo he entendido bien, sobre todo te da miedo que te odie por haberle mentido y que no acepte al hombre que se oculta tras el personaje del mayordomo, ¿es eso?

—Dicho por ti, parece tan sencillo...

—De todas formas, decidas lo que decidas, acabará enterándose de quién eres. No vas a poder mentir eternamente...

—Y ¿qué hago si me odia? ¿En qué me convierto si me despide?

—Perdería a la vez a un excelente mayordomo, al amigo que puede sacarla del aprieto y a un buen hombre. Nathalie no es imbécil. Confía en ella.

—No es de ella de quien dudo, sino de mí.

—Hace unos meses, para ti todo eran penas. Ahora, ahí estás, lleno de dudas. No deja de ser un progreso. Hacía mucho que no te había visto tan a gusto con tu vida. Te estoy recuperando, Andrew. Te siento vivo de nuevo, resuelto a emprender algo. Al final, tu idea de volver a Francia no era tan mala como había creído. No me resulta fácil admitirlo, malandrín, pero ¡tenías razón! Como la tienes en ir a casa de Sarah. Y en querer adquirir esas tierras. Creo incluso que tienes razón en cuidar de Nathalie. Vale la pena. No tienes nada que perder, Andrew. Desde que eras un crío, siempre has dudado de ti. He estado en un buen lugar para saberlo. Ahora has llegado a la edad de aprender a confiar en ti mismo...

Blake se quedó un momento en silencio.

—Gracias, Richard.

—*You're welcome*, hermano.

Cuando tomó asiento enfrente de Manon, Blake constató que ya sólo le quedaba un único trozo de pan en la cesta.

—¿He tardado o es que tenías mucha hambre?

—Si no fuera un cuscurro, también habría volado.

Había una vela encendida en el centro de su mesa. A su alrededor, no había más que parejas jóvenes o mesas de amigos.

—Qué raro vernos aquí a ambos —comentó la joven—. Desentonamos un poco. Pero estoy muy contenta. Llegó usted hace tan sólo unos meses y, sin embargo, tengo la impresión de conocerlo de toda la vida.

El camarero se acercó para tomarles nota. Dos pizzas.

—Si Odile nos viera comer aquí —dejó caer Blake—, no se pondría muy contenta.

—Espero que vaya todo bien entre Philippe y ella...

—Lo veremos al volver. Siempre que no nos encontremos con un tipo noqueado, tumbado cuan largo es, entre unos gatitos que jueguen con el cuerpo inerte...

—Veo perfectamente a Philippe como víctima.

—Mi pronóstico es el mismo.

Cuando sirvieron las pizzas, Andrew anunció:

—Tengo algo serio que decirte, Manon. Pero me resulta bastante difícil... Vuelvo a necesitarte. Me siento un poco perdido y creo que tú puedes orientarme.

—¿Usted? ¿Me necesita?

—Es a propósito de mi hija... Siento hacerte esta pregunta de manera tan brusca, pero necesito saberlo.

Cogió aire y se lanzó.

—Si tu padre retomara el contacto contigo, ¿cómo te imaginarías que pasaría? ¿Qué desearías que te dijera?

Manon acababa de pinchar un trozo de pizza. Interrumpió su gesto y dejó su tenedor. Miró a Blake con una mezcla de dulzura y de tristeza.

—No puede ponerse al mismo nivel que ese individuo —murmuró—. Mi padre nos abandonó a mi madre y a mí. Ni asumió nada ni se arrepintió de nada. Nunca celebró mi cumpleaños o trató de saber si era aplicada en el colegio. Considero que no he tenido nunca padre. Usted no es en absoluto la misma clase de hombre. Cuando lo oigo hablar de su mujer, cuando lo veo cuidar a los demás, no me cabe ninguna duda al respecto. Me habría encantado que fuera mi padre, pero ser su amiga es ya toda una suerte. ¿Qué le ha hecho a su hija que sea tan grave como para ponerlo en este estado?

—Me olvidé de ella. Desde que su madre no está entre nosotros, la he abandonado. Ya no sé ni siquiera a cuándo se remonta la última vez que nos sentimos cerca el uno del otro. ¿Cuándo dejamos de estar unidos? ¿En qué momento la perdí? Cuando murió Diane, Sarah se mostró muy valiente. Dejé que se las apañara sola porque no tenía siquiera fuerzas para ocuparme de mí mismo. Aprendió a vivir sin contar con su padre. Creo que, cuando la gente ya no te necesita, la relación se pierde. Al principio, un hijo no te ve más que a ti, no puede vivir sin lo que le das. Estira los brazos hacia ti en cuanto te ve, sus ojos te miran. Y luego sus brazos pronto ya no son lo bastante grandes como para abrazar el mundo que se ofrece ante él y, lógicamente, parte a su encuentro. Amplía su horizonte y se aleja. Cuando te das cuenta, ya está lejos. En pocos meses, perdí a mi mujer y también a mi hija. Me percaté de que ya no me necesitaba. No se trata de mirar atrás, sino de decirle que me siento culpable. Seguramente, debería haberle brindado un apoyo que no estaba en condiciones de ofrecerle. Me gustaría hacerle comprender que puede contar conmigo de nuevo.

—Para los niños siempre hay una edad en que la vida con sus padres ya no representa la parte más importante. Mire lo que me pasa con mi madre. Nos enviamos sms, cada vez más largos, y me viene muy bien. Haremos las paces, pero la situación ya no me hace sufrir. He pasado página. Usted mismo me contó cómo se distanciaron. Sarah, simplemente, ha cortado el cordón.

—Yo no. La necesito, necesito serle útil. Me encantaba esperarla, quedar con ella. Estaba loco de alegría cuando podía ir a buscarla al colegio. Todavía me acuerdo de ese murete por el que corría mientras la sujetaba de la mano. La última vez que pasamos por delante fue ella la que me ayudó a sentarme en él... El tiempo pasa y aquí estoy hoy, sin saber cómo hacerlo para acercarme a ella de nuevo. Voy a ir a verla en enero, y, cuando me espere en el aeropuerto, ni siquiera sé qué voy a decirle. ¿Debo darle un abrazo? ¿Debo decírselo en cuanto estemos en el coche? Si tú supieras, Manon... Me paso las noches imaginándome ese momento y ensayándolo delante del espejo.

—No tenga miedo de ella. Yo, en su lugar, querría, sencillamente, que viniera y que ocupara su lugar. Déjese llevar por la vida. Un buen hombre me dijo una vez que hacía falta tiempo para saber decir las cosas con sencillez. Éste es el momento.

80

El pequeño coche volaba por la mañana con Andrew al volante y Philippe agarrado al apoyabrazos.

—Andrew, francamente, no acabo de ver tu plan. Y, por Dios, reduce, que hay hielo.

—Sólo hay dos maneras de proceder: convencer o aterrorizar. Con los estúpidos, el terror siempre resulta más eficaz. Es menos cansado, se va más rápido. Nada de frases complicadas, nada de imperfectos de subjuntivo. Sólo el imperativo. ¿Tienes tu pasamontañas?

—No me apetece acabar en la trena.

—Confía en mí.

—¿Y si nos reconoce?

—Imposible.

—¿Sólo porque tú llevas mi ropa y yo llevo la tuya?

—El estrés reduce más de la mitad de la capacidad de reflexión y, en el caso de ella, no va a quedar gran cosa...

—Eso tendrás que explicárselo al juez. Mientras tanto, parecemos dos payasos, tú porque te está demasiado pequeña, y yo porque me está demasiado grande.

—¿Has elegido tu acento?

—No vuelvas a empezar con eso. No puede ser, ¡debieron de hacerte algo en el hospital! Eres el fruto de un experimento fallido. Al intentar curarte la memoria, despertaron una parte secreta de tu córtex. Tu cabeza ardió y la apagaron a palazos. Total, que es el menda quien va a tener que tragárselo.

—¡Menuda expresión más idiota! «Es el menda quien va a tener que tragárselo...» Y ¿qué se va a tragar el menda? ¿Su digestivo capaz de disolver puertas blindadas?

—Andrew, tengo miedo.

—¿Crees en Dios?

—La verdad es que no.

—Es una pena, habría hecho tragarte que velaba por nosotros. Siempre puedes decirte que nuestra causa es justa.

—Esta mañana me he visto obligado a mentirle a Odile. No me gusta hacerlo.

—Ya he visto que te arreglaba el jersey con mucho...

—Con una aguja —lo interrumpió Philippe—. Nada más. La culpa es de los gatitos. En toda nuestra cena, no nos dejaron ni un solo minuto de respiro. Siempre saltando encima de la mesa, intentando coger lo que se moviera, tirando de la lana de mi jersey o rompiéndose la crisma al caer de lo alto del frigorífico. Dicho esto, nos lo pasamos en grande. Son muy graciosos.

—¿«Vuestra» cena?

—Venga, ríete de mí.

—Por lo menos, no le tirarías el salero encima, ¿verdad?

—Hablamos de muchas cosas. Fue genial.

—Me alegro. ¿Sabes? Odile me habla a menudo de ti. Le parece que eres un hombre sorprendente, con muchas cualidades y recursos. Me ha dicho que tenías una pizca de locura que le gustaba mucho...

—¿De verdad?

—Llegamos, prepárate.

Philippe cayó del otro lado de la valla y ayudó a Andrew a pasarla.

—¿Estás seguro de que está sola?

—De tanto oírla contar su vida, reuní alguna información.

Abriéndose paso entre los arbustos nevados, bordearon la bella casa señorial. Cuando vieron el porche, Blake le hizo una señal a su cómplice para que se pusiera a cubierto.

—Ponte los guantes y el pasamontañas.

—¿Por qué tengo que llevar yo el verde? Es un asco, me va a hacer ojos de muerto viviente. Me habría gustado uno como el tuyo...

Blake le arrancó el pasamontañas de las manos y le dio el suyo, negro. Magnier se lo puso muy contento.

—Por lo menos, éste tiene más clase, parece de uniforme de comando.

Andrew se cubrió la cara y se ajustó las gafas en los agujeros de los ojos. Magnier lo miró fijamente.

—Exactamente lo que te decía. Tienes mirada de pez muerto.

De repente, serio, añadió:

—Andrew, todavía podemos dejarlo.

—A partir de *ahorra*, soy Helmut.

—Ay, no, socorro...

—¿Y tú?

Con gesto de terror y voz de hartazgo, el encargado acabó respondiendo:

—Yo soy Luigi...

—*Ach! Guten tag*, Luigi.

—Ay, Dios...

—No crees en él. ¿Por qué iba a venir a salvarte?

Blake corrió al descubierto para llegar hasta la puerta del porche. Levantó el macetero situado junto a ésta y encontró la llave de emergencia. Abrió y se deslizó dentro de la casa. Magnier le pisaba los talones. La pareja pasó de habitación en habitación, imitando a las fuerzas especiales. La cocina, el patio interior, la biblioteca y la entrada estaban despejadas.

—Tu pasamontañas pica —se quejó Philippe—. Lo más probable es que me estés pegando los piojos.

Cuando se aproximaban al comedor, Andrew oyó un ruido en

el piso de arriba. Señaló la escalera a su compinche. Subieron los escalones de uno en uno, de puntillas. De pronto, Blake sacó de su abrigo —o, mejor dicho, del abrigo de Philippe— una pistola de plástico que le había tomado prestada a Yanis. En voz baja, Magnier protestó:

—¡Venga ya! No irás a plantarle eso en las narices, ¿verdad?

—*¡Nicht comentarrio! ¡Verboten comentarrio!* Luigi confiar.

—No puedo esperar a oír cómo se lo explicas a los polis con ese esperanto penoso.

Al final del pasillo, en una habitación o un baño, resonó el ruido de un cajón al cerrarse.

—Como esté en cueros, vomito, te lo advierto.

Ambos hombres avanzaron por el pasillo rozando la pared. Sin duda, la señora Berliner se encontraba en la siguiente habitación, cuya puerta se hallaba abierta. Con los dedos, Blake contó hacia atrás del tres al cero. Luego saltó delante de la habitación empuñando su arma. No había hecho eso desde su sexto cumpleaños, cuando tenía su disfraz de superhéroe y le dio un susto a su madre. La señora Berliner estaba acabando de vestirse. Al verlo surgir de la nada, allí plantado, soltó un chillido.

—¡No gritos! ¡Esto está un atraco! Si *tarrarrea, kein problem.*

La mujer estaba a medias aterrorizada, a medias incrédula. Observaba a sus dos agresores hechos unos mamarrachos, de los cuales, sólo uno, cegato, tenía un arma muy pequeña.

—*¡Alhajen! Schnell!*

Aunque encogida y muerta de miedo, ella respondió:

—No entiendo. ¿Qué dice?

—¡Nos dar las *alhajen!* ¡Rápiden o, si no, *gross problem!*

Luigi le lanzaba miradas de incredulidad a Helmut. ¿Cómo habían llegado a ese punto?

La señora Berliner señaló un cofre pequeño que había encima de su tocador. Blake le entregó el arma a Magnier para que la apuntara.

Philippe se resistió:

—*Non querere il pistoletto, Luigi cangueli...*

Pero ante la mirada insistente de su cómplice, cedió. Blake volcó el cofre de las joyas, lo que hizo gritar a la señora Berliner. No encontró lo que estaba buscando. Se volvió y la señaló con un dedo acusador:

—*¡Mentirosen! ¡Más alhajen! ¿En dónden? Schnell!*

Magnier tuvo a bien añadir:

—*Pronto rapidissimo!*

Completamente presa del pánico, la señora Berliner señaló su cómoda:

—*Primo* cajón. Pero prometer a mí no hacer daño.

Blake vio una bolsita de terciopelo en la que estaban reunidas todas las joyas que le había vendido Nathalie. Vació el contenido en la cama y se apoderó de dos sortijas —entre ellas, la esmeralda—, de tres pulseras y de un magnífico collar. Volvió a coger el revólver de las manos de Philippe y se acercó a su víctima.

—*Si telefonieren polizei, nosotren folfer y gross problem. Verstand?*

—¡*Sí, Herr signorino!* —respondió la mujer, que temblaba de pies a cabeza—. Yo decir nada, *niente*, ni media, *res de res*. Por mi madre que no.

Philippe estaba listo para marcharse. El pasamontañas le picaba cada vez más y estaba sudando la gota gorda. De repente, Blake metió la mano en su bolsillo interior y sacó un fajo de billetes que tiró encima de la cama de la señora Berliner. La mujer ya no sabía qué pensar. Magnier abrió los ojos como platos.

—Pero ¿qué cosa *fa*?

—Luigi confiar.

—¿*Perqué* pastizal al *vequestorio*?

—*Kein comentarien.*

—*Helmut chiflatti del tutto.*

Blake se volvió hacia la mujer:

—*Compensationen. Se fa a olfidar de toden.* Si hablar, *¡ich come back, und, für sich, kolossal katastrofen!*

La señora Berliner miraba alternativamente los billetes y al majara que brincaba ante ella con el otro bajito detrás, que debía de sufrir la misma enfermedad mental.

—*Ich* comprendido. Nunca hablar.

Los dos hombres salieron huyendo sin dignidad alguna. A mitad del camino de regreso, Philippe exigió que Andrew parara el coche en medio de ninguna parte. Saltó del vehículo y se precipitó a una cuneta nevada para vomitar. Blake se preguntó por qué. Después de todo, la señora Berliner iba vestida con absoluta decencia.

81

La señora Beauvillier alzó su copa de champán e hizo un brindis:

—Les propongo brindar por los buenos resultados de Manon y por la maravillosa noche que acabamos de pasar juntos.

—¡Por Manon! —repitieron los comensales a coro.

Las copas tintinearon. Nadie se percató de que Blake y Magnier sólo fingían beber, como lo habían hecho desde el comienzo de la cena. Teniendo en cuenta lo que les esperaba, necesitaban seguir sobrios... Esa noche, en el comedor, el ambiente no tenía nada que ver con una reunión de compañeros de trabajo ni con una cena en la que la jefa invita a los empleados. Algo más cordial flotaba en el aire. Tal vez fuera porque Justin estaba allí, probablemente porque se trataba de la cena de Nochebuena, sin duda porque todos habían echado una mano.

Para evitar que Odile se pasara la noche entre fogones, a Andrew se le había ocurrido pedirle a cada uno que preparara un plato. Al principio, reacia a abandonar su feudo y sus herramientas y ponerlas en manos menos expertas, la cocinera se había dejado convencer; aun así, lo estuvo vigilando todo con ojo benevolente. Así pues, Manon había cocinado una excelente terrina de rape. No habían tenido mucha por persona porque, aprovechando una breve ausencia, los gatos se habían llevado la mitad cuando todavía estaba templada. Después, la señora Beauvillier les había ofrecido un magnífico paté para el cual había tostado el pan ella misma (un poco de más, por otra parte). Andrew se había atrevido a preparar medallones de lenguado con salsa de champán, los cuales, aunque se había atiborrado a terrina, le pirraron especialmente a *Méphisto*. En cuanto a Philippe, había probado suerte con la elaboración de unos *macarons* incomestibles dada su densidad cercana a la del mazacote. Todos apreciaron el tacto de la señora Beauvillier cuando se abalanzó sobre ellos la primera.

—¡*Macarons*! ¡Qué buena idea! Hacía años que no los comía.

Al primer bocado, su entusiasmo cayó casi tan rápido como sus dientes no tardarían en hacerlo si insistía en masticarlos.

—Muy interesante... —afirmó sin perder el aplomo.

Los más temerarios se contentaron con chuparlos con la esperanza de que algún día se ablandaran. Los demás se deshicieron de ellos como pudieron —bolsillos, tentativas de encestar en la basura—, mientras evitaban por los pelos el ataque de risa. En una conmovedora operación de reconocimiento, Odile se obligó a terminarse uno.

Era casi medianoche cuando la señora Beauvillier se levantó.

—Les propongo que nos vayamos a dormir. Mañana será un día largo. Gracias a todos. Ha sido mi mejor cena de Nochebuena desde hace mucho tiempo.

De repente, se quedó callada.

—Se me ocurre una idea. Como mis amigos los Ward llegarán aquí al final de la tarde, ¿qué les parecería invitar ustedes también a sus allegados?

Todos se miraron. La señora añadió:

—Justin, véngase con nosotros. Puede incluso quedarse a dormir aquí si le apetece.

—Con mucho gusto, muchas gracias —respondió el joven.

Manon estaba aún más feliz por ello. Magnier señaló:

—Yo, aparte de *Youpla*, no tengo a nadie a quien invitar. Todos mis amigos se encuentran ya en esta habitación...

La señora respondió:

—¿Y ese pequeño Yanis que ha estudiado tanto?

—Tiene que pasar la Navidad con su madre, su hermano y su hermana pequeña.

—Pues, entonces, que se vengan ellos también. Cuantos más, mejor, y así tendremos ocasión de charlar.

Odile permanecía en silencio. No tenía a nadie a quien invitar, ni siquiera a un perro. Blake, tampoco. Temía verse sirviendo otra vez a Melissa y a Richard... Los dos solitarios intercambiaron una mirada que, a falta de cambiar su situación, los consoló.

—¡Decidido, pues! —zanjó la señora Beauvillier—. Les deseo a todos buenas noches.

Cuando la cocina estuvo recogida, Odile se apoyó en el fregadero y suspiró.

—¿Le inquieta lo de mañana por la noche? —preguntó Blake.

—Va a haber que dar una buena comida a toda esa gente. Ni siquiera sé cuántos seremos.

—No se preocupe. Si después del postre todavía tenemos hambre, nos acabamos las sobras.

—Me pregunto si la señora no había bebido un poco de más cuando soltó su invitación.

—Da igual, de todas formas, es una buena idea.

—¿Le importaría ir a buscar el champán al sótano?

—Cuente conmigo.

En un rincón del comedor, Philippe estaba jugando con los gatitos. Les había fabricado un juguete con un tapón e hilo de cocina. Le hizo un gesto a Odile.

—Tengo congelados en casa, por si pueden servirle. Saben menos buenos que lo que usted cocina, pero le ahorrará trabajo.

—Muy amable, Philippe. Bajaré mañana a su casa para ver lo que tiene.

El encargado preguntó con timidez:

—Odile, ¿le parece bien que invite a *Youpla*? Me entristecería que se quedara solo el día de Navidad...

—Pues venga con él —respondió ella muy enternecida—. Le prepararé algo especial.

Si Blake hubiera llevado dentadura postiza, se le habría caído de tanto que se le había descolgado la mandíbula.

82

De pie, en medio de los jardines nevados, en plena noche, Philippe y Andrew aguardaban. El viento burlón levantaba volutas de copos que se arremolinaban a su alrededor.

—Así pues, Odile y tú habéis concertado una cita en el congelador, ¿eh? Enhorabuena, es muy buena señal. ¿Sabes que en la clasificación de los mejores lugares para el cortejo está casi tan bien situado como las góndolas venecianas? Además, creo que, al principio, en la escena de Romeo y Julieta no aparecía un balcón. Hablaban cerca de un frigo...

—Puedes tomarme el pelo todo lo que quieras, pero, dime, ¿quién va de seductor con la señora? Que si te miro con ojos de cordero degollado... Que si estoy de acuerdo contigo aunque lo que digas no tenga sentido...

—Nathalie dice siempre cosas sensatas.

—¿Nathalie? Bueno, ¡ahí lo tenemos! Inglaterra intenta invadir Francia de nuevo. Pero ¡deberías recordar que eso nunca ha funcionado! Dicho esto, os iría bien juntos.

—¿De verdad lo piensas?

—Si dejas de meterte conmigo, te respondo. Si no...

—Está bien, prometido. Te dejo tranquilo.

—Entonces, con estas condiciones, sí, de verdad me parece que cuadráis.

—Una pena.

—¿Qué es una pena?

—Es una pena que ya no pueda pincharte con Odile, porque tenía una buena sobre *Youpla*...

Ambos se rieron a la vez. Magnier miró al cielo y, en la noche clara, se interesó por las estrellas.

—¿Sabes dónde está la Osa Mayor?

—A la derecha del Pingüino Menor —respondió Blake, quien, por su parte, seguía vigilando la mansión.

—¿El Pingüino Menor?

—Ese de allí, el que está encima de la Plancha, a la izquierda del Cangrejo Relleno.

Blake recibió una bola de nieve en plena cara.

—Porque el señor haya estudiado no tiene derecho a burlarse de mí.

Volviendo a colocarse las gafas, Blake le señaló el cielo mientras decía:

—¡Míralo tú mismo! Allí tienes la constelación del Gato del Coche y, encima, la de Batman.

Le estalló una segunda bola de nieve en la frente.

—Te la estás buscando, Blake. Estoy hasta aquí de esos planes chungos tuyos. Disparamos a la gente con un fusil, le robamos a la otra loca...

—Oye, por cierto, ha llamado por teléfono.

—¿Qué? —exclamó alarmado Magnier.

—Esta tarde. Estaba con la señora cuando lo ha hecho.

—¡La muy bruja! Estaba seguro de que nos iba a denunciar. Y tú y tus grandes ideas, fuiste lo bastante estúpido como para darle pasta...

—Habíamos ido para recuperarlas, no para robar. Y no has entendido nada. Ha llamado amablemente para avisar a la señora de que una banda de búlgaros estaba causando estragos en la región y de que había sido víctima de ellos. Le ha hablado de su heroísmo ante un tipo alto con mirada ardiente y uno bajito que debía de tener pulgas, tanto se rascaba por todas partes. Ha dicho también que, gracias a su arrojo, no le habían robado nada...

—¿Mirada ardiente? Tonterías. Y, además, yo no tengo pulgas. Era tu pasamontañas de mierda.

—Los comandos no se rascan como leprosos.

—¿A quién estás llamando leproso? —preguntó Magnier reuniendo una bola de nieve todavía más grande.

Blake le señaló la mansión.

—Mira, Manon acaba de apagar.

Philippe comprobó su reloj.

—Justo a tiempo. Hakim debe de esperarnos en la casa. Cuando pienso en la noche que vamos a pasar, me duelen los brazos por adelantado...

—Es absolutamente necesario que alguien haga de Papá Noel para que los demás crean en él...

Ambos hombres desaparecieron en la noche nevada. Cantaban *Jingle Bells* a coro, pero cada uno en su lengua.

83

La noche fue corta, pero el amanecer magnífico. Los primeros rayos del sol transformaban la nieve que acababa de caer en una alfombra inmaculada cubierta de diamantes rutilantes. El cielo había trabajado una buena parte de la noche para ofrecer un decorado ideal a esa Navidad naciente.

Andrew se había levantado pronto. Con un cuidado poco habitual, había elegido su mejor ropa. Estaba ya preparado, sentado en su cama, esperando a que fueran las siete en punto. Estaba asustado.

Para darse ánimos, Blake se refugiaba en la contemplación de la foto de su mujer y de su hija. Sus sonrisas y su sensatez lo tranquilizaban. Le parecía oír cómo la voz de Diane lo animaba, como el día en que había ido a defender la modernización de su empresa ante los obreros por la mañana y ante los bancos por la tarde. Sarah era por entonces muy pequeña. En el umbral de la puerta, cuando partía como si se fuera al frente, le había dejado caer su figurita preferida en el cuenco de la mano —el Pitufo bromista—, al tiempo que le prometía que lo protegería.

Andrew se retocó el chaleco y volvió a pasarse la mano por las mejillas para comprobar que estaba perfectamente afeitado. Las siete menos diez. Cogió a *Jerry*, lo estrechó muy fuerte entre sus brazos, como si abrazara a todos aquellos a los que echaba tanto de menos. Se alisó el pliegue del pantalón, se acarició la corbata. Las siete menos dos. Se levantó, le preguntó a *Jerry* qué pensaba de su aspecto y, como no obtuvo ninguna respuesta, pasó por última vez por delante del espejo del cuarto de baño. Al mirarse, no trató de determinar lo que el tiempo le había quitado, sino, más bien, lo que le había dejado.

Salió de su habitación haciendo el menor ruido posible. No quería cruzarse ni con Manon ni con Odile. A pesar del afecto que sentía por cada una de ellas, lo que se disponía a hacer no lo concernía más que a él.

Cuando llegó ante las habitaciones de la señora, la mansión se hallaba en una calma tal que se oía a los gatitos jugar sobre la alfombra del pasillo. Sus carreras y sus volteretas hacían un ruido sordo adornado con adorables maullidos. Para sentirse menos solo, Blake acarició a *Méphisto* antes de tocar a la puerta. No hubo reacción. Se aventuró en el despacho de la señora y fue a llamar directamente a su habitación. ¿Nathalie estaba todavía dormida? No era propio de ella. ¿Se encontraba en su habitación secreta?

Entonces, la puerta se abrió. La señora Beauvillier se sorprendió al descubrir no a Odile, sino a Andrew, y tan bien vestido...

—¿Qué ocurre, señor Blake?

—Le deseo feliz Navidad.

—Es muy amable... Lo mismo digo.

Ella se ciñó la bata y se apretó el cinturón.

—¿Ha venido tan temprano para felicitarme la Navidad? ¿Una costumbre inglesa?

Manon le había aconsejado a Blake que hablara con sencillez. Richard lo había incitado a lanzarse a la piscina. Nadie le había dicho que se vería obligado a hacer las dos cosas al mismo tiempo.

—Si la señora me lo permite, me gustaría mostrarle algo. ¿Quiere acompañarme?

—¿Ahora mismo? ¿No podemos esperar a que me haya vestido? Odile no debería tardar.

La idea de que ya no estuvieran solos aterrorizó a Blake.

—Sería preferible ahora. Permítame que insista.

La señora sonrió.

—Cedo ante usted, pues. Sobre todo, no quiero indisponerlo contra mí, o sería capaz de decirme lo que piensa de mi vida de garrapata amargada...

La señora y Andrew bajaron por la escalera principal. Unos pasos por delante de ella, Blake cruzó la entrada caminando como si avanzara por la nave de la abadía de Westminster un día de coronación. Se detuvo delante de las puertas de la biblioteca.

—Cuánto misterio —murmuró la señora—. ¿Por qué me trae aquí?

Blake abrió las puertas. La multitud de lucecitas estaban encendidas. Las sábanas seguían cubriendo las librerías, pero encima del escritorio aguardaba un minúsculo paquete envuelto en papel de regalo.

Con un gesto, Andrew invitó a Nathalie a entrar.

—Definitivamente es usted un hombre sorprendente, señor Blake.

Éste cogió el paquete y se lo tendió de forma respetuosa.

—Feliz Navidad.

—¿Va a felicitármela así durante todo el día? ¿Qué es? Yo también tengo un regalito para usted, pero pensaba dárselo este mediodía, al mismo tiempo que a los demás...

La señora dejó caer la cinta, apartó el papel de regalo y se detuvo al comprender que se trataba del estuche de una joya.

—No hacía falta. No puedo aceptarlo... —dijo sorprendida y tremendamente incómoda al mismo tiempo.

—No es lo que se imagina.

—¿Tiene idea de lo que me imagino?

—Ábralo.

Levantó la tapa y descubrió el anillo con la esmeralda. Se estremeció. Incrédula, lo extrajo con delicadeza de su soporte y lo examinó de cerca.

—No es una copia. Es el mismo. ¿Qué milagro es...?

Andrew la invitó a sentarse. Sin quitarle ojo a su joya, Nathalie se dejó llevar.

—¿Me permite su mano?

—¿Perdón?

—Le he preguntado si me permite su mano, no si me la concede...

A la señora Beauvillier se le encendió el rostro. Blake le puso el anillo en el dedo.

—¿Por qué me hace un regalo así? ¿Cómo lo ha conseguido?

De repente, se llevó las manos a la boca y reprimió un grito.

—¡La banda de rumanos...!

—De búlgaros. Y hay que dejar de acusarlos de todo. Pero, por favor, no hablemos más de ello. Y más teniendo en cuenta que tengo otra sorpresa para usted...

—Me está dando miedo —susurró la señora Beauvillier.

Con un gesto solemne, Blake arrancó la sábana que recubría la primera librería. Esta vez, la señora Beauvillier no logró contener un grito de sorpresa. Los libros estaban todos allí. Una a una, Andrew retiró las sábanas de cada uno de los muebles. Los preciados volúmenes habían recuperado su lugar. La señora se levantó, con la voz ronca y los ojos empañados.

—¿Cómo es posible? ¿Ha vuelto a comprarlos todos?

—¿Qué importa eso? He mentido, he robado, pero lo he hecho por usted. Ahora es necesario que le hable de algo y, seguramente, sea uno de los momentos más difíciles de mi vida...

—Me está asustando.

—Tengo una buena y una mala noticia.

—Ya sé que practica este jueguecito a menudo, pero sepa que no me gusta mucho...

—¿Cuál quiere primero?

—¿De verdad hace falta pasar por esto?

—Me alivia la angustia...

—Entonces, hágame saber la mala.

—La inmobiliaria Vandermel no va a comprar sus tierras. Ya no pueden...

—¿Cómo que no? Está todo firmado, está todo en orden, ¡y necesito ese dinero!

—Pregúnteme la buena.

—Andrew, ¿a qué está jugando?

—La buena noticia es que puedo comprar lo que usted quería vender a mejor precio, y podría prometerle, al contrario que ellos, que su propiedad permanecerá intacta.

—Y ¿por qué iba a hacer eso?

Blake se quedó desconcertado.

—No es ésa la pregunta que esperaba...

—¿Cuál esperaba?

—Habría apostado por «Pero, entonces, ¿quién es usted, que tiene medios para una operación así?». En todo caso, es la que me habría cuadrado...

Nathalie sonrió de manera encantadora y, articulando con exageración la frase, repitió:

—«Pero, entonces, ¿quién es usted, que tiene medios para una operación así?». Ya que estamos, entonces ¿quién es usted para regalarme los libros de mi difunto marido? Y, entonces, ¿quién es usted para ir a robarle a una examiga?

—No es una respuesta sencilla. ¿Está preparada para oírla?

La señora Beauvillier se acercó a Andrew, y, con un gesto de extraña dulzura, posó un índice sobre su boca.

—No diga nada.

Se dirigió a la cadena de alta fidelidad y la encendió. Tomándose su tiempo, pasó revista a los CD. Andrew la observaba curioso y fascinado al mismo tiempo. Cuando encontró el que buscaba, lo deslizó en el aparato y volvió con él.

A los primeros acordes temblorosos de los violines, Blake identificó el vals más célebre de Strauss, *El Danubio azul*. Las notas subieron, llenando la habitación hasta provocarles un escalofrío. La señora Beauvillier le cogió las manos y lo atrajo hacia sí.

—¿Sabe bailar el vals, señor Blake?

—Todavía somos demasiado jóvenes para esta clase de baile...

—Eso decían también mis padres.

Comenzaron a describir círculos por la habitación. Ella no apartaba la mirada de él mientras giraban al compás. Andrew se dejaba llevar tan tímido como en su primer baile de estudiante.

—Entonces ¿quién es usted, señor Blake?

—No soy ese cantante desaparecido que todo el mundo sigue creyendo ver. Tampoco soy ese terrorista fugado cuya búsqueda continúa en activo, incluso en su país...

—Eso me tranquiliza.

La música los transportaba. La emoción provocada por la melodía era intensa.

—Señor Blake, tengo una buena y una mala noticia para usted.

—Creía que no le gustaba esa clase de proceder...

—Es mi turno.

—Entonces, la mala, por favor.

—No es usted el único que sabe mentir.

Blake sintió que le flaqueaban las piernas, pero, a pesar de ello, no perdió el ritmo.

—¿Qué sabe exactamente?

—Pregúnteme la buena.

—La buena noticia, por favor.

—Melissa Ward es una excelente amiga.

—Lo que significa...

—Que, como su marido y usted, compartimos algunos secretos...

—¿Cuánto hace que lo sabe?

—Cada cosa a su tiempo. Primero deseo hacerle una pregunta importante a la que me gustaría que respondiera usted.

Se aproximaba el final del vals, los metales se sumaban a las cuerdas en un embriagador *crescendo*. Para hacerse oír mejor, Nathalie se puso de puntillas y le susurró al oído:

—Leí la carta que impidió que destruyera. Me pregunto de qué manera ha descubierto ese aspecto de mi vida, pero ya hablaremos de ello más adelante. Mientras tanto, creo que tiene usted razón. No hay nada más valioso que la paz. He decidido responder a Hugo... y hablar con su hermanastro. Nuestra familia ya ha sufrido bastante.

—Me alegra oírla hablar así. Si lo desea, podemos enviarles un mensaje hoy mismo. Sería un bonito regalo de Navidad para ellos.

—¿Por qué no?... Mire, ¡ya empiezo a hablar como usted!

En perfecta armonía, la pareja multiplicó los giros, transportada por la música.

—¿Volvería usted a la mansión tras su viaje a casa de su hija?

—Todo depende del puesto que me proponga.

—No se haga ilusiones, ni siquiera se le da bien planchar un periódico sin quemarlo...

—¿Quiere que hablemos de su pan tostado?

84

Si bien invitar a *Youpla* era una idea bonita, no resultó necesariamente buena. Cuando, al final de la mañana, Philippe volvió de su casa con Odile, el encuentro del joven golden retriever con los felinos resultó bastante movido. *Méphisto* triplicó de manera instantánea su volumen al ver cómo el perro se plantaba allí, quien, enseguida, se entusiasmó con la gran bola de pelo y sus cuatro réplicas en miniatura hasta el punto de precipitarse sobre ellos haciendo que volaran las sillas. Odile consiguió encarrilar al recién llegado dándole de comer, y, contra todo pronóstico, fue un gatito el que se aventuró el primero a descubrir al monstruo. A su contacto, el perro mostró un bonito instinto de protección. Sintió que la pequeña criatura de largos bigotes no sabía exactamente lo que hacía, se acostó para dejar que lo estudiara y se quedó quieto. El gatito le olisqueó el hocico, intentó cogerle la cola, que daba sacudidas, y, después de haberlo escalado, pisoteado y estudiado con sus grandes ojos pasmados sobradamente, acabó acurrucándose contra él y ronroneando.

Cuando constataron que el intruso no había devorado a su semejante, el resto de los gatitos no tardaron en unírsele. *Méphisto*, por su parte, se encontraba todavía en su mueble, con el pelo tan erizado que parecía un plumero. Ante la mirada enternecida de Odile y Philippe, sus «hijos» respectivos empezaban a llevarse bien. No obstante, no fue todo de color de rosa, sobre todo cuando *Youpla*, absorto en su juego, comenzó a ladrar. Los cuatro minifelinos salieron pitando a la velocidad del rayo, y se refugiaron en rincones inverosímiles de donde al perro le costó muchísimo hacerlos salir.

La comida a mediodía fue casi familiar. Odile había elaborado un menú refinado y, al mismo tiempo, de circunstancias: suflé de bogavante y cangrejo, y pato asado con patatas de la huerta. Habían pospuesto el postre para cuando hubieran llegado los invitados al final de la tarde.

Por primera vez, alrededor de la mesa, ya no parecían una amalgama de gente heterogénea, más o menos perdida en la vida, sino tres relaciones en curso. Tres generaciones, seis esperanzas, muchas trayectorias diferentes, pero una misma y única vida. Andrew, Odile y Manon eran los más conscientes del camino recorrido en pocos meses. Durante la conversación, entre las carcajadas y las confidencias, las miradas que intercambiaban decían mucho sobre ello. Lo que cimenta o destruye una existencia depende también de esas pequeñas cosas.

De vez en cuando, *Youpla* pasaba a la carrera, lanzado en persecución de uno de sus nuevos compañeros de juego. Había tenido su regalo de Navidad: juguetes que hacen ruidos divertidos cuando les aprietas el hocico, que ruedan sin que sea necesario tirarlos, y que, además, vuelven sin que haya que cansarse. De vez en cuando, en un arrebato de ternura babosa, atrapaba a uno de los pequeños entre sus patas y le lamía la carita aplicadamente.

Los primeros en llegar, a última hora de la tarde, fueron Yanis, Hakim, su madre y su hermana pequeña. La mamá había preparado unos pastelillos de almendras y miel. Impresionada con la mansión, confundió a la señora y a Odile, y creyó que Manon era la hija de Philippe. Yanis corrió a jugar con los gatos y el perro y, al poco, Hakim charlaba con la señora acerca de las tuberías. La madre fue al encuentro de Blake.

—Me alegra verlo en forma. La última vez, estaba usted inconsciente en la cama del hospital.

—Las enfermeras me dijeron que había ido. Gracias.

—Yanis no me dejó opción. Hablaba todo el tiempo de usted y del señor Philippe. Me contó lo de Halloween, sus historias para hacerlo trabajar las mates. Gracias a usted, creo que va a poder salir del colegio bien parado. Me habría gustado ayudarlo, pero...

—Lo importante es que progrese. Es un buen chico.

—Le agradezco mucho también la sorpresa que he descubierto esta mañana. Me da apuro. ¡Debería haber visto a Yanis! No se estaba quieto. Estaba más ansioso incluso por que abriera mi regalo que por abrir los suyos. Pero quiero pagárselo.

—Ni hablar, mi querida señora. No tiene que agradecérnoslo ni a Philippe ni a mí, sino a su hijo. Ha trabajado para ello. Su hijo mayor también nos ha ayudado mucho. Es él quien ha hecho de Papá Noel esta noche...

—¿Sabe? Mi padre decía que existen personas que aparecen en tu vida como rayos de luz y que otras son como nubarrones. Para nuestra humilde familia, es usted un sol.

—Su padre tenía razón, pero creo que todos somos a ratos nubarrones y a ratos rayos de luz. Lo que me dice me honra y se lo agradezco. Pero, sea cual sea el claro entre las nubes que represente yo para Yanis, no se olvide de que para él, para siempre, es usted todo el cielo.

85

Al anochecer, Nathalie empezó realmente a preocuparse. Los Ward llevaban más de una hora de retraso y, con la nieve, que había comenzado de nuevo a caer, temía que tuvieran problemas en la carretera. En la biblioteca, Hakim, Manon y Justin escuchaban música. La habitación resonaba con acordes pop, pasando de la música disco al *groove* de los clásicos. Los jóvenes se recreaban con éxitos y artistas que conocían a la perfección a pesar de la diferencia generacional. En el pasillo del primer piso, se repetían con frecuencia las carcajadas simultáneas de Philippe, Yanis y su hermana, que se divertían con las fieras. Por otra parte, cabía preguntarse quiénes jugaban con quiénes, dado las trastadas que les reservaban los gatos... En el comedor, conversaban la madre de Yanis y Odile. Aunque de culturas diferentes, enseguida se dieron cuenta de que compartían la misma concepción de la cocina, puesto que ambas veían en ella un aspecto social y afectivo que superaba con mucho el mero valor gustativo o nutricional de las recetas. La una le confiaba sus trucos a la otra. Toda la casa estaba llena de vida. Si unos extraterrestres del confín del universo hubieran llegado para estudiar nuestra especie, la mansión habría sido el lugar ideal para hacerles descubrir de una sola vez todo lo que podemos ser: ávidos —tanto de alimento como de emociones—, con frecuencia juguetones, a veces estúpidos, pero encontrando nuestro auténtico valor cuando estamos juntos. Aun extraños, los humanos que comparten algo no forman sino una unidad, y son magníficos.

Cuando la luz de los faros iluminó el salón, Nathalie suspiró aliviada. Blake se levantó del sofá antes que ella.

—¿Me permite que vaya a abrirles?

—Ya no tiene obligación de fingir que es el mayordomo.

—Eso sólo lo sabemos usted y yo...

Con una precisión muy profesional, Blake llegó al pie de la escalinata en el mismo momento en que la berlina de cristales tintados de los Ward se detenía. De un gesto elegante, abrió la puerta de Melissa.

—Buenas noches, Andrew. Feliz Navidad.

Incapaz de saber si podía darle dos besos o no, trató de comprobar si alguien los observaba. Como Blake mantuvo la compostura, se comportó como una invitada.

—Date prisa en hablar con Nathalie —le susurró—. Esto se está volviendo insoportable...

—Estoy en ello.

Entonces, salió Ward.

—¡Muy buenas noches, amigo! —soltó jovial—. Tenemos unos paquetes en el maletero, cuento con usted para llevarlos sin que se rompa nada.

Con todas sus fuerzas, Blake le tiró la gran bola de nieve que tenía oculta detrás de su espalda. Estalló en el carísimo traje de Richard.

—¡Serás *hooligan*! —protestó el invitado.

—¡Al cuerno tus paquetes, explotador capitalista! No te la esperabas, ¿a que no?

Melissa se echó a reír y abrazó a Andrew.

—Así que has hablado con ella. ¿Cómo ha ido?

—Si dejamos a un lado el hecho de que me las apaño como un adolescente que no comprende en absoluto a las mujeres, podemos considerar que todavía no he estropeado nada.

—Excelente noticia.

La puerta de atrás del coche se abrió y Blake se sorprendió al ver cómo bajaba David de él. Desprevenido, Andrew tardó unos segundos en reconocer al marido de su hija, puesto que no esperaba verlo allí. Mientras tomaba conciencia de lo que eso implicaba, se abrió la otra puerta y entonces apareció el rostro de Sarah. Ward se rio sarcástico.

—Y tú, ¿te la esperabas?

Blake empezó a temblar, y no de frío. Abrigada con un largo abrigo de color ciruela, Sarah tenía la elegancia de su madre. Se puso delante de él.

—Me dije que te gustaría vernos...

Andrew se acercó. Incluso ya siendo mujer, Sarah había conservado esa encantadora manera de morderse el labio que conseguía que él se derritiera cuando era muy pequeña. Por primera vez desde hacía mucho tiempo, Blake estrechó entre sus brazos algo distinto de un peluche o un perro. Se quedó pegado a ella un momento, luego cogió a David por el hombro y lo atrajo con ellos.

En la puerta, todo el mundo los miraba, algunos sin comprender, otros comprendiendo a la perfección lo que sucedía.

—¿Abraza a todos sus invitados así? —le preguntó Justin a la señora—. Como poco, resulta extraño...

Desde hacía semanas, Blake soñaba con ese instante. Lo aguardaba, tenía sus esperanzas puestas en él. Había intentado imaginárselo noches enteras, buscando las que deberían ser sus primeras palabras durante el reencuentro.

—¿Te vas a quedar un poco? —le preguntó a Sarah.

Nunca se había planteado decir eso. Pero, ahora que tenía a su pequeña entre los brazos, no quería volver a sentir cómo se alejaba.

—En realidad, David y yo hemos decidido volver a Europa. Echamos de menos demasiadas cosas. Todavía dudamos a qué país, pero podemos elegir. Será por fallas sísmicas...

Philippe se presentó bruscamente en la escalinata.

—¿Puede venir alguien a ayudarnos? Un gatito se ha quedado

atrapado detrás del aparador de la primera planta. No tiene buena pinta...

Así pues, la velada comenzó con una mudanza. Los hombres se remangaron para levantar el enorme mueble mientras las mujeres consolaban a los gatos, al perro y a la hermana pequeña de Yanis, quien tenía miedo de que el «minino» se muriera. Cuando, por fin, Odile cogió al pequeño superviviente, se oyó un clamor de alegría por toda la mansión, lo que desató el pánico entre todos los animales de la casa, que salieron corriendo.

No fue sino después de eso cuando se hicieron las presentaciones. Manon le dio espontáneamente dos besos a Sarah. Enseguida comenzaron a hablar de embarazos, lo que no se le escapó a Blake. Justin puso a prueba su inglés con David. Melissa y Nathalie hablaban en su rincón, en voz baja, riéndose mucho. Esa noche, todo el mundo tenía algo que contar. Estuviera donde estuviese, Andrew, con discreción, no le quitaba ojo a Sarah. Su presencia, después de todo lo que había vivido, era seguramente el mejor regalo que había recibido nunca.

Cuando todo el mundo se reunió al pie del abeto, Ward comenzó a contar una ínfima parte de las tonterías que Andrew y él habían hecho cuando eran más jóvenes. Incluso Melissa y Sarah desconocían la mayoría. La descripción de Blake, en calzoncillos, en medio de la entrada de la comisaría de policía de Bromley, con una pancarta colgada al cuello en la que estaba escrito VENGO DE PLUTÓN, NO ME TOQUEN, SOY RADIACTIVO EXCEPTO SI ES USTED GUAPA, tuvo un gran éxito. De repente, Philippe contó algunas de las peores situaciones en las cuales lo había embarcado su amigo. Sin embargo, se olvidó del episodio de Helmut y Luigi.

—¿A ti también te ha amenazado? —le preguntó Ward.

—Más de una vez. Incluso quiso implantarme pechos.

—A mí una vez me obligó a disfrazarme de chica para ir a la boda de un amigo...

—¡Habías perdido una apuesta! —se defendió Andrew.

—¡Como si necesitaras algún pretexto! —ironizó Magnier—. ¡So pervertido!

Luego, tomando a los demás como testigos, añadió:

—En nuestra primera noche, me pisoteó el cebollino.

Con la mano sobre el corazón, Ward declaró con solemnidad:

—En nombre de Gran Bretaña, les presento mis más sinceras disculpas. Normalmente, mantenemos vigilados a los peores especímenes en nuestra isla, pero éste ha logrado escaparse.

La llegada de los primeros postres ofreció una distracción saludable. Andrew aprovechó que todo el mundo estaba sirviéndose para preguntarle a Magnier:

—¿Me guardas rencor?

—¿Por qué?

—Por haberte ocultado quién era.

—Yo, en tu lugar, habría hecho lo mismo. De todas formas, me importa un comino tu pasado o tu verdadero oficio. Puedes ser pescadero si te apetece, me da igual. Para mí, todo lo que importa es que te quedes a vivir aquí.

—Eso no depende de mí.

—Venga ya.

El diálogo quedó interrumpido por una voz que llamaba a «papá». ¿Desde hacía cuánto tiempo no oía eso Andrew? Se volvió hacia Sarah.

—¿Sí, cariño?

—La señora Beauvillier nos propone que nos quedemos a dormir... ¿Qué te parece a ti?

Blake cogió las manos de su hija y las besó.

—Te doy permiso incluso para acostarte tarde. Si tienes un minuto, cuando todo esté más tranquilo, tengo algunas cosas que decirte.

—Yo también. ¡Te veo muchísimo mejor! Has rejuvenecido. Me habría gustado tanto ayudarte, pero no me dejaste. ¿Qué te ha salvado?

—Los problemas de los demás y las ganas de volver a verte.

Odile llegó de la cocina con una sartén sujeta en la mano que estaba llena de rodajas de piña al horno con caramelo y ron.

—¿Quién quiere probar mi especialidad?

Delante de ella, Magnier se quedó paralizado. Palideció como si hubiera visto a un fantasma, o más bien como si cierto fantasma hubiera reconocido de golpe a alguien... Una ráfaga de imágenes irrumpió en su mente. Su pesadilla se hizo real. Volvía a verse volando entre las nubes, aureolado de blanco. Y, de repente, Odile lo golpeaba en la frente con esa misma sartén...

Philippe se llevó la mano a la cabeza.

—¡Dios mío! Fuiste tú quien me dejó inconsciente la noche de Halloween...

Todas las conversaciones se quedaron en suspenso. El rostro descompuesto de Odile valía más que una confesión.

—Lo único que quería era proteger a los pequeños... Perdóname.

—Es verdad —intervino Blake—. Se te había ido la cabeza. ¡Pregúntale a Yanis! Había que hacer algo.

Todo el mundo estaba pendiente de la reacción de Philippe. Éste se acercó a la cocinera y le quitó con delicadeza la sartén de las manos.

—Ni se te ocurra volver a golpearme nunca —le dijo—, si no, te prometo que le pido a mi amigo Helmut que acuda a vengarme. Ya verás, es terrorífico con su cara de arenque.

—¿A quién estás llamando arenque?

—¿Quién es Helmut? —preguntó la señora Beauvillier.

Sarah le susurró a su padre:

—Oye, aquí no os aburrís. Es verdad que los franceses son raros. Casi me dan ganas de quedarme...

Esa noche, a falta de creer en Papá Noel, todos creyeron en la vida. Vivían saboreando esos instantes como si hubieran de ser los últimos, como si fueran los primeros.

Y PARA TERMINAR...

Gracias por haberme prestado atención todas estas páginas. Si me lo permitís, deseo compartir con vosotros un recuerdo muy personal que espero que os sea útil.

Un miércoles, hace mucho tiempo, pasaba por la tarde, como de costumbre, por casa de una anciana que vivía enfrente de nosotros. Se le había caído un jarrón y se le había roto. Era pequeño y, a decir verdad, bastante feo, pero que se le cayera ese objeto la había entristecido profundamente. Se sentó. Tras buscar las palabras adecuadas, comenzó a contarme que ese humilde jarrón era el primer regalo que le había hecho a su madre con sus «ahorrillos». A pesar de los años, el recuerdo de la alegría de su madre había permanecido intacto, y el brillo de su mirada al describirme aquel sentimiento resultaba impresionante. Aquella adorable anciana se llamaba Alice Coutard-Faucon, pero todos la llamábamos Tata. Aquel día, ella y su jarroncito cambiaron para siempre mi visión de los mayores. Alice me regaló una de las claves de este mundo: me enseñó que los «viejos» también fueron niños. Apenas tenía siete años.

Desde ese día, en aquellas personas que conozco veo al niño que fueron una vez. Los mejores de ellos, por cierto, no lo han olvidado, y conservan esa fabulosa capacidad para asombrarse, dudar, aprender y jugar. Porque nunca dudaron en confiarme sus historias, porque me atreví a hacerles preguntas, pronto me di cuenta de que ese intercambio aportaba respuestas a algunas de mis innumerables inquietudes, al tiempo que volvía a darles unas fuerzas que parecían apreciar. Más allá del tiempo, compartíamos la vida. Con su trato, descubrí que recorrer esta vida viene a ser como cruzar un gran río. Cuando somos muy jóvenes, nos encontramos en la orilla y tenemos miedo de lanzarnos al agua. Luego nos pasamos nuestra existencia nadando, a veces sacudidos por la corriente, en dirección a la otra orilla. No hay más que una regla: no podemos regresar atrás. Algunos nos lanzan flotadores, otros tratan de hundirnos. Desgraciadamente, existen también muchos traidores a su especie que hacen el muerto sobre la espalda de los demás... Tengo cuarenta y seis años, estoy en alguna parte de la mitad. Hace mucho tiempo que no hago pie. Al volverme, veo a aquellos que llegan detrás, y algunos son ya excelentes nadadores. Al avanzar, veo a aquellos que me preceden y muchos de ellos me parecen tener un valor admirable. Todos, ya me precedan, me sigan o se hallen a la misma altura que yo, me emocionan por luchar contra la corriente.

Deseo dedicarle este libro a los rayos de sol que han iluminado mi vida, que me han enseñado a tener menos miedo, de mí mismo y del mundo. No todos eran viejos, pero nadan mucho mejor y más lejos que yo.

Con mis «ahorrillos», compré pegamento ultrafuerte, del que deja pegada a la gente en el techo. Volví a unir los veintiséis fragmentos del jarrón de Tata. Es el único puzle que he terminado jamás. Me llevó toda una tarde. En aquella ocasión, me di cuenta de que ese potente adhesivo podía pegar también los dedos entre sí, mi camiseta a la mesa de la cocina, una zarpa a la bandeja preferida de mi madre y mi palma al pelo... Pero esas catástrofes no son nada comparadas con aquello que vi en la mirada de Tata cuando le llevé su jarroncito..., aun más feo que antes. Todavía se me saltan las lágrimas. Me siento cercano a aquellos que lloran por jarrones rotos, y estoy dispuesto a dar mucho para tratar de volver a pegarlo todo. No puedo evitarlo. Aquellos que me han dado su ejemplo y su experiencia son los únicos responsables. Me abrieron un camino magnífico en las corrientes desatadas de la vida.

A Tata, a mi abuela Charlotte Legardinier, a mi tía Marie Camus, a Georgette y a Charles Juhel, a Andrée Juhel, a Marguerite Juhel, a Fanny y a Jacques Brondel, a Janine y a Georges Brisson, a Yvette y a Bernard Turpin, a Jacqueline y a André Gilardi, a Gaby y a Roger Le Pohro, a Mathilde y a Gabriel Bouldoire, a Géraldine y a Pierre Devogel, a Germaine y a Robert Fresnel, pero también a Jean-Louis Faucon, a Sean, a Douglas, a Ray, a William Gassner, gracias por haber sido tan benévolos y tan francos conmigo. Por suerte, muchos de vosotros seguís aquí.

A mis padres, cuyas palabras comprendo cada día más. Papá, mamá, aunque ya no estéis aquí para poder disculparme por todo lo que os he hecho pasar (tengo un lado Blake muy pronunciado...), tranquilos: los niños os vengan con alegría.

A mis amigos, Brigitte Gaguèche, Sylvie Descombes, Gaëlle y Philippe Leprince, Hélène y Sam Lanjri, Martine y Stéphane Busson, Michèle Fontaine, Roger Balaj, Dominique y Patrick Basuyau, Christine y Steve Crettenand, Soizic y Stéphane Motillon, Élisabeth y Michel Héon, Chantal y André Deschamps, Cathy y Christophe Laglbauer, Marc Monmirel, Éric Laval, Isabelle y Stéphane Tignon, Andrew Williams. Estamos con el agua hasta el cuello y remamos a una. Con vosotros he ido a la deriva, he hecho frente a tempestades, me he topado con escollos, también con un par de playas de arena blanca. Afortunadamente, esto no ha terminado. Sé quiénes sois y sé por qué os quiero. ¿Qué os parecería quedar en una isla?

A ti, Thomas, por nuestros momentos, por nuestra complicidad, a Kathia y a vuestro hijo, al que no acaban de salirle los dientes (pero ¿acaso hay algo más natural con una madre que canta sin parar *Bébé requin*[3]...). Sé prudente, la gente cuenta contigo porque te necesitan. Yo el primero. No hay nada como los frenos de disco.

A ti, Éric. No me canso de verte correr y detenerte bruscamente

---

3. «Bebé tiburón», canción de France Gall. *(N. del t.)*

para dar marcha atrás porque te has olvidado algo. Sólo Super Danseuse® podría salvarte... Sigo fascinado con tu facultad para conducirnos a buen puerto sujetando tu mapa al revés. «Terreno llano», que decía... Por cierto, siento sinceramente que los caníbales se comieran a tu tío bisabuelo.

A Annie y a Bernard, por todo lo que compartimos, por todo lo que me enseñáis, a hacer, y, sobre todo, a no hacer... Bernard, creo que Annie espera sus diamantes hechos en casa. Espabila, evita prenderle fuego al taller y, por favor, no mezcles a los niños en ese nuevo accidente nuclear...

A ti, Guillaume. Acabo de acompañarte por tu viaje a Inglaterra y espero ya tu regreso. Tienes que hacer tu vida, pero no te olvides de que siempre estaré aquí para ti, como una especie de mayordomo... Prometo ir a decirle a Koala, a Marmota y a toda la pandilla que vas a volver. ¿Cómo consigues ser tan cariñoso y criticar tan bien? El discípulo...

A ti, Chloé. Decidas lo que decidas, hagas lo que hagas con tu vida, la idea de quedar contigo me hace mantenerme en pie. Cuando sea el momento —y espero que todavía tengamos muchos—, seguiremos quedando «somewhere only we know». Eres mi dragón bebé para siempre, y tu destreza con la espada era realmente buena...

A ti, Pascale, porque nadar a tu lado sigue siendo la mayor felicidad de mi vida. Aunque nades crol mucho mejor que yo, por nada del mundo quiero que alcances la otra orilla antes que yo. Juntos hasta el final. Eres mi salvavidas, mi isla, mi bote de salvamento. Una vez, tú también fuiste un pulpo y una foca bebé. Ningún río es lo bastante poderoso como para separarnos.

Quiero mostrar mi agradecimiento también a aquellos que me permiten compartirlo: Céline Thoulouze, Deborah Druba, Thierry Diaz y sus colaboradores, Laurent Boudin, François Laurent, Marie-Christine Conchon y todos aquellos que bregan en la editorial Fleuve Noir.

Gracias a la familia Bergeron por haberme acogido en su magnífico Château de la Rapée.

Y para terminar, más que a nadie, gracias a ti, que sostienes estas páginas. Las lectoras y los lectores, aunque también los libreros apasionados, fueron los auténticos impulsores de *Mañana lo dejo*. Estáis haciéndome y os pertenezco. Prometo procurar que no sea la cosa más idiota que hayáis hecho en vuestra vida...

Mi gratitud vaya con aquellos que me han escrito algunas líneas, con frecuencia conmovedoras. Vuestros nombres y vuestras historias me acompañan cada día. Si os apetece, nademos juntos un poco más. Ya os lo he dicho, es por vosotros por lo que trabajo y por lo que soy feliz haciéndolo. Tengo muchas ganas de veros, de volver a coincidir con vosotros y de seguir estando en contacto. Mi vida, como este libro, está en vuestras manos.

De todo corazón, gracias por estar ahí.

www.gilles-legardinier.com